Poetry

王佐良

英国
浪漫主义诗歌史

The history of English romantic poetry

王佐良 著

生活·讀書·新知 三联书店 生活書店 出版有限公司

图书在版编目（CIP）数据

英国浪漫主义诗歌史 / 王佐良著 . —北京 : 生活书店出版有限公司 , 2018.7
ISBN 978-7-80768-236-3

Ⅰ . ①英… Ⅱ . ①王… Ⅲ . ①浪漫主义 – 诗歌史 – 研究 – 英国 Ⅳ . ① I561.072

中国版本图书馆 CIP 数据核字 (2018) 第 062676 号

责任编辑　邝　芮　刘　笛
装帧设计　罗　洪
责任印制　常宁强
出版发行　生活书店出版有限公司
（北京市东城区美术馆东街22号）
邮　　编　100010
经　　销　新华书店
印　　刷　北京顶佳世纪印刷有限公司
版　　次　2018年7月北京第1版
2018年7月北京第1次印刷
开　　本　787毫米 × 1092毫米 1/32　印张16.875
字　　数　264千字
印　　数　0,001—8,000册
定　　价　68.00元
（印装查询：010-64052612；邮购查询：010-84010542）

出版说明

《英国浪漫主义诗歌史》1991年由人民文学出版社出版；2016年由外语教学与研究出版社再版。在本书的编辑过程中，编者以保持作品原貌为基本原则，参照以上两个版本厘定文字差异，订正文字、标点错误，同时对全书体例进行统一。编者对原文内容不做任何改动，只做技术性校注。

目 录

序

30年代后期，在昆明西南联大，一群文学青年醉心于西方现代主义，对于英国浪漫主义诗歌则颇有反感。我们甚至于相约不去上一位教授讲司各特的课。回想起来，这当中七分是追随文学时尚，三分是无知。当时我们不过通过若干选本读了一些浪漫派的抒情诗，觉得它们写得平常，缺乏刺激，而它们在中国的追随者——新月派诗人——不仅不引起我们的尊重，反而由于他们的作品缺乏大的激情和新鲜的语言而更令我们远离浪漫主义。当时我们当中不少人也写诗，而一写就觉得非写艾略特和奥顿那路的诗不可，只有他们才有现代敏感和与之相应的现代手法。

半个世纪过去了，经历了许多变化，读的诗也多了，看法也变了。

现代主义仍然是宝贵的诗歌经验，它是现代思想、现代文化的一个重要组成部分，而且为它们打先锋，起了突破性的历史作用。但是浪漫主义是一个更大的诗歌现象，在规模上，在影响上，在今天的余波上。现代主义的若干根子，就在浪漫主义之中；浪漫主义所追求的目标到今天也没有全部实现，而现代主义作为文学风尚则已成为陈迹了。

为了说明这一些，有必要对浪漫主义进行再认识。浪漫主义包罗广，内容也复杂，因此需要限制范围，作为第一步，这里选择了英国浪漫主义诗歌作为再认识的具体对象。

英国浪漫主义的特殊重要性半因它的环境，半因它的表现。论环境：当时英国是第一个经历第一次工业革命的国家，世界上最大的殖民帝国，在国内它的政府用严刑峻法对付群众运动，而人民的斗争则更趋高涨，终于导致后来的宪章运动和议会改革。从布莱克起始，直到济慈，浪漫诗人们都对这样的环境有深刻感受，形之于诗，作品表现出空前的尖锐性。

论表现：英国浪漫诗歌时间长，数量大，而且两代重要诗人都有多篇不朽之作，在题材和诗艺上都突破前人，突破国界，成为全欧洲以至全世界的文学和思想影响。英国的近代诗歌理论也是在这个时期开端的，几位大诗人都作出了意义重大的贡献。

由于这些原因，英国浪漫主义诗歌又不仅仅是英国一国的，而是世界诗歌的一个重要部分。对它的再认识也是对世界诗歌更多一点了解。

再认识首先意味着要认识它的历史——它的来龙去脉，它的兴起和发展，其中有哪些重要诗人，他们写了哪些主要作品，在思想和艺术上有什么特色，有什么变化，造成了什么影响，对于今天又有什么意义，等等。

这就牵涉到本书的写法。

这是一部断代诗史。诗史是一个文学品种的历史。对于文学史的写法，近来讨论颇多，我也想说明一下自己是根据什么原则来写此书的。

这部断代英国诗史是由中国人写给中国读者看的，因此不同于英美同类著作。它要努力做到的是下列几点：

1. 叙述性——首先要把重要事实交代清楚。为此大量引用原作，加以翻译，让读者通过它们多少知道一点原作的面貌。

2. 阐释性——对于重要诗人的主要作品，几乎逐篇阐释，阐释不限于主题，也谈到诗艺和诗歌语言，而且力求把题材和技巧结合起来谈。

3. 全局观——要在无数细节中寻出一条总的脉络。诗史不是若干诗人的专题研究的简单串联，它对所讨论的诗歌整体应有一个概观，找出它发展的轨迹。

4. 历史唯物主义观点——这是大题目，针对诗史，这里只谈两点：一、把诗歌放在社会环境中来看。诗人的天才创造是重要的，但又必然有社会、经济、政治、思想潮流、国内外大事等不同程度的影响；英国浪漫主义本身就是第一次工业革命和法国资产阶级革命两大革命的产物。二、根据当时当地情况，实事求是地阐释与评价作品。

5. 文学性——谈的是文学作品，就要着重文学品质。讨论诗歌不能只谈内容，还要讨论诗艺。上面所说的整体发展脉络包括了诗艺本身的发展变化。其次，讨论文学问题的文章本身也应是文学作品。

这五点任何一点都是不可能轻易做到的，本书只是一种向它们靠拢的努力。但是我又以为，只有做到了它们，才能使我们中国人写的外国文学史有比较鲜明的中国色彩。

就叙述性而言，西方史学界近年来的做法是分析多于叙述，虽然最近又出现了“回到叙述”的呼声。文学史也一样。他们面对本国读者，许多史实和作品几乎人人皆知，无须多事叙述，倒是更需要从新的观点进行分析评论。面对中国读者，则首先要把重要史实和作品向他们交代清楚。何况叙述性在任何文学史都是重要的，西方文学史中经历时间淘汰而存在下来的，多数仍是叙述性、描写性的。而且也没有纯粹的叙述，叙述之中必然包括分析评论，观点和创见是不会被埋没的。

就阐释性而言，近年来西方文论界对阐释有两种主要看法，互相矛盾。一是认为评论者的阐释不可能道出作者原意，有时连作者本人的说法也未必准确；二是人人有权阐释，作品的最后完成在于读者的接受，而读者是一个九头鸟，人各不同，代各不同。我们相信常理的人可以有第三种看法，即阐释是存在的事实，文学史家的职责之一即是阐释。特别是中国人为中国读者写外国文学史，阐释更是不容推卸的责任。他的中国观点也正是通过阐释来表现的。当然，他首先要弄懂作品本身，为此他需要搞清一切与作品有关的事实，包括英美本国人对作品的阐释。但是他会有所取舍，会注意到本国人认为当然、因而不大注意的东西，特别是在艺术评价方面，他会受到历史悠长的中国文化、文学传统的隐秘的、持久的影响，会用它的高标准和平衡感去作出他独特的判断。应该说，正是这种来自各方的评论大大丰厚了对一个作品的认识。作品虽产生于一国，阐释却来自全球，文学的世界性正在这里。

就全局观而言，多少文学史家作过努力，但又有几人成功？以“人民性”或“现实主义”来贯穿一切，往往是大而无当，公式化，几乎根本否定了文学的文学性。然而提出“国民性”或“国家意识的发展”等等来作为纲领，也未必济事，这样的观念可以无所不包，也就不突出任何东西。此外就是把作家作品按时代大致划分，略谈每个分期的“时代精神”，接着就凭撰写者的个人印象或趣味，对作品发表一些欣赏性的读后感，不涉及思想上、文艺上的重要问题，这样的文学史也许可作优美的小品文来读，但又怎能称得上历史？然而每一种认真的努力又都不是白费的，以上的不同“流派”之中都各有可取之处，所留下的成品也有高出一般的。过去的主要问题似乎是对文学的特殊性和复杂性认识不足，外国人写的别国文学史往往连史实也了解不够，评价更是脱离本国人的生活实际。我们应该更加广泛阅读，不仅读文学作品本身，还要读有关的哲学、科技、政治制度、民间习俗种种有关的著作，甚至参考档案、小报、政府公告、戏院海报、政论小册、单篇歌谣等等，深入文化的内层，这样也许能够更多了解事物之间的关联。同时，又需居高临下地看全局，看总体，而在这一点上外国人由于比较超脱也许更能看得清楚些。中国过去虽无完整的文学史，但是历来对于文学品种的演进，有一种共同的概观，例如汉赋、六朝乐府、唐诗、宋词、元曲、明清小说等等，在每个品种内部又理得出兴衰变化，虽然限于文体，不失为一种脉络，有利于写诗史、散文史、小说史的。

就历史唯物主义而言，这是任何写历史的人应有的观点，上述全局观的取得就离不开历史唯物主义。我们当代中国学者特别需要用它来研究和判别外国文学史上的各种现象。它会使我们把文学置于社会、经济、政治、哲学思潮等等所组成的全局的宏观之下，同时又充分认识文学的独特性；它会使我们尽量了解作品的本来意义，不拿今天的认识强加在远时和异域的作者身上，而同时又必然要用今天的新眼光来重新考察作家、作品的思想和艺术品质。过去由于我们对历史唯物主义认识限于表面，运用起来也就粗糙、简单；如果今后我们能够加强学习，理解文学现象的复杂和多面性，通过对一个具体对象的全面深入的研究来提高运用的能力，我们将会做得更好。历史唯物主义也是需要发展的，而最好的发展办法是将它应用在新的、难的课题上。在这样做的时候，我们也需要参考一下别的国家在文学史研究上的新动向，例如美国最近兴起的“新历史主义”就是值得我们注意的。

就文学性而言，中国古典文学传统向来着重文采——“言之无文，行之不远”。不仅作品本身要有文采，讨论这作品的文章也要有文采。我们的文论大多是优美可读的。《文心雕龙》用典雅的骈文讨论了有关文学创作的一系列问题。杜甫建立了以诗论诗的传统。单拿现代来说，鲁迅为《新文学大系·小说二集》所写的序是用抒情的笔调写的现代文学史的一个方面，而闻一多的《宫体诗的自赎》则是诗人写的诗史片断。他们两人都有志于文学史而未竟其功，但又都树立了用优美的文笔来写文学史的先例。只是到了后来，才出现了那种冗长、刻板的论文，谈文学而本身无文学性可言。西方的文学史原来也是注意本身风格的。德·桑克蒂斯的《意大利文学史》就是既有卓见，又有文采，因而为学术界所重。不过后来也出现了一种极为枯燥、乏味的文学论文，近来更是术语连篇，越来越奥僻难读了。在这样的时候，我们中国的文学史家重振文采，中国特色也就不标自明。需要注意的，倒是不要因为重文采而走到只讲究词藻、华而不实的另一极端。真正的文采不是舞文弄墨，而是文字后面有新鲜的见解和丰富的想象力，放出的实是思想的光彩。为了写好文学史，应该提倡一种清新、朴素，闪耀着才智，但又能透彻地说清事情和辩明道理的文字。

以上五点，未必把重要方面都已包括在内，但如果能够贯彻，中国人写的外国文学史不仅会增加中国特色，而且会对世界上文学史的写法作出独特贡献。

这是就中国外国文学研究者的整体而言，个人的试作则是另一回事了。本书断断续续写了十年，昔日的素志未泯，今天的成品未必尽如意愿，还请广大读者、同行学人多作批评指教，我这小小的“作品”也是要靠读者的“接受”才能最后完成的。

王佐良

1987 年 7 月 12 日

引言　转折点

在18、19世纪之交，英国诗史上出现了一个大的转折点。

诗风的变化如此剧烈，如此泾渭分明，如此决定性地结束一个时期，开展另一个时期，在英国文学史上是罕见的。

文艺复兴时期，英国的诗人忙于吸收和树立欧洲大陆古今各种诗体，其突出的成就则是戏剧诗。17世纪诗坛上出现了一种奇异的对抗：一方面是以保王党人和教士为主体的玄学派，另一方面是文艺复兴精神的最后的体现者弥尔顿。后者把英国诗的革命性和艺术性提到了一个新的高度，然而由于他写作在英国革命已经处于低潮的年月，他几乎是孤军作战，在诗坛上没有形成一个派别，《失乐园》只是突起的孤峰。复辟时期以后和18世纪的英国诗走进政党的俱乐部、贵妇的客厅、文人的咖啡店，有时也徘徊于废墟与古迹之间，到后期又沉思于乡村的墓园、感喟于畸零人的村舍，然而没有灵魂上的大波动，也没有艺术上的大创新。

到了18世纪之末，波动和创新都一齐来临，而且不是偶然的、零星的现象，而是一整个新的诗歌局面全盘出现。

这里不再是一二个作家独霸文坛的情景，而是从1786年[1]起，到1824年[2]稍后，大约四十年内，至少有八个重要诗人相继或同时在英伦三岛内写出了重要作品。这八个人是：彭斯、布莱克、华兹华斯、柯尔律治、司各特、拜伦、雪莱、济慈。这些人当中，除了司各特的地位可能会有争论之外，其余七位都是整部英国诗史上的第一流大诗人。

---

1 彭斯《诗集》在1786年出版。

2 拜伦《唐璜》的最后第15、16两章在1824年出版。

第一章　新风的吹拂：彭斯

他们都在各自范围内开了一代新风。

彭斯（Robert Burns，1759—1796）以农民而登上诗坛，这就是新事。他虽然受到种种诱惑，还是保持了农民的爱和恨：爱自由，爱农村姑娘，爱同他一起劳动的牲口；恨的是逼债的地主，伪善的加尔文派教士，装腔作势的爱丁堡上层人物。

他把这一切都写进诗里——然而这又是如何不同的诗！不是英格兰蒲柏余风的文人诗，而是主要用苏格兰方言写成的民歌体。苏格兰民歌提供给彭斯的不只是某种形式，不只是迷人的音乐性，而是一整个独立的诗歌世界，其根基是深厚的苏格兰人民传统，古老而纯朴，没有书本气，特别是没有英格兰文学的书本气。

正是由于利用了原来民歌《不管那一套》的曲调和叠句，

彭斯才能摇晃着男子汉的宽肩膀，大声唱出：

有没有人，为了正大光明的贫穷
而垂头丧气，挺不起腰——
这种怯懦的奴才，我们不齿他！
我们敢于贫穷，不管他们那一套，
管他们这一套那一套，
什么低贱的劳动那一套，
官衔只是金币上的花纹，
人才是真金，不管他们那一套！

但是彭斯不是把民歌拿来就算，他还改造了它，给它装入新内容。在上引这首诗里，曲调和叠句是旧的，然而所表达的却是当时法国革命者的自由、平等、博爱的新思想。这样，便把古老的和当代的结合了起来，诗得到了新的深度。

同样，当彭斯拿现成的民歌形式歌唱爱情的时候，他也是既利用传统又进行创新。《一朵红红的玫瑰》就是例子；但是让我们看看另外一首音乐性更强的：

走过麦田来

（合唱）

呵，珍尼是可怜的人儿，
　　珍尼哭得悲哀。
她拖着长裙，
　　走过麦田来。

可怜的人儿，走过麦田来，
　　走过麦田来，
她拖着长裙，
　　走过麦田来。

如果一个他碰见一个她，
　　走过麦田来，
如果一个他吻了一个她，
　　她何必哭起来？

如果一个他碰见一个她，

走过山间小道，
如果一个他吻了一个她，
别人哪用知道！

这已是多少代各国青年口上唱过的名歌，其自然、素朴是显然的，然而还有其他东西：农村的景色，姑娘的羞涩，求爱者的得意和温存，最后还有青年人对于世界的顶撞：“别人哪用知道！”这也是一个歌颂自由平等的新时代的声音。写爱情，特别是这种朝露般新鲜的爱情，彭斯是至今都无人能够匹敌的。

彭斯不仅善于抒情，还善于讽刺：不只有《威利长老的祈祷》那样的名篇，而且有许多特殊的墓志铭式的小诗，例如：

拉塞尔上尉赞

拉塞尔觉得自己应该离开人世了，
热心的朋友商量用香膏护住他的心。
一个旁观者低声说：“不必这样麻烦，
他的心有毒，爬虫都不敢问津。”

彭斯的诗才是多方面的。除了抒情小唱外，还写了许多出色的中等长度的诗。《两只狗》就是一篇独特的出色作品。诗人让两只来自不同人家——一穷一富——的狗对话，通过它们的眼睛来看人的世界，而人的世界里有两种人过着两种生活，形成鲜明的对照：

每逢我们老爷坐堂收租，
我把可怜的佃户看个清楚，
（但每次看了都叫我悲伤）。
他们身无分文，却逃不过我们的账房，
他顿脚，他威胁，他臭骂，
抓了人，还要将他们的衣服剥下。
佃户们低头站着，恭恭敬敬，
还得忍耐听完，胆战心惊！

阔人们日子过得真舒泰，
穷人们活得比鬼还要坏！

正是这样的细节给了诗的结论以不可抗拒的力量：

他们庆幸是狗而非人！

然而诗里又有玩笑和幽默，两只狗轻松愉快，无话不谈，它们之间的友善反衬了人的世界里的阶级对立。不是一片阴沉，而是还有阳光来使阴沉显得更黑暗，显得更可憎。这不是一般的所谓“动物诗”，这是风俗画而又内含辛辣的评论。英国文学史上，似乎以前没有看到过另一首诗用这样的方式造成了这样的效果。而彭斯之所以能够做到，是因为这是他从生活本身得来的痛苦体验：“我父亲的慷慨的主人死了，所租的地只叫我们赔累不堪，而更可诅咒的是，我们落到了一个经租账房的手里。我在关于两只狗的故事里所写的一个账房就是他。”[1]

这个农民还在文人们最拿手的地方也放了异彩。用诗来写信在18世纪是常事，蒲柏的诗札就属于他最好的作品之列。然而他在节奏和用词方面的功力虽深，却从未在诗札里写过这样活泼而使人神往的诗行：

1 1787年8月2日彭斯致约翰·摩亚医生的信。

他们说只要敬你一杯酒，
　　诗句就源源不断像河流，
　　庄重的和诙谐的全都有，
　　　　还加机智的警句。
　　寻遍苏格兰的乡村和城楼，
　　　　如此诗人难遇！

听完站起我发誓，
　　哪怕当掉犁头和鞍子，
　　哪怕去外乡流浪死，
　　　　尸骨不收野鸟食，
　　我也愿出钱买杯酒，
　　　　只要能听你谈诗。

同样，蒲柏和他的朋友们也不会用这样直抒心意的痛快笔墨谈论写诗的艺术：

批评家会鼻子朝天，
　　指着我说：“你怎么敢写诗篇？

散文同韵文的区别你都看不见，
　　还谈什么其他？”
可是，真对不住，我的博学的对头，
　　你们此话可说得太差！

你们学院里的一套奇文，
　　偷人养汉也带上拉丁的雅名，
　　如果大自然规定叫你们愚蠢，
　　　　你们的文法又顶啥用？
　　还不如拿犁把地耕，
　　　　或将石块往家运。

这一撮迟钝又自傲的大笨蛋，
　　上了大学只使脑筋更混乱！
　　上学是个驴，毕业变个骡，
　　　　真相便是这般！
　　只因懂得半句希腊语，
　　　　还妄想把文艺之宫来高攀！

我只求大自然给我一星火种，
　　我所求的学问便全在此中！
　　纵使我驾着大车和木犁，
　　　　浑身是汗水和泥土，
　　纵使我的诗神穿得朴素，
　　　　她可打进了心灵深处！
…………

（《致拉布雷克书》）

彭斯多么酣畅地表达了他对当时文坛的鄙视，又如何鲜明而风趣地宣告了他的艺术观点。对于他来说，大自然所给的灵感比什么学问都重要。这正是后来继起的诗人要大加发挥的浪漫主义观点。

除了彭斯，又有谁能写出像《汤姆·奥桑特》（*Tam o'Shanter*）那样的民间传说？这里展示了彭斯讲故事的本领，然而使得这故事至今都常有人朗诵的还有苏格兰方言的吸引力。彭斯充分发掘了这方言的潜力，不只用它讲故事，用它渲染气氛，而且用它来增加这故事的喜剧性。正是那贯穿全诗的幽默口吻冲淡了甚至嘲笑了原传说所有的迷信色彩：

啊呀，汤姆呀！啊呀！
这一下你可真叫是苦不堪言！
在地狱里他们会把你像咸鱼用油来煎！
你的凯蒂在家里等了一场空，
她就要变成寡妇把眼睛哭个通红！
梅琪呀，梅琪，拼了性命也要快跑，
赶紧抢到那河上大石桥！
只要冲到桥中间，你就可以不再怕，
妖精们遇河即止，见了流水只发傻。
但是桥头未到事情已不妙，
梅琪得赶紧把身后的妖精先甩掉：
原来南尼这女妖跑在最前打先锋，
紧跟着这匹忠心的好驴向桥冲，
她恶狠狠腾空而起，要将汤姆一把抓，
没想到梅琪浑身是胆，本领到家——
只见它猛一跳就将主人安全驮上桥，
不想却永远丢下了尾巴一条，

原来那女妖死命抓住它后身，

从此可怜的梅琪尾巴断了根！

长诗当中，还有大合唱《爱情与自由》（*Love and Liberty*）或称《快活的乞丐》（*The Jolly Beggars*），写的是一群流浪汉聚集在小酒店，喝着烧酒，唱着一个又一个民歌，其最后的一个是：

歌

曲调："快活的人儿，再倒一杯酒"

（合唱）

滚开！靠法律保护的顺民！

自由才是光荣的盛宴，

法庭只为懦夫而设，

教堂只给牧师方便！

君不见酒吐芬芳杯生烟，

君不见衣裳虽破乐无边，

你唱我和人人欢，
要把那快活的歌儿奏三遍！

名位何物，财宝何用？
沽名钓誉总成空！
只有欢乐才是生活，
且莫问身在何时、何国！

靠一点小本领，说几个小故事，
我们白天到处漫游。
晚上睡在仓库和马厩，
香香的干草上，还有女人并头。

谁敢说仆从如云的香车
就比我们走得更加轻快？
谁敢说明媒正娶的夫妻
就比我们相处更加恩爱？

人生原是无所不包，

哪用我们自寻烦恼！

说什么得体的文雅礼节！

这样的话最无气节！

让我们祝贺背包、行囊和粮袋，

让我们祝贺游荡的人们，

让我们祝贺褴褛的汉子和女人，

让我们一齐高呼：阿门！

这儿的诗笔是机敏的、辛辣的、放纵的，带上了无政府主义的色彩。这也是彭斯对当时被加尔文教派控制的苏格兰社会的一种冲击手法。

在彭斯的推动和冲击之下，苏格兰诗歌在18世纪末年实现了复兴。苏格兰有灿烂的文学传统，出过许多重要诗人，彭斯自己就曾表达过对他们的敬意：

给我兰姆赛的豪兴，

　　给我费格生的勇敢和机灵，

　　给我新朋友拉布雷克的清新，

假如我能有此缘分！
我就有了所需的一切，
胜过天下的学问！

（《致拉布雷克书》）

比兰姆赛（Allan Ramsay，1685—1758）和费格生（Robert Fergusson，1750—1774）更早，还有两个更大的诗人，即15世纪的亨立生（Robert Henryson，1430—1506？）和邓巴（William Dunbar，1460？—1513？）。这些前人各有所长，但在两点上是一致的：用方言写世态，以讽刺为武器。他们还传下了一个特殊的诗歌形式，即对骂式的辩论诗（flyting）。彭斯接过了这一切，但是加上了他特有的品质：一个长年在土地上劳作的贫穷农民的辛酸和现实感，一个青年对爱情和人间不平事的敏感，一个民歌爱好者的音乐节奏感，还有他那把这一切融合在一起的非凡诗才。彭斯的诗有鲜明的地方色彩，一读就使人进入那欧洲西北角的苏格兰的纯朴世界；它又有鲜明的时代色彩，许多篇章显示了18世纪末年几个重大思潮的影响：感伤主义的扩展，民间文学的再起，民族主义在苏格兰的余烬犹温，特别是法国革命的思想在全欧洲的猛烈激荡——正是这些思潮促成了文学上浪漫主义的抬头。吹拂着诗人彭斯的时代之风也就是后来吹拂华兹华斯、柯尔律治等英格兰浪漫诗人的风，只不过由于彭斯的具体环境，其结果是吹出了苏格兰文学传统的重新繁荣。

这样，在历史的透视里，彭斯的作用与贡献更加巨大了。然而彭斯身后所获得的膜拜与模仿却同他生前在爱丁堡所获得的捧场一样，对他的真艺术是一种灾难。从19世纪到20世纪初年，过多的人着重彭斯的醇酒妇人的一面，捧出一种酒酣耳热时大团圆式的友情来模糊了他的棱角，他的苏格兰方言词也因过多的套用而显得庸俗了，这样就造成了“苏格兰文学的小家气”[1]，要等到麦克迪儿米德（Hugh MacDiarmid）等人在20世纪20年代发动一个“苏格兰文艺复兴”运动才出现彭斯的合格的继承人，才把真正的彭斯传统发扬光大，递给后世。

1　引自《麦克迪儿米德论麦克迪儿米德》，见英国《卫报》1962年2月22日。

第二章　想象力的飞腾：布莱克

布莱克（William Blake，1757—1827）——大半生默默无闻的雕刻匠人，脑子里藏着奇幻的天堂景象的土画家，对于法国革命的意义有着正反两方面的深刻了解的独特的思想家，同时又是诗人，一个越来越受到爱好和推重的大诗人，20世纪西方的文学研究的重要成果之一正是对于他的重新发现和阐释[1]。

这也是一个需要用辩证法去研究的诗人，因为他本人就运用了辩证法：他用“羔羊”（lamb）同“老虎”（tiger）对照，用“天真之歌”同“经验之歌”对照，甚至用同一题目（《耶稣升天节》《扫烟囱的孩子》等）写两首内容完全不同的

1　研究布莱克的重要成果，版本如：*Complete Writings of William Blake*, ed. G. L. Keynes, 1957, revised ed. 1966; *The Poems of William Blake*, ed. W. H. Stevenson, text by David V. Erdman, 1971; 专著如：David V. Erdman, *Blake: Prophet Against Empire*, 1954, revised ed. 1970; Northrop Frye, *Fearful Symmetry*, 1947.

诗，描述两种截然不同的情景，反映了当时社会的两面，也象征了人身上本能与理性、纯真与世故、想象力与现实感等等一系列的矛盾。然而布莱克站在每一对矛盾的哪一边又是十分清楚的；他不是一个经常犹豫、经常自我折磨的现代知识分子，而是一个有严峻的是非之感的19世纪手工匠人，立场非常明确。请看他如何沉痛地揭开伦敦的夜幕，将这样的现实公之于众：

伦敦

我走过每条独占[1]的街道，
徘徊在独占的泰晤士河边，
我看见每个过往的行人
有一张衰弱、痛苦的脸。

1　原文charter'd，意义复杂，至少可有两解：（1）享有商业权利的，如说chartered bank（特许银行）；（2）有正式文书为据的，如说Englishmen's chartered rights或chartered liberty，即英国人民所享有的由国王用书面保证的自由权利。此处译文暂从第一解。

每个人的每声呼喊，
每个婴孩害怕的号叫，
每句话，每条禁令，
都响着心灵铸成的镣铐。

多少扫烟囱孩子的喊叫
震惊了每座熏黑的教堂，
不幸兵士的长叹
像鲜血流下了宫墙。

最怕是深夜的街头
又听年轻妓女的诅咒！
它骇住了初生儿的眼泪，
又带来瘟疫，使婚车变成灵柩。

用异常朴素的语言写出异常深刻的内容，这是布莱克的长处，而这当中起重要作用的，除了内容之外，是两个因素。一是他的音乐性。他的诗都是可诵的，特别是短诗，容易上口，容易背诵，像歌谣。就以《伦敦》为例，第一节的节奏与韵律是如何迟缓而沉重，特别是那像长叹息似的开始两行，任何读者都会一见就要停下来低声慢读的；然而接下去却出现了激越的声音，随着诗人的谴责越来越严厉，诗行的节奏也越来越激越，到“最怕是”而达到最高点，于是那“年轻妓女的诅咒”就真是充满了恨的力量。布莱克的诗不论内容如何神秘，而仍然有抒情的感染力，其中的一个原因就是他的高度音乐性的节奏与韵律。

其次是他对于形象的运用。上引诗里的每个形象都是阴暗的，正合乎当时伦敦的凄惨夜景和泰晤士河畔夜行人的沉重心情。

但是布莱克又是完全能够运用鲜明闪亮的形象的，这就是当他描写天真的喜悦心情的时候，或描写诗人自己起而向邪恶斗争的时候：

给我闪亮的金弓，
给我欲望的箭，
给我矛，呵，把云卷开，
给我战车放火焰！

我将不停这心灵之战，

也不让我的剑休息，
直到我们把耶路撒冷
重建在英格兰美好的绿地。

（《弥尔顿》序）

还有更具有匠心的运用。他能够用一两个最普通的形象道出事物的本质，如：

黑暗的魔鬼的磨坊[1]

他甚至违抗通常的所谓逻辑，把不同属性的事物连在一起：

不幸兵士的长叹
像鲜血流下了宫墙。

---

1 原文是mill，可解为“磨坊”，也可解为“工厂”。美国学者H. 勃鲁姆认为它指“心灵里的磨坊”，引布莱克《弥尔顿》第四图里的两行诗——“Where the Starry Mills of Satan/Are built beneath the Earth and Waters”——为证（《牛津英国文学选本》，第2卷，1973年，第99页注）。但引诗也可有另解。更可信的似是加拿大学者N. 弗莱的解释，即此处的mill指“任何没有想象力的机械装置”（《吓人的躯干》，普林斯顿大学出版部，1947年，第290页）。

叹息怎么能变成液体流下墙壁呢？然而在诗人眼里，那些在英国上层人士发动的反对革命的法国的战争里受伤下来的英国士兵的叹息是控诉，他们流血的伤口也是控诉，而两者都是对国王提出来的，所以他把叹息、鲜血和皇宫的形象串在一起，造成了高声指责所达不到的异常沉痛的效果。这种连接和集中在《伦敦》一诗的最后一行里表现得最为突出：

And blights with plagues the Marriage hearse

（直译是：又用瘟疫摧残了婚礼柩车）

这七个词里有四个形象，前两个（blights，plagues：摧残，瘟疫）是互相支援的，而后两个（Marriage，hearse：婚礼，柩车）则是互相矛盾的，然而这正是诗人的用心所在：在那样一个少女必须卖淫才能过活的黑暗社会里，穷人家的新娘无幸福可言，于是喜庆的婚车变成了运尸的柩车。

这样的形象与形象的连接、迭嵌是20世纪诗人艾略特（T. S. Eliot）等所夸耀的“现代”手法，而布莱克在18世纪之末就已经常常运用了。这些，正表现了布莱克的想象力的飞腾。

然而运用形象只是为了更准确、更生动地表现内容。在布莱克，如在一切真正好的作家一样，形象与内容总是血肉一体，不可分割的。他把形象合并、结合、融化，是因为他的想象力看出了事物之间的细微的、几乎是隐秘的联系，或者是从最小的事物看最大的宇宙：

从一粒沙看世界，
从一朵花看天堂，
把永恒纳进一个时辰，
把无限握在自己手掌。

（《天真的兆象》）

这里的形象和形象的结合透露了布莱克的世界观。阴暗与明亮，细小与无限大：都是人生里的矛盾和对立面，或用布莱克自己的话说，都是“相反物”（contraries）；然而“没有相反就没有进程”（without contraries is no progression）（《天堂与地狱的结婚》），正是矛盾把世界推向前去。

然而前去是为了取得矛盾的解决，取得一致。在得到一致的时候，就出现了更大更有概括力的形象，例如在有名的《老虎》一诗里：

虎，虎，烧个通红，
在黑夜的森林中，
谁的非凡的手和眼
能造出你这吓人的躯干？

在什么远海或高天，
燃着你眼睛的火焰？
他飞腾靠什么翅膀？
谁的手敢抓火光？

谁的力气，谁的本领，
拧成了你心里的筋？
当你的心开始跳跃，
谁的可怕的手造了你可怕的脚？[1]

谁在使大锤？谁在铸铁链？

1　此行照字面译，应是：谁的可怕的手？谁的可怕的脚？殊不可解。有本抄稿上有布莱克亲笔改为：谁的可怕的手做成了你的可怕的脚？译文从此。

什么炉子在把你的脑子炼？
在什么砧上打？谁的可怕的手
敢把它的威势一齐收？

当群星扔下长矛，
又用泪水把天空浇，
他是否笑对自己的手艺，
他是否造了羔羊又造你？

虎，虎，烧个通红，
在黑夜的森林中，
谁的非凡的手和眼
能造出你这吓人的躯干？

至今没有人能确切地解释这首诗里的每一点，但是总的印象又是清楚的，令人难忘的，因为有一个大的形象，即老虎。这老虎躲在黑暗中，两眼闪闪发光，它有宇宙般大的威力。诗人对此感到神奇，他惊怖，但他又歌颂。问题是这力量又象征什么？有人说它代表人的灵魂中一股要冲破无知、压抑、迷信的包围的力量。[1]有人说它代表人类的想象力，因为布莱克对于想象力的重要作用是向来特别强调的。很可能老虎在这里是一个多方面的复杂象征，即它既象征上述两种力量（这两者并不矛盾，也不互相排斥），又象征法国革命中所见的巨大的革命暴力。这诗写于1793年前，正是法国革命在如火如荼地进行的时候，布莱克又是激进派汤姆·潘恩的朋友，两年前，1791年曾作长诗《法国革命》歌颂了海峡对岸的革命者，而且在那首诗里出现过starry hosts字样（群星，代表贵族组成的反革命武力，见该诗第100行），与这里的“扔下长矛”的“群星”相通，因此这个可能性是存在的。不管如何解释，这首诗有惊人的力量和惊人的美丽，它深入到了人生和宇宙里一些最本质的东西，而一切又很具体，毫不抽象，那一个接一个的问题就像铁匠抡大锤在砧上一下一下打出来的响声，形成了有些批评家所称的“铁砧的音乐”。

在以上这些短诗里，布莱克的语言是高度精练的，而形象的出色运用使它更精练。但是他也能大步向前，他的诗笔

1　包拉（C. M. Bowra）作如是说，见其所著《浪漫的想象》，伦敦，1949年，第47页。

也能放得开。请看：

经验的代价是什么？能用一曲歌去买它么？
能用街头舞去买智慧么？不能！要买它
得交出人所有的一切，房屋、妻子、儿女统统在内。
智慧的出售处是无人光顾的荒凉市场，
是那农夫耕种而收不到粮食的干枯田地。
…………
在夏天太阳照耀下取得胜利是不难的，
在葡萄丰收时坐在满载粮食的大车上唱歌也不难，
劝受折磨的人要忍耐也不难，
拿审慎的规则去劝无家的流浪汉也不难。
…………
身居繁荣的帐幕而庆幸是不难的，
我也能唱歌，能庆幸，但我却不干！
…………

（《伐拉，即四佐亚[1]》，第二夜）

---

1 即四“活物”，见《旧约全书·以西结书》，第1章，第5—14节，《新约全书·启示录》，第4章，第6—9节。

这是后期作品，写的是经验（即智慧）和人为取得经验或积累智慧所付出的惨重代价，同前期的《经验之歌》的思想是一致的，然而内容加深了，话也说得更多更透彻了，在韵律上已经自由得像后世的自由诗（free verse）了，出现了一种壮阔的新风格。

从童谣般的纯真与素朴的小诗到千行或千行以上的内容复杂、充满象征的长诗如《法国革命》第一卷（1791），《弥尔顿》（1804—1808？写成），《伐拉，即四佐亚》（1795—1807写成），《耶路撒冷》（1804—1820？写成）：这是布莱克的创作进程。这些长诗里有着布莱克的憧憬，他对于如何改变那个可诅咒的英国社会是有答案的，只不过由于他的神秘主义，由于他要避开当时到处搜捕异端和叛逆的官员的眼睛，他把答案藏在一套独特的象征与神话系统里，这当中有许多东西是不易了解的。但是成为他中心思想的仍是他对于法国革命的双重反应：一方面，他歌颂革命在摧毁旧制度时所表现出来的猛烈力量，把革命志士当作天国派来的使者加以欢迎；另一方面，他对于替这场革命铺平道路的以伏尔泰为代表的崇理性、重智慧的哲学思想却又深为厌恶，因此他在这些长诗里又特别强调本能、感情和想象力的重要性。在这点上布莱克是前后一致的，正如他的绘画同雕刻，他的诗同他披读别人著作时写在书页空白上的评语，他的为人同他的全部创作活动也都是一致的。先后一致而有所发展：布莱克的后期作品尽管难懂，却提供了一个重要的新方面，使人们看到他比一般所估计的更深刻、更丰富。无论就内容上的尖锐性和表现上的有力与美丽来说，他的短诗就是前无古人的，而他的长诗，连形式都是一种独创，其深刻的内容是在今后若干年内都会有人去发掘的。毫无疑问，布莱克是全部英语诗史上最重要的诗人之一。

彭斯写作在18世纪80年代，布莱克的主要创作时期是18世纪90年代，两人带来了英国诗歌史上的新气候，成就是十分巨大的；然而彭斯僻处苏格兰，布莱克隐居在伦敦郊外，当时的英国正统文坛还不感到他们的威胁，还能够用嘲笑或故意不理会去对付他们。再过十年，跨过18世纪进入19世纪，情况就大为不同。首先是华兹华斯等“湖畔诗人”起来，接着是更锐进更激烈的拜伦、雪莱、济慈一代起来，诗人既大批涌现，杰作又竞出问世，原来18世纪诗歌末流的颓风为之廓清，代之而兴的是全新的诗风——新的内容，新的语言与韵律，新的理论与美学观点，于是英国浪漫主义进入兴盛时期。

第三章　抒情歌谣的力量

1798年，一本两人合著的薄薄诗集在伦敦出版了，题名《抒情歌谣集》(*Lyrical Ballads*)。1800年，此书再版问世，前面加了一篇序言。这两个诗人是华兹华斯（William Wordsworth，1770—1850）和柯尔律治（Samuel Taylor Coleridge，1772—1834)，序文是华兹华斯写的。

这本诗集包括两类诗：一类用朴素的语言写有关普通人生活的题材，作者是华兹华斯，当中包括传诵后世的英国浪漫主义压卷之作《丁登寺旁》(*Lines Composed a Few Miles Above Tintern Abbey*)；另一类有关所谓"超自然"亦即带点神秘意味的题材，如长诗《古舟子咏》(*The Rime of the Ancient Mariner*)，这些是柯尔律治写的。

今天看起来，这本诗集似乎也很平常；但在当时，同18世纪的英国诗一比，它有许多使文坛雅士感到惊讶甚至愤怒的东西。首先，这两个诗人不是流连于庙堂，或高谈于客厅，甚至也不老老实实地读书于小斋，而是深入荒山大泽，或神游异国，写的是这种心灵的旅行中的所见所思。华兹华斯更是从小就爱在山上湖边漫游，现在来写诗，笔下多的是这类的沉思：

And I have felt
A presence that disturbs me with the joy
Of elevated thoughts; a sense sublime
Of something far more deeply interfused,
Whose dwelling is the light of setting suns,
And the round ocean and the living air,
And the blue sky, and in the mind of man,
A motion and a spirit, that impels
All thinking things, all objects of all thought,
And rolls through all things.

(*Tintern Abbey*)

我感到
有物令我惊起，它带来了
崇高思想的欢乐，一种超脱之感，

像是有高度融合的东西
来自落日的余晖，
来自大洋和清新的空气，
来自蓝天和人的心灵，
一种动力，一种精神，推动
一切有思想的东西，一切思想的对象，
又穿过一切东西而运行。

（《丁登寺旁》，1798）

这是他在一个古寺废墟上的深刻感受。但这不是一般的所谓山水诗，所说的也远远超过了在山野之间寻找诗的灵感之类；然而要替他说出真意却又很是不易，因为诗人自己就不得不求援于一连串的抽象名词和感情形容词（a presence，a sense sublime of something far more deeply interfused，a motion and a spirit），诗句的曲折结构就体现了诗人想把这个难说的事说清楚的艰苦努力，而到头来他也没有能够给我们一个确切的“科学答案”，只给了我们一种印象，其主旨似乎是：自然界最平凡最卑微之物都有灵魂，而且它们是同整个宇宙的大灵魂合为一体的。就诗人自己来说，同大自然的接触不仅能使他从人世的创伤中恢复过来，使他纯洁、恬静，使他逐渐看清事物的内在生命，而且使他成为一个更善良更富于同情心的人：

These beauteous forms,
Through a long absence, have been to me
As is a landscape to a blindman's eye:
But oft, in lonely rooms, and 'mid the din
Of towns and cities, I have owed to them
In hours of weariness, sensations sweet,
Felt in the blood, and felt along the heart;
And passing even into my purer mind,
With tranquil restoration: — feelings too
Of unremembered pleasure: such, perhaps,
As have no slight and trivial influence
On that best portion of a good man's life,
His little, nameless, unremembered, acts
Of kindness and of love.

（*Tintern Abbey*）

我已久离了
这些美丽的形体，
好似盲人看不见美景；
但当我孤居喧闹的城市，
寂寞而疲惫的时候，
它们却带来甜蜜，
让我从血里心里感到，
还进入我更纯的思想，
使我恢复了恬静，记起了一种欢欣，
它曾产生多大的力量，
影响了一个善良人最可贵的岁月，
使他做了无数早已忘怀的无名小事，
其中却有他的善意和爱。

(《丁登寺旁》)

这就是华兹华斯的自然观。这就是《抒情歌谣集》多数诗篇的主要内容。

这样的内容是18世纪英国诗里所没有的，而表现这内容的形式——从诗体到语言和韵律——也不是18世纪所习见的。

论韵律，华兹华斯在这里用的是五音步抑扬格素体无韵诗（blank verse），但在《抒情歌谣集》的其他部分还有别的诗体，特别值得一提的是古歌谣体（即四行一节，二、四两行押韵的诗体），然而有一个显著的例外，即没有18世纪诗坛上占统治地位的英雄双韵体（heroic couplet）。这后者在18世纪前半叶蒲柏（Alexander Pope，1688—1744）的手里曾经达到艺术顶峰：

Then say not man's imperfect, Heaven in fault;
Say rather, man's as perfect as he ought:
His knowledge measured to his state and place,
His time a moment, and a point his space.

(*An Essay on Man*, Book I)

莫道人有缺点天有错，
且说人不到完美程度，
他所知限于地位和处境，
他空间只一点，时间只一瞬。

（《人论》，第1章）

真是干净利落，匀称优雅，特别是在整齐中求变化（试看每行中停顿处的不同），功力深极了；但是就以蒲柏的匠心，仍然不能改变一个根本事实，即这一诗体平衡、节制有余而奔放、流动不足。而到了蒲柏的模仿者手里，更是弱点暴露，只见他们一行一行写下去，机械、单调得像上操时的步法。不仅如此，连在18世纪下半叶有的人运用起其他诗体来（例如珀西《英诗辑古》[Thomas Percy，*Reliques of Ancient English Poetry*，1765]出版后引起不少人仿效的古歌谣体），虽然形式变了，但是每行当中的节奏仍然太整齐、太规则，其灵魂仍然是英雄双韵体。华兹华斯和柯尔律治现在所做的，是要将诗从英雄双韵体的形式和影响下解放出来，而且这一解放首先是内容的解放。试将上引的蒲柏那段诗同前面引的华兹华斯《丁登寺旁》的片断一比，就可看出不但两者诗体迥异，而且两个诗人对于人和世界的看法也是截然不同的。蒲柏的满足于现存秩序的世界观需要英雄双韵体的整齐、平衡的表达形式，这诗体同当时新古典主义的建筑、绘画、音乐以至在达官贵人大客厅里跳的小步舞都是在精神上一致的，都是同在牛顿的影响下形成的认为宇宙犹如一具时钟那样有规律地、和谐地在运转的宇宙观一致的。可是华兹华斯却看到了另一个世界，另一个宇宙。他在法国经历过大革命的风暴，目睹了旧秩序的瓦解，从原来热烈拥护革命转而害怕革命，好容易脱身回到英国，心情很不平静，正是为了要医治这一创伤而更加寄希望于大自然的恢复健康的力量。这就是为什么他要在山水之间吐露——以至表白——自己内心的原因，于是那统治诗坛的整齐、刻板的英雄双韵体就非突破不可了，人们乃听到了新的韵律：《古舟子咏》里古朴的歌谣体，《丁登寺旁》里的奔放的素体诗，重新出现但带有浪漫主义特征的十四行体，以及后来年轻一代浪漫诗人还要采用的更多的新诗体新韵律。

更加明显的则是诗歌语言的刷新。以上面引的华兹华斯的两段诗为例，读者就可以看出诗人用了朴素、平淡的语言，其中有不少过去不常入诗的抽象词，如presence，thoughts，forms，sensations，feelings，influence等，更令人惊讶的是出现了极普通极平淡的日常用语如something，all thinking things，all things，这是一般认为毫无诗意的词，然而华兹华斯经常使用。在句法方面，华兹华斯也一变蒲柏和其他18世纪诗人喜用的行、句合一法，即大致上一行就是一句或至少半句的办法，而是一个劲儿跨行而前，第一段引文里一句跨了十行，第二段里一句跨了十一行。这里当然也要考虑素体诗有跨行先例的这一因素；然而过去运用这个诗体的能手，莎士比亚也好，弥尔顿也好，都没有跨得像华兹华斯这样多、这样远；而华兹华斯之所以这样做，又是因为内容的要求。蒲柏的整齐的一行一句代表了一个秩序井然、对什么问题都有明确答案的社会，所以他的陈述往往就是论断，而论断总是斩钉截铁：

One truth is clear, Whatever is, is right.

(*An Essay on Man*, Book I)

明白的真理是：存在的都合理。

（《人论》，第1章）

华兹华斯却生活在一个大变动的时代，革命与反革命的流血斗争猛烈展开，各种思潮涌现，诗人的心里充满了希望和幻灭，回忆和憧憬，对事物的肯定和疑问，因此当他来写诗的时候，他几乎是边想边写，即使对于他已经深有体会的事情，如对于大自然的看法，他也是感到要一层一层地深挖下去，写诗的过程也是探索的过程，所以诗句也是跨行又跨行，产生了一种向前的运动。在这点上华兹华斯也是颇为“现代化”

的，即用诗来表达思索的过程，而不仅仅是思索的结果。

这样的诗歌韵律和诗歌语言已经足够叫诗坛上头面人物摇头的了，但是华兹华斯还有一套理论。这理论是他在1800年[1]写的序言里提出来的，其要点是：

> 我给这些诗定下的主要目的是：选择普通生活里的事件和情境，尽可能通篇都选用人们真正用的语言来叙述和描绘它们，同时又给它们以想象力的色泽，使得平常的东西能以不寻常的方式出现于心灵之前；特别是要使这些事件和情境有趣，其方法是真诚地而不是故作姿态地在它们之中寻求我们天性的首要法则。……

接着，像是预见到人们会提出他的诗句太平淡、太散文化的批评，他明白宣告：

> 可以很容易地证明：每一首好诗，即使是格调

1　1802年又稍加扩充。此处引文据1802年增订版。

> 最高的好诗，总是有大部分的文字同好的散文并无差别，只有格律不同；不仅如此，而且最好的诗的最有吸引力的部分也严格地是散文的文字，只不过这是一种写得出色的散文。

宁可散文化，而不要“诗意词藻”（poetic diction），亦即那些代代相传、公认为属于诗的语言的美丽词藻。他以18世纪著名诗人格雷（Thomas Gray）的几行诗作例：

In vain to me the smiling mornings shine,
And reddening Phoebus lifts his golden fire:
The birds in vain their amorous descant join,
Or cheerful fields resume their green attire:

(*Sonnet on the Death of Richard West*)

我眼前徒有微笑的早晨在闪耀，
徒有红脸的菲勃斯高举金色的火，
徒有鸟儿演奏多情的曲调，
大地也空把愉快的绿衣披裹。

（《悼韦斯特》）

这里 reddening Phoebus（红脸的菲勃斯 = 太阳），golden fire（金色的火 = 阳光），amorous descant（多情的曲调 = 歌），就是“诗意词藻”。他认为只有去掉这类浮华的词藻，而用一种来自农村下层的纯朴语言——这种语言“更朴素又更强调”，“更永久，而且更哲学化”——才能写出真正的、强烈的、“带根本性的”感情，而这一点正是诗的目的：

> 因为所有的好诗都是强烈感情的自然流露……而且出自这样一个诗人，即他具有超过一般的内在的敏感，而又曾经长时间深刻地思考过。

后面这一点，华兹华斯曾在序言的后面部分加以解释，指出他所说的强烈感情不是当场写下，而是经过“冷静的追忆”（recollected in tranquility）才入诗的。

换言之，用什么诗歌语言不是一个简单的语言问题，而是同写什么内容密切结合起来的：

> 如果诗人的题材是经过审慎选择的，那么只要情况适合，就会自然而然地引出某些情感，而这些情

感又必然会——如果真诚而又审慎地加以选择——引出一种庄严、多样化而又颇多比喻和词藻的文字。

这样经过选择的适应内容需要的语言应该又是能给读者“愉快”的。这一点也是华兹华斯一再强调的，然而他又把他所谈的愉快同18世纪一些文人所谈的严格分开，这些人：

把诗当作娱乐和消遣来谈论，还俨然要同我们讨论人对于诗的趣味，好像它就像对于跳绳或喝麝香葡萄酒和雪利酒之类的事的趣味一样，是无关紧要的事。

而他们之所以有如此低级的趣味，是因为他们完全不懂诗的崇高性质：

我听说亚里士多德说过，诗是所有写作中最有哲学意义的。[1]这话一点不错。诗的目的是真理，

1 亚里士多德在《诗学》里只说过诗比历史更富有哲学意义；华兹华斯把历史扩大为一切写作了。

> 不是个别的、局部的真理，而是普遍的、经常起作用的真理，它不靠外面的证据存在，而依赖热情打进心里。……诗是人和自然的形象。

他又进而论述诗同科学的关系（这一点也说明他比许多人所估计的要“现代化”得多），诗人同科学家的关系，最后写出了这样富于雄辩色彩的对诗和诗人的颂歌：

> 诗是所有知识的气息和更纯净的精神，是呈现在所有科学面容上的热烈表情。完全可以强调地宣告：就像莎士比亚说“人瞻前又顾后”[1]，诗人也是这样。他是人性的最坚强的保卫者，他是支持者和维护者，他所到之处都播下人的情谊和爱。尽管有土壤和气候、语言和风气、法律和习俗的种种不同，尽管有些东西被悄悄地遗忘了，又有些东西被粗暴地摧毁了，诗人却用热情和知识把人类社会这个极大的团体联结在一起，而且是在全球范围之

1 《哈姆雷特》，第4幕，第4场，第37行。

> 内，在一切时间之内。诗人所思索的对象到处都有；他虽然主要依靠人的眼睛和感觉的引导，却又愿意去到任何地方，只要那里有可以让他的想象之翼活动的空气。诗是一切知识的开始和终结，它同人心一样不朽。

确实是新时代的声音！许多话是前所未闻，许多观点是前所未见，整部序言是一个对18世纪诗坛余风的宣战书！附带说一句，结成同人小集团来写诗，并且发布战斗性的宣言来宣传自己写诗的主张，这种后来20世纪的“先锋派”常做的事也是华兹华斯开先例的，这也是他“现代化”的一端。

然而在这篇序言里华兹华斯却有一点未加发挥，那就是在他的诗歌理论里居核心地位的想象力的作用问题。如果说有什么东西能使英国几乎所有重要的浪漫主义诗人——不论其政治倾向与写作风格是怎样不同，又不论其属于第一代或第二代——都趋于一致的话，这就是他们对于想象力的作用的共同重视。华兹华斯在这里曾经提到想象力，上面引过的“想象力的色泽”便是一例，但是语焉不详，也没有理论上的阐述。这后者就要留待他的朋友柯尔律治来补充了。

柯尔律治关于想象力（the imagination）的观点也是结合他对诗的性质的看法提出来的：

> 诗是什么？这个问题与另一个问题几乎是同一问题，即：诗人是什么？答案也是互相关联的。因为诗的天才的特点正在它能充实、润色诗人自己心里的形象、思想和感情。
>
> 最理想的完美诗人能使人的全部灵魂活跃起来，使各种才能互相制约，然又发挥其各自的价值与作用。他到处散发一种和谐一致的情调和精神，促使各物混合并进而溶化为一，所依靠的则是一种善于综合的神奇力量，这就是我们专门称为想象的力量。这力量是由意志和理解力所发动的，而且始终在它们的不懈的但又是温和的、难于觉察的控制之下（即所谓“驭而不紧”）；它能使相反的、不协调的品质平衡与和谐起来，例如同与异，普遍与具体，思想与形象，个别的与有

> 代表性的，新奇、新鲜感与旧的熟悉的事物，不寻常的情绪与不寻常的秩序，又例如清醒的判断力和始终如一的冷静的一方面与热忱和激荡的深情的另一方面。但是它虽调和自然与人工，却仍置自然于人工之上，内容于形式之上，对诗本身的感应于对诗人的赞赏之上。
>
> …………
>
> 最后，诗的天才以良知为躯体，幻想为外衣，运动为生命，想象力为灵魂——而这个灵魂到处可见，深入事物，并将一切合为优美而机智的整体。
>
> （《文学传记》，1817，第14章）

从此可以看出，想象力实是柯尔律治关于诗的理论的中心点：有了想象力，诗才有了灵魂，诗人也才成其为诗人。

然而想象力作为诗人所能具有的最高品质，不是可以轻易获得的。柯尔律治为了强调这点，曾经力图将想象与幻想（fancy）区别开来。他没有能够给这两者以清楚的定义，但是他举了足够的例子使我们明白他的意思。他说：

弥尔顿有高度的想象力，而考莱[1]只是很会幻想。

（《文学传记》，第4章）

后来，他又以他的诗友华兹华斯本人作例，认为后者具有：

最高和最严格意义的想象力的天赋。就我的感受而言，华兹华斯运用幻想并不总能做到优雅，有时还失之于古奥。他所作的比较偶尔太奇特了，或需要一种特别的观点才能了解，或像是预先研究好的产物，而不是自然流露出来的。……但是就想象力而言，他是近代作家里最接近莎士比亚和弥尔顿的一人，而且他从不乞灵别人，而是一切独创。他有几行诗可以作为他的想象力的例证，同时又能点明他如何给一切思想与事物

——增添光彩，

一种大海和陆地从未见过的光，

1　考莱（Abraham Cowley，1618—1667），诗人，所作古希腊式“品达体颂歌”曾影响德莱顿等人。

> 一种神圣的光，和一个诗人的梦。[1]
>
> （《文学传记》，第22章）

换言之，庸才只有幻想，而真正的诗人则有想象力。如果没有想象力，也就没有诗。

柯尔律治的这一理论是在19世纪德国唯心哲学家特别是谢林（F. W. J. von Schelling）的影响下形成的，但是奇怪的是，别的没有读过多少德国哲学的英国浪漫诗人也有同样的看法，只是在细节上有些不同。在他之前，布莱克说过：

> 这个想象力的世界是永恒的世界，是我们所有的人在我们的物身死亡之后都要返归的神圣之怀。这个想象力的世界是无限的，永恒的，而繁殖的、生长的世界是有限的，暂时的。
>
> （《最后审判之一瞥》，1810）

在柯尔律治之后，雪莱说：

---

1 这几行柯尔律治引自华兹华斯的《毕尔堡之画——仿哀歌体》一诗。

> 从其普遍意义来说，诗可以解释为“想象力的表现”，而且诗与最初的人同寿。……诗人不仅强烈注视今天的现状，并寻求应使今天事物井然有序的法则，而且在今天中看见明天。他的思想是一种幼芽，最新的时间之花果从它而开。……诗人参与在永恒与无限之中，参与在一体之中。……
>
> （《诗辩》，1821年作）

与雪莱大体同时，济慈也在他的信札里写道：

> 我别的不能确定，但能确定心的感情的神圣性和想象力的真实性——凡想象力认为是美而紧抓不放的必是真实的。……想象力可以比作亚当的梦：他醒来发现梦中的一切是真的。[1]
>
> （1817年11月22日致班杰明·贝莱信[2]）

1　亚当的梦，事见弥尔顿《失乐园》第8章。亚当梦见夏娃，醒来发现她就在自己面前。

2　H. E. 罗林斯编：《济慈书信集》，Ⅰ，哈佛大学，1958年，第184—185页。

济慈还进而论述他自己与拜伦的不同在于：

> 你谈到拜伦勋爵同我。其实我们两人大为不同。他描写他所看到的——我描写我所想象的。我所做的是最难做的事。现在你该知道我们之间的大不同了。
>
> （1819年9月20日致其弟乔治夫妇信[1]）

是的，重要的浪漫诗人之中，拜伦是唯一不谈想象力的绝对重要性的人。但是除了拜伦以外，从布莱克到济慈，所有当时的第一流诗人都强调这一点。不仅是主要论点差不多（试看华兹华斯的“诗人瞻前又顾后”与雪莱的“诗人在今天中看见明天”），连用词也差不多（试看布莱克的“这个想象力的世界是无限的，永恒的”与雪莱的“诗人参与在永恒与无限之中”），而且后来济慈还发展了这个理论，走到把想象力与真实等同起来的地步。这当中，作为理论的阐释者，比较全面、比较系统（但也只是针对浪漫派诗人的灵感式的片言只语才显得有点系统）的则是柯尔律治。他既是诗史上重要

1 H. E. 罗林斯编：《济慈书信集》，Ⅱ，哈佛大学，1958年，第200页。

的诗人，又是文学史上重要的批评家。[1]

以上是华兹华斯和柯尔律治关于诗和想象力的理论。我们已经说过：他们这理论道前人所未道，是伴随新的诗风而来的。现在我们可以进而一问：它对于后来的诗人又意味着什么？它产生了什么影响？

暂且提供一个简单的回答：

一、它把诗提到了最崇高的地位。“诗是一切知识的开始和终结。”（华兹华斯）这同18世纪把诗看成是模仿自然的镜子或调剂人生的“娱乐和消遣”是截然不同的。这一提高带来了一系列的重大后果，如一方面发挥了诗的陶冶与净化人的思想、情感和灵魂的头等重要作用，另一方面又造成了诗即文学的绝对的独立性。

二、它把诗人也提到了最崇高的地位。18世纪把诗人看

1　对于柯尔律治在欧洲文学批评史上的地位，当代美国学者R. 韦立克在其所著《近代批评史》第2卷（1955年出版）里有专章论述，认为过去评价过高，实则柯尔律治的主要论点——甚至主要术语——都是从德国哲学家抄来的，抄自谢林处尤多，举例论证颇详。但持传统看法者仍多。有影响的批评家L. 屈里林认为柯尔律治“一身而具多种智力上的才能——在哲学思考上的勇敢与深刻，具体观察上的准确，心理透视上的敏锐——在文学批评史上是独一无二的”（《牛津英国文学选》，第2卷，1973年，第633页）。

成是自然与社会的写照者或解释者，现在他却成为在精神上与情感上开辟新天地的创造者与探索者。诗人或则干预生活，干预政治，成为革命者，或则独立孤处，钻进象牙之塔。近代世界中许多人心目中的诗人的形象——街垒后面的叛逆者或长头发的梦幻者或一身而兼两者——就是在浪漫主义的影响下形成的。

三、想象力成为诗的最重要的因素，许多诗人更加听任想象之翼高飞天上，更加着重形象思维，在这过程里产生了许多富于创新精神的好诗，也使得不少诗人更深地钻入自己的内心，钻入潜意识、下意识，开了后代各种新奇流派的先河。

四、诗歌语言的刷新成为诗人们特别关心的事，迎入了新词、新形象、新节奏、新韵律、新的句子与篇章的结构，而在这样的过程里不仅刷新了语言，而且表达了新的现实和新的敏感。

第四章　柯尔律治

然而这理论之所以有影响，还在于它的背后有实践。华兹华斯的序言和柯尔律治的《文学传记》都不是放空炮，而是对于他们已写的诗的阐释与自我歌颂。

柯尔律治的诗证明他强调想象力的作用是经验之谈。

就是凭了想象力，在1797年，当时才25岁的柯尔律治诗才横溢，写下了三首至今传诵的名篇，即《克利斯托贝尔》第一部分、《古舟子咏》和《忽必烈汗》。柯尔律治还写了若干首其他的诗，例如《午夜的霜》《沮丧之歌》等等，但是至今仍然吸引普通读者的似乎就是上述三诗。在英国诗史上，没有另一个重要诗人的声誉是建立在比柯尔律治更少的作品上的了。

而且这三首诗中，两首只是片断，并未完成。然而它们又是如何精彩的片断！

《克利斯托贝尔》似乎是一个用韵文写的“峨特式”故事：月夜古堡旁出现了一个自称逃难来的神秘女子，却原来是吸血鬼的化身，古堡里的小姐把她收留了，她却在小姐身上施邪，同时用离间计造成古堡主人老爵士对爱女的断然抛弃——然而故事到此中断了。诗人也确有写得可怖的地方，特别是对于那妖女用蛇一样的眼睛斜视姑娘的描绘，确是使人感到阴森。阴森而又有奇异的吸引力，这就是柯尔律治的诗才所在；而且不同于一般的“峨特式”故事，这首叙事诗是有用意的，即它探讨了天真为邪恶所厄这一人生处境，表面上似乎涉及神怪，其实包含了一个人世的道德危机。

这首诗的格律也有奇特之处，即一反14世纪乔叟以后英国诗兼重音节与重音的常规，柯尔律治在这里实行了一个新的原则，即着重重音，一般每行四个，同时又不废脚韵。除了脚韵这一点之外，这是回到了安格鲁撒克逊时期英诗的格律，而这样也就加强了诗的中古气氛。另一个诗人司各特听见别人朗读《克利斯托贝尔》之后，得到启发，也用这个格律写了他的《末代行吟诗人之歌》。

《忽必烈汗》则是一个异国情调的梦。柯尔律治自己有一段话，叙述他写作此诗的经过：某日他因身体不适，饮了一点鸦片酊，当时他正读一篇谈到忽必烈建造宫殿的游记，没读完就因药性发作而睡着了，梦见自己写了二三百行诗，醒来还记得，就赶紧写下，但只写了一部分就因有客求见而中断，等到客去重新拿起笔来，就记不清楚了。于是这首诗总共就只有已经写下的54行。

这是柯尔律治的自白，谁也不知道他这梦是真是假。无论如何，这是一个同《克利斯托贝尔》不同的梦。那是噩梦，这却是一个瑰奇的诗与音乐之梦。几乎一切足以构成浪漫情调的成分都在这里：亚洲的大汗，在地下潜行的圣河，阴冷的大海、森林，有围墙和守望塔的宫殿和御花园，等等。总之这是一个：

荒凉的野地！圣洁，迷魅，
犹如残月下有女人徘徊，
在哭着寻她那阴间的情人！

这样一个浪漫世界里少不了战争，所以：

闹声里忽必烈又听远处人声响，

原来是老祖宗预言要打仗！

而到了诗的后一节，忽然又调子一变，出现了短句：

一个操琴的姑娘，
我见过她的幻象。

而这个姑娘同忽必烈毫无关系，而是非洲阿比西尼亚人。这时不但景物转移，诗也更具音调之美。诗人甚至宣告：

用曼长而响亮的音乐，
我就能在空中建造迷宫，
那阳光灿烂的迷宫！

这就进入了更奇幻的世界。于是出现了一个给音乐迷住、像是中了魔似的诗人的形象：

于是众人大喊：当心！当心！
瞧他那飘动的长发，闪亮的眼睛！

你且绕他走三圈，
可要闭眼表肃穆，
须知他饮的是甘露，
还有天堂的灵感之泉！

这个诗人就是——哪怕只是暂时地——柯尔律治自己。他在这首诗里借忽必烈为名，却让自己的想象力自由驰骋了一番。可以说，这首诗并无通常所谓的主题，只有情调和气氛。忽必烈、潜流的圣河、黑森森的树林、冰封的山洞、异国情调的宫殿、操琴的阿比西尼亚姑娘、长发亮眼的诗人——每人每物都各有背景，各自带来不同的联想，但是诗人的想象力把它们“融合为一”（我们记得，这正是柯尔律治自己所作想象力的定义中的要紧话）。这样的诗本非叙事，因此也无须一般的开始与终结。是否柯尔律治如果不被访客打扰，会写出更精彩的下文来？我们不知道。但是就已有的54行来说，它们并不给我们以残破、不完整的感觉，倒是很有一种情调上的完整性。

这样的诗是18世纪及其以前所罕见的。所以我们说它是浪漫主义的新创作，英国诗史上的新品种。对于后世，它开创了以音乐、气氛之美为主要因素的一类诗。等到19世纪末年的诗人再把这类诗推进一步，我们就看见抽象诗、纯粹诗的前身了。

想象力仍然是形成《古舟子咏》的主要因素。柯尔律治又是根据听来的一点小小线索而写成此诗的。有一个叫作约翰·克鲁克善克的人说是梦见有人因做了一件坏事而经受极痛苦的赎罪过程，此外又梦见一条有人影在上的鬼船。以这样稀少的材料为基础，经过华兹华斯的鼓励，柯尔律治写出了一首叙事长诗，而且这一次他把600多行一气呵成，写下了一部首尾完整的大作品。

这首诗有一个简单的故事线索：有人去参加婚礼，半路给一个老水手拦住，硬要他听自己的航海经历。这个匆忙赶路的人本不想听，但是，

老水手的发亮的眼睛吸住了他，

犹如魔术师在给他催眠似的。所听的故事更是奇幻。原来这

水手的船在行驶途中，遇到了冰雪与大雾，幸亏一只信天翁飞来，把船引导到了平安地带，然而正在人人庆幸的时候，水手突然用弓箭射死了信天翁。

这是故事的关键情节。从此厄运降临全船。船停住不动了，一切像都停顿了，人人干渴，到了夜里海上到处都是鬼火。船上众人怪罪老水手，就把死了的信天翁挂在他的颈上。

在一切停顿之中，忽见从远处开来了一条只剩骨架的破船，船上有两个女鬼在掷骰子，一个名叫“死亡”，另一个名叫“死中之生”。掷骰子的结果，“死中之生”赢了。其后果是，除了老水手一人之外，全船的人都倒下死去。

老水手独处可怕的大海之上，周围都是同伴的尸体。最令他受不了的是那些死人对他诅咒的眼神。七天又七夜，他看着他们那诅咒他的眼睛，“自己想死都不能”。

然后他看见海上出现了水蛇：

呵，快乐的生物！言语
难将它们的美丽形容，
我的心里涌出了爱，
不知不觉地祝福了它们。

这是他的转机。他又能祷告了。挂在他颈上的死信天翁也落了下来，“像一块铅那样沉入海中”。他多少天来第一次能够睡着了。醒来他发现下雨了，这雨像甘露一样滋润了他久渴的身体和灵魂。但这还只是他得救的开始。他还得经历更多奇遇：船上的众多死尸忽然又站了起来，在各自的位置上操作，船又前进了。接着他听到从天上传来的美妙歌声。船又一度停住，然后又突然开动，疾驶如飞，使老水手跌倒，昏迷中他听见有两个天使在议论他的罪与罚。

他再度醒来，这时落在他身上的诅咒才算最后消除了。不久，他看到了他的祖国的海岸线，同时从船上每个死者身上升起了一个天使向陆地招手。接着他听到桨声——原来港口派了一只小船来接他，船上坐着领航员和他的孩子和一个隐士。小船刚接近，大船忽然沉没，老水手也落水，但被小船救起，终于抵达陆地。

登陆后老水手请隐士听他的忏悔，隐士就问他：“你是什么人？”这一问使他非常痛苦，他感到非把他的这番经历说出不可，否则无法解除痛苦。从此每逢痛苦重来，他便要将那可怕的故事对人重述一遍。最后，他说：

别了！别了！请再听我
进一言，赴婚礼的客人！
谁爱人和鸟和兽，
谁就祷告有门。

谁最爱万物，不论大小，
谁的祷告也最灵。
因为慈心的上帝爱我们，
爱他造的万物和人。

这里诗人点了题[1]：爱。老水手的罪在于把信天翁一箭射死，不但缺乏爱，而且是恩将仇报；他得救的开始，则在于他见到了海上的快乐而美丽的水蛇，“心里涌出了爱”。

这也就是说，这诗不是只讲了一个奇幻的故事（虽然它也确是展现了柯尔律治用诗讲故事的非凡本领），也不是在渲染“超自然”的神怪现象，而是对人生里的几个重要问题进行了

1　有一位巴波尔特夫人曾指责此诗缺乏道德寓意，柯尔律治回答说：毛病正在“此诗的寓意太多了”。他认为一篇纯粹的想象力的作品应该像《天方夜谭》里的故事一样，不含任何寓意。

探索，特别是罪与罚的问题，只不过这不是过问法律意义上的罪与罚，因为诗人是结合着情感的、精神的因素来探索的，所以他也挖掘得比较深。当他写那老水手无缘无故地、恩将仇报地把信天翁射死的时候，他是探索了某些罪行的完全不合情理亦即非理性的一面；当他写老水手颈上挂着死了的信天翁的时候，他是要人们联想起耶稣背着十字架以致最后钉上十字架的受难，而耶稣是在替有罪的世人受难。因此当诗人提出爱作为解决罪与罚的问题的方案时，他的话也是来自灵魂深处，读者可以不赞成，但却无法忽视，因为这不是抽象的空论，而是包藏在整个故事的结构和气氛之中的精神因素，而把这一切统一起来，融合起来的则是柯尔律治的想象力。

从另一个方面我们也看见柯尔律治的想象力在发挥作用，那就是他发挥了使“新奇、新鲜感与旧的熟悉的事物……平衡与和谐起来”的能力。这诗吸引人的原因之一，在于它虽然事涉奇幻，却又有足够的现实细节使之可信，[1]而这些细节虽然是“旧的熟悉的事物”，却又蒙上瑰异的色彩在动人的音乐声中出现。

---

1 或用柯尔律治自己的话说，使读者“暂时地收起不相信”而产生一种“诗的信任”（《文学传记》，第14章）。

就音乐性说，这诗用的是古歌谣体，即那种每节四行，单行八音节，双行六音节，二四两行押韵的诗体，例如：

Water, water, everywhere,
And all the boards did shrink;
Water, water, everywhere,
Nor any drop to drink,
水，水，到处是水，
一切木板都畏缩；
水，水，到处是水，
但一滴也不能喝。

值得注意的是，不仅节奏是古歌谣体，而且相应地用了极为普通、朴素的词汇。

用了这样极为朴素的手段，他却使我们看到了这样奇异的海上的太阳：

在黄铜色的炎热天空，
中午的太阳红如血，

升起在樯桅之上，
大小恰似满月。

和这样更奇异的夜晚的海：

忽前，忽后，不停地转，
死亡之火狂舞在夜晚，
海水燃烧如女巫之油，
绿色，白色，又一片蓝。

等水蛇来临，又出现这样的一片色彩：

在大船的影子里，
我注视它们的华服灿烂，
浅蓝，亮绿，丝绒的黑光，
它们游动时的每一摇晃
都发出金色的火光一闪。

恣意渲染的色彩的海！奇幻而美丽的大自然！然而诗人却不

是在绘一幅明亮的风景画，因为这里面还有人生旅途上的艰辛，还有罪与赎罪的良心上的痛苦，还有欢乐与焦灼之间的神秘变化——是这些东西提供了曲折与深度，加上奇幻的色彩和有魅力的音乐，加上一个完整而有戏剧性的故事结构，才使得《古舟子咏》成为柯尔律治的最辉煌的作品。

然而当他在1798年完成了上述三诗之后，这个优秀诗人却再也写不出同样好的诗篇了。他成为有名的讲演者，有名的批评家，他对哲学和文艺的片言只语都受到注意（年轻的济慈曾于1819年4月同他散步，听了他的高论之后立刻记在写给弟弟和弟媳的信里[1]），但是他的诗才枯竭了。

他对此是有自知之明的，而且感触极深。1802年，他毅然再度拿起诗笔，然而却只写下了《沮丧之歌》。在诗里，他慨叹道：

我们得的只能是我们给的，
大自然只存在我们自己的生活里。

1 罗林斯编.《济慈书信集》，Ⅱ，第88—89页。

他回想起他曾经有过内心的欢乐，这种欢乐是一切乐声、一切丽色，甚至“一个新地球和一个新天堂”的来源，然而，如今：

如今苦难把我压倒在地上，
我不计较欢乐的失丧，
　　可是呵！每一次苦难来袭
都困住了我天生的专长
　　——那塑造一切的想象力。

以宣告想象力的绝对重要性开始，现在又以慨叹想象力的丧失结束，柯尔律治是前后一贯的；同时，不怨天，不尤人，只怪自己，他又是有勇气的。然而把一切寄望于想象力，把诗和文学的基础放在灵感和天才上，这却是他的局限所在。他的诗才的衰竭还有社会的、时代的原因，需要我们另外去寻找一番。

第五章　华兹华斯

一

华兹华斯的诗的繁荣时期比柯尔律治要长些，有十年之久（1797—1807），他的创作精力旺盛，写出了许多石破天惊的开创性作品：清新，深刻，美丽，有力。

然而这个伟大的十年却是前后都各有一个大的危机。

第一个危机是他在1792年12月从法国回到英国之后所经历的情感上的危机。法国大革命的风暴也带来了华兹华斯心里的风暴，他曾经怀着这样的心情去歌颂革命：

幸福呵！活在那个黎明之中，
年轻人更是如进天堂！

（《序曲》，第11章）

华兹华斯初到法国，是1790年夏天的事，那时他才20岁，还是一个背着背包步行漫游的大学生。一年后，他第二次到法国，住了下来，爱上了一位名叫安耐特·伐隆的法国姑娘，一年后他们的女儿出生。这一次停留，从1791年11月到1792年12月，正逢法国革命进入一个激化的新阶段。1792年4月间法国对奥地利宣战，8月巴黎群众冲进国王所住的屠勒里宫，接着大批逮捕国王的同情者，9月更发生了群众冲进监狱杀了几百个保王党人的所谓“九月大屠杀”，而在1792年之末国民议会又采取了一个令全欧君主变色的空前的革命措施，即通过法令，向全欧公然宣告：法国愿意对一切争取自由的人民进行援助！华兹华斯经历了这一激化的过程，他的同情是在吉伦特派即温和派一边。不久，即在1793年1月，他忽然离别了爱人，悄悄地回到英国。

接着来的是一个长达五年的痛苦时期。对于他在这段时期里的心情，研究者是有许多猜测和争论的。可以确定的是：他对离开爱人而又不能回去——他回来不到两月，即在1793年2月，法国就对英国宣战——是感到沮丧的，日子一久，又产生了一种内疚的心情。他对于法国内部斗争的更加激化——他回来不到半年，他的吉伦特派的朋友们就受到了雅可宾派的镇压——也是感到不安的。他对于爱情和革命的希望黯淡了下来，他有了双重的幻灭之感。

等到他在妹妹多萝西的体贴的照料下慢慢恢复过来，他遇到了柯尔律治。这是1795年的事。这两个诗人的见面是英国诗史上的重要一页。一个心胸开阔，对世事深有所感；一个想象奇幻，对哲理已多探索；而两人都有巨大的诗才只等汲引，并且两人都立志要用新的方式写诗，因此一见面就谈得投机。不久华兹华斯兄妹就搬到柯尔律治邻近居住，从此三人经常一起散步，长谈。两个诗人互相启发，终于合作写诗，于是而有1798年的《抒情歌谣集》的问世。

从此华兹华斯进入他的创作的丰收时期。1799年他同妹妹搬到英格兰北部湖区居住，从此寄迹山水，变成了孤云野鹤似的人物。危机并未完全消除，对法国革命和安耐特也并未忘却，但是他有勇气写诗了，而且正因那过去的创伤，正因他不是在满天阳光而是在一种情感的阴影下写诗，所以诗也不是写得轻飘飘或仅仅优美，而是用清新的语言写出了深挚的感情。

也正是在大自然的怀抱里，诗人自己找到了慰藉。在一首诗里，他告诉我们，他曾“像一朵孤云那样徘徊”，在湖边看见了一片黄水仙在微风里舞动，他停下观看，感到了从未有过的欢欣，这美丽的一瞥给了他一生的慰藉：

> 每当我床上静卧，
> 心头忧郁又茫然，
> 寂寞里忽来奇乐，
> 心里瞥见了水仙一闪，
> 我的心就充满欢喜，
> 忙伴着花儿舞起。

这里的主旨仍然是：大自然有医治创伤的力量，同我们在前面引过的《丁登寺旁》一诗是一致的。

不仅是对于花有这样的感应，对于鸟也是一样：

> 呵，布谷鸟！我该称你为鸟
> 还是一个游荡的声音？
>
> 春天的宠儿，欢迎又欢迎！
> 对于我你仍然不是鸟

而是看不见的精灵，
一个声音，一种神秘的感情。

华兹华斯是多么喜欢用“神秘”“幻梦”“游荡的声音”等等抽象字眼呵！如在另一个诗人，可能这类词汇的不断重复会成为一个重大的缺点，可是华兹华斯却因能把他全部的热情和向往倾注在这些词里，并有足够的诗才把它们提高为诗的语言，从而使人们得到另一种感觉：感到诗风清新，感到这已不是一般的语言，而是诗人在对大自然倾吐着秘密的心声。

后来他更深入一步，探究人在什么时候对于大自然感应最灵敏、最纯真。他找到的答案是：童年。1802年写的一首小诗道出了这个意思：

每当我看见天上的虹彩，
　　我的心就跳。
初生时这样，
长成人也这样，
老了也该这样——

　　否则不如死掉！

婴儿乃成人之父。

但愿我这一生

贯穿了自然的虔诚。

然而最充分也最动人地表达了这一点的则是一首较长的名篇，题为《不朽的兆象》（1802—1804年作，1807年发表）。这是值得任何喜欢诗的人，包括不赞成华兹华斯的思想的人，仔细一读的作品。自然，这里有华兹华斯的哲理，然而一切出之于纯净、美丽的诗的语言。首先，诗人慨叹失去了：

一个梦的荣耀和新鲜。

…………

那幻觉的闪光去了何方？

荣耀和梦今天又在哪里隐藏？

下面，他给了两个不同的回答。第一个回答是，这闪光，这荣耀和梦，都只能见于童年：

驾着荣耀的云我们从天而下，

　　上帝原是我们的家。

天堂就在我们摇篮的周围！

然而人却无法保持这天堂之光：

成人终于看见它消亡，

化成了平常日子的淡白光。

从童年到老死：这是一个纯真和至善逐渐消蚀的过程。这一个回答无疑是悲观的。出人意外地，第二个回答与此相反，大意是说：无须绝望，因为事情尚有可为。童年虽消逝，但是“余烬犹温”，只要努力，还可寻回旧梦。诗人以自己作例，说他体会到：通过回忆，他仍能寻回童年的某些东西——欢欣与自由，新生的希望，对感官世界和外面事物的“倔强的提问”，一个孤独的人在幻想世界里走动时所感到的茫茫然的不安之感，等等。总之，那些“最初的感情和最早的回忆”，而它们是没有什么力量能够完全摧毁的。

在这里，华兹华斯表现出比写《沮丧之歌》的柯尔律治要高明。柯尔律治以为一旦那“塑造一切的想象力”消失了，诗人也就没有希望了，但是华兹华斯却指出，即使那“幻觉的闪光”已不存在，人还是可以有所作为：

尽管什么也难把时光颠倒，
追不回草的灿烂和花的荣耀，
我们却不悲伤，宁可培养
我们还剩下的力量；
力量也在那最初的同情心，
一旦同情就永难无情；
力量也在那苦难中涌现的思想，
它能抚慰心上的创伤；
也在那能够看穿死亡的信念，
也在那带来了沉思之心的时光。

因此到诗的最后，我们听到一种颇有沧桑之感，然而又是坚决的声音：

对于注视过人间生死的眼睛，

落日周围的云也染上了
庄严的颜色，显得深沉。
又一场比赛过去了，又一些人得胜了。
感谢有人心使我们能够生存，
感谢它的温柔，喜悦和恐惧，
我看最低微的鲜花都有思想，
但深藏在眼泪达不到的地方。

有点沉痛，但是并不沮丧。眼泪达不到，可见仅仅悲伤是无用的，还须有欢欣。诗人在沉思之后，抬起了头。比起柯尔律治来，华兹华斯毕竟是更有道德上的韧性的诗人。

二

《抒情歌谣集》中华兹华斯所写的作品，最重要的是前面引过的《丁登寺旁》。但还有许多其他优秀诗篇，如写乡下贫民生活的《老猎户西门·李》，写儿童心灵的《我们是七个》，直抒作者对自然与人的关系的见解的《反其道》和《写于早春》等等。以下是《反其道》的全文：

起来，起来，朋友，丢开你的书本，
否则准成驼背！
起来，起来，朋友，舒展你的眉头，
何必忧愁又受累？

山头上的太阳，
柔润而又新鲜，
在长长的绿色田野，
洒下了黄昏的甜蜜光线。

书！只带来沉闷和无穷烦恼，
不如来听听林中的红雀，
它唱得何等甜美！我敢担保，
歌声里有更多的才学。

再听画眉唱得多欢！
它也是一个高明的教士。
走进事物的灵光里来吧，
让大自然做你的老师。

她有无数的现成财宝，
能向我们的头脑和心灵赐福，
让健康的智慧自然流露，
还有真理使人鼓舞。

绿色树林里的一个灵感，
会教给你更多道理，
关于人，关于人的恶和善，
超过所有圣人的能力。

大自然带来的学问何等甜美！
我们的理智只会妨碍，
歪曲了事物的美丽形态，
解剖倒成了谋害。

够了！再不需科学和艺术，
把它们那贫乏的书本封住！
走出来吧，只需带一颗赤心，
让它观看，让它吸取。

这诗所说的道理很简单，即大自然的启示胜过一切书本智慧，但谁也没有像华兹华斯说得这样干脆、彻底——“解剖倒成了谋害”，由于它的彻底性而成了至今引用的名言。同时，诗本身说理而又不显得枯燥，由于处处有对照，有甜美的田野、阳光、红雀、画眉在对照狭窄的书本世界的沉闷和无尽烦恼，也由于华兹华斯有创造某种用词极简而含意极深的新鲜名词的本领，如这里的“事物的灵光”“绿色树林里的一个灵感”“歪曲了事物的美丽形态”。我们已经说过，他不怕运用某些日常的名词，如“事物”“形态”之类，这些词一般人不愿用在诗里，而他却能把它们用活，用得饱含哲理而又人人皆懂。这便是他的难及之处。

但是对照不仅存在于大自然的活学问与书本的死知识之间，还存在于大自然的慈爱和谐与人的互相残害之间，这后者是另一首诗的主题：

写于早春

我躺卧在树林之中，
　听着融谐的千万声音，

闲适的情绪，愉快的思想，
　却带来了忧心忡忡。

大自然把她的美好事物
　通过我联系人的灵魂，
而我痛心万分，想起了
　人怎样对待着人。

那边绿荫中的樱草花丛，
　有长春花在把花圈编织，
我深信每朵花不论大小，
　都能享受它呼吸的空气。

四围的鸟儿跳了又耍，
　我不知道它们想些什么，
但它们每个细微的动作，
　似乎都激起心头的欢乐。

萌芽的嫩枝张臂如扇，

捕捉那阵阵的清风，
使我没法不深切地感到，
它们也自有欢欣。

如果上天叫我这样相信，
如果这是大自然的用心，
难道我没有理由悲叹
人怎样对待着人？

这类将自然景物和人的感触结合在一起的诗并非华兹华斯的独创，18世纪的诗人，从汤姆逊到柯珀，特别是后半叶的格雷、哥尔德斯密斯等人也都写过。但是我们又必须说，谁也没有像华兹华斯这样写得明朗而又深刻：明朗在于语言的简朴、爽快，没有“修辞术”的痕迹，更没有所谓“诗歌词藻”，体现了华兹华斯的革新主张；深刻在于这里的感触不是个人的伤春悲秋，或泛泛的“天地不仁”之类；恰恰相反，天地是仁慈的，其中万物互相爱护，只有自以为“文明”的人却是残酷的，对物残酷，对别的人也残酷。“人怎样对待着人？”是一个根本性的大问题。而这一问提出于1798年（即此诗写成之时）更是意义重大，因为当时离巴士底大牢攻下不过十年，而革命队伍里已经出现分裂和互斗，这一问既含有对法国革命理想之一的博爱说的肯定，又对革命所体现的理性主义提出了根本的怀疑。谁能想到，一首以“早春”为题的小诗竟包含着这样一种意识形态的大反思？

确实是一位不凡的诗人！当他来写爱情的时候，笔下也出现了动人的新境界。在《抒情歌谣集》的第二版（1801）里，有一组叫作《露西之诗》的作品引起了人们的兴趣，但是露西是谁，至今并无定论。我们无须卷入这个争论，因为自有好诗供我们欣赏：

我有过奇异的激动

我有过奇异的激动，
我不怕把它说出，
但只说给多情的人，
我曾有过的遭遇。

那时候我爱的姑娘

每天都像玫瑰一样鲜艳，
我在一个月明的夜晚，
骑马走向她的家园。

我看着头上的月亮，
它把广阔的草原照耀，
我的马快步而上，
已到我喜爱的小道。

现在过了果园，
接着就爬小山，
月亮朝着露西的屋檐，
越来越近地下降。

我甜甜做了一梦，
这是大自然赐的恩福，
但我的眼睛没有移动，
紧紧地把下降的月亮盯住。

马儿继续前进，蹄声响亮，
不停地一直向前，
突然间那下降的月亮，
一头栽在她的屋子后面。

多么熟悉而奇怪的念头，
一下子钻进了情人的头脑！
“呵，慈悲的天，”我对自己喊叫，
“也许露西已经死了！”

诗人采取了民谣的写法：语言朴素，带一点向别人谈心的口气；自然景色写得鲜明，月夜如昼，而情人骑马前进，又给诗篇以一点故事性和运行的速度，直到最后戏剧性地突然一叫[1]，

1　这首诗本来还有最后一节，其文如下：

这事我告了她，她只轻盈一笑，
笑声还响在我的耳边；
当我想起那个晚上，
我的眼睛就被泪水遮掩。

华兹华斯后来把它删了。评论家们多数认为：原节本身也是好诗，但删了更好，这样使全诗在紧要关头停住，该交代的已经交代，其余留给读者自己去体味。

月亮下栽，死亡来临，完全颠倒了原来的幽静、快乐的情调。情诗写得如此清新，又如此令人悬念，以前也是少见的。

而当他来正面写死亡的时候，那沉痛也是有异乎寻常的感染力：

沉睡锁住了我的心，
　我已无人间的恐怖；
她已化物而无感应，
　再不怕岁月来接触。

如今她无力也不动，
　不听也不看，
只随地球日夜滚，
　伴着岩石和森林转。

韵律是缓慢的，每个字都是郑重的，然而意境却极高远，说的是一个姑娘的死，然而情感却超越了一般的悼亡，因为诗人将她的身世同岩石、森林结合起来，同日日夜夜地球的转动结合起来，她的身体化成了物，她的灵魂却在大自然里寻到了永生。

三

华兹华斯不仅长于抒情，也善于叙事。他的叙事诗往往以个别贫民的生活和命运为中心，写得自然实在，可以说是诗歌中现实主义的佳作，只不过像他所有的作品一样，又都贯穿着他的自然观、人生观。写这类叙事诗，他也是前无古人，在同时代和后来的诗人中也未遇敌手。

《毁了的村舍》就是一首极其动人的叙事诗。[1]故事很简单。诗人在乡下跋涉，在一处破屋旁边遇到昨天同路的“漫游者”，听他讲了当地一家人的故事。这家人一共三口，壮健的丈夫是织工，贤惠的妻子叫玛格丽特，有一个孩子，一家人晨起而作，日落而息，屋子里收拾得干净舒服，日子过得平静。但是

1　此诗原作于1797—1798年间，后来收入长诗《漫游》(1814)，为其第一章，但增加了一些有关“漫游者”本人生平的段落。英国学者塞林可特和达比夏（Ernest de Selincourt and Helen Darbishire）删除了那些段落，恢复了它的原貌，以《毁了的村舍》为题，于1949年作为单篇收入他们合编的牛津版《华兹华斯诗集》。1979年又在康乃尔大学出版的全集中出现更短的文本，内容更集中，为多数研究者所采用，本文翻译与讨论亦据此。

不到二十年前，可能你已忘记，
接连两年遭灾，地里只剩
一半庄稼，老天爷又偏要加上
更可怕的灾难，战争的瘟疫，
这块安乐土的心被刺伤了！
我在这里的村舍之间漫游，
背负沉重的冬衣，亲眼看见
那个季节的艰苦：许多有钱人
像做梦似的沦落在穷人之间；
而许多穷人则从此死去，
这地方再也见不到他们。这时候
这家人也舍弃了一些日常舒适，打起精神适应了
许多自我限制。玛格丽特挣扎着
度过那些灾难的年头，仍然怀着希望，
可是第二个秋季，她的丈夫
躺倒了，染上了危险的热病，
长时间在床上辗转。等到精力恢复，
他发现他的小小积蓄，原来是防备
不测和衰弱的老年的，一下子

都用光了。又来了第二个孩子，
加重了岁月的困苦，他们
和所有同样地位的人都被
忧虑和悲哀重重压住了。成群的
工匠出力而拿不到钱，于是纷纷
出去走动，靠大家施舍
弄些吃的，他们自己，
他们的妻子儿女都靠救济——
那生活，怎能比得上树篱上啄食的小鸟，
或者高山岩石上筑巢的大雁，
哪里有它们的快乐逍遥！

（第535—565行）

可怕的还有那丈夫的性格的改变：

这是走逆运，对于一个
以前过得温饱，又在这小屋里
享受过平静的人。如今他呆立门口，
口哨里发出许多愉快曲子的片断，

然而其中没有欢乐。或者用小刀
在木杆头上刻出一些粗鲁的人像。
接着，没精打采地，到处去打听，
不论屋内园里，只要有活就干，
也不管是有用还是装样子，带着一种
奇怪的，似乎有趣，其实不安的新态度，
他把四季的各种活儿混起来干，
不管是夏、秋、冬，还是春天的。
但这样也没过多久，他原来的好脾气
很快对他变成了负担，毫无乐趣，
贫穷带来了别扭劲儿和坏脾气，
他一天一天消沉下去，
常常放下活儿，径向城里走去，
没有目的，脚步松垮，
或者在田地里东走西逛。
一会儿用恶毒的言词
刻薄地谈着自己的孩子们，
一会儿又把他们举起抛扔，
似乎兴高采烈，但全不自然，

这时候可怜的无辜的孩子们
用异样的眼光瞧他，那样子真叫人伤心！
“每一个微笑，”玛格丽特就在这树下
对我说，“都刺得我的心流血。”

（第566—591行）

终于有一天丈夫不告而别，在窗口留下了一个小包，其中是几个金币，原来他已投军远去，这钱是当时军队发的安家费。此后，每逢这位漫游者重过此地，玛格丽特的境况一次比一次更凄惨：孩子大的走了，小的死了，田园荒芜了，她的身体越来越衰弱，但仍不时站在路口，问过往行人有否见过她的丈夫，这样过了几年，终于郁郁死去。

故事如此。诗中穿插着诗人同漫游者的问答，以及两人对于玛格丽特一家命运的感慨，例如：

呵，先生！好人总是先死，
而那些心灵枯燥如夏天尘土的人
却能活到灯尽油干。

（第500—502行）

而结尾也出人意外。漫游者在听到玛格丽特的死亡之后，最末一次面对破屋荒园，忽然感到一种宁静，所有的悲思和绝望都消散了，宛如做了一场梦，因为他心里出现了一种崇高的精神，这是一种沉思的、富于同情心的、受着信念滋养的精神。他的结语是：

　　“……我离开了那里，
带着快乐走上我的路程。”
　　他说完了。不久西沉的太阳射出了
温润的斜光，它的灿烂光辉
落在坐在树下凳上的我们身上；
我们这才感到受了训诫，甜美的时刻已到。
红雀在高大的榆树上奏鸣，
鸫鸟也在高唱，还有别的乐音
远远传来，空气变得温和。
老人站了起来，生气勃勃，
似乎准备迎接希望，拿起了拐杖。
我们一同对这些寂静的空墙投下了
告别的一瞥，离开了树荫。

星光还未显露，我们已经到达了
一家乡村旅店——当夜休息的地方。

（第955—970行）

叙述悲哀的人的命运，然而又超越悲哀，以一种经过“训诫”——类似古希腊悲剧中的“清洗”？——的宁静心情作结，这正是华兹华斯这位沉思的诗人不同于别人之处；他入世——请看当时村舍经济的崩溃和战争的灾难留下了多深的创痕！——但又出世，总是希望能实现一种精神上的高扬，找到更高的宁静；在这一入一出之间，他写下了朴素而又异样动人的好诗。

这类好诗还有多篇，我们再举一首《迈可》为例。

《迈可》作于1800年，也就是华兹华斯创造力最旺盛的时候。诗的情节也很简单，也是关于一个穷人家庭：父亲迈可是羊倌，妻子伊莎白管家并纺织，儿子叫路克，从小为父母钟爱，特别是老年得子的羊倌为他操尽了心，带他一起上山看羊，培养他一种与大自然和谐的身体的也是精神的品质——正是老人自己的品质：

干牧羊这一行，他行动敏捷，
比一般人更警觉。
这样他学会了如何懂得一切的风，
一切不同声音的狂飙。不止一次。
在别人毫无觉察的时候，他听到南方
地底下响着音乐，就像在遥远的
苏格兰山上有人在吹奏风笛。
老羊倌一听这个警号，立刻想到
他的羊群，于是对自己说：
“这风是在替我准备活儿！”
确实如此。任何时候，只要风暴一起，
旅人纷纷找地躲避，却见牧羊老人
奔向山上。一千次他投身在雨雾的中心，
孤单一人。雾来时他在山上，
雾走时他依然高踞峰顶。
他就这样生活着，过了八十生辰。
谁要是以为那些绿色的山谷，
溪水，岩石对老羊倌的思想
没有影响，谁就大错特错了。

那些田野，他曾在那里愉快地呼吸了
人人共享的空气；那些山岭，他曾一次又一次
健步跨越；它们在他的心上
刻下了多少事情的印象：
艰苦，本领，勇气，欢乐，恐惧；
他的心如一本大书，收藏了记忆，
不会说话的牲畜的记忆，他如何救它们，
喂养它们，为它们找荫蔽，而连系
这些行动的则是光荣收入的确信。
那些田野呵！那些山岭呵！它们又怎能
不紧紧抓住他的感情？对于他，它们是
一种盲目的爱所给的愉快感觉，
这也是人生本身的愉快。

（第46—77行）

他同妻儿在一起的日常生活也是简朴而又愉快的：

白昼已尽，
父和子从户外的劳动回到家里，

但活儿未完；除了一个短时间，
三人走到干净的餐桌坐下，
每人一盆粥和提过奶油的牛奶，
桌子中间满满一篮子燕麦饼，
还有自制的家常乳酪。一吃完，
路克（这是儿子的名字）和老爹
不让手闲着，又在炉边做起
便于做的事，或者为母亲的纺锭
整理好羊毛，或者修理镰刀、连枷、长柄刀
以及其他家里地里用的小农具。

（第95—109行）

他们在屋顶下靠近烟囱的高处悬了一盏式样古老的灯，一到黄昏就点上。由于屋子立在高处，全家勤劳恬静又是远近闻名，所以四乡都看得见也羡慕这灯光，称之为“晚星”。

然而等路克长到18岁，灾难来临。老羊倌自己省吃省用，又有一块地，不欠任何人的钱。但他曾为一个侄子作保，这侄子原来很有钱，为人也老实勤快，但后来遭遇意外，财产耗完了，赔不出的钱要由老羊倌支付。这是一笔很大的款子，将近他全部财产的一半。迈可本想卖掉自己的一部分地，但农民对于土地的固执的爱和对于将来的打算使他改变了主意，地要保留，而让18岁的儿子进城去投奔另一个有钱的亲戚，等到发迹了再回来重振家业。

在路克离去之前，老羊倌特别带他上山一次，指着一堆石子，告诉他这是他准备修羊圈用的。他也谈了家史和路克小时候的情形。最后，他说：

　　照我的话办，
替羊圈放一块基石吧。从今以后，
路克，你到了外地，如果交上了
坏朋友，想想我，儿子，想想
现在这一刻。让你的思想回到这里，
上帝就会给你力量。不论有多少恐惧，
多少诱惑，路克，我请你记住
你的祖先所过的生活，
他们是善良人，为了善良的目的，
不辞辛苦做好事。好了，再见吧，
等你回来，你会在这个地点

看到现在还没有的东西；这是
我们两人之间的誓约；不论命运
如何变化，我将永远爱你，
就是进了坟墓也会带着你留下的记忆。

（第403—417行）

路克去后，最初写回的几封信都是好消息。老夫妇也得到了安慰，迈可有时走到山谷里，就在那羊圈上多加几块石头。可是，几个月之后：

　　路克开始松垮起来，
不好好干活，终于在那荒淫的城市里
走上了邪路，只落得身败名裂，
最后被迫去到遥远的海外
找一个藏身之地。

（第443—447行）

这当然是对老夫妇的重大打击。但是迈可是一个坚强的老羊倌，在他真挚的感情中有爱，而：

坚强的爱给人以安慰，
使得任何事情都能顶得住，
否则脑会昏心会碎。

（第448—450行）

人们看他仍然看天，看云，听风，上山牧羊，有时到山谷里在羊圈上多放几块石头，有时就同老牧狗在那里默坐，这样过了七年，他死了，羊圈终未盖成。三年后伊莎白也死了。称为“晚星”的村屋终于倒塌，成为田地，只在山谷的溪流旁边，还存在一堆石头，就是那未完成的羊圈。

这首诗里有三个所谓“原型”人物：老羊倌，即卢梭以来的浪漫主义思想家所神往的“自然人”；伊莎白，永恒的贤妻良母；路克，被近代文明都市毁灭了的纯洁少年。诗里绝大部分写大自然，然而都市的威胁却尖锐地存在，商业上的失败夺走了老羊倌的钱，邪恶的都市诱惑又毁了他的孩子。然而诗人又不以为老羊倌是最后的失败者，因为大自然给了他坚强的体魄、性格和“任何事情都能顶得住”的坚强的爱。迈可死了，然而他对自然、牲畜和儿子的爱却随着那堆盖羊圈的石子存在下去。

比起华兹华斯的力量和深刻来，以前写类似题材的英国诗确实显得只是轻轻的叹息了。这一半是因为这位受过法国革命思想影响的诗人比他的前人想得更深，一半是因为他在语言和诗律上进行了革新。他用的语言不文，但也不太白，写农村而无方言俚语，倒是有一些他特创的抽象名词，总之，是一种经过提炼的“人们真正用的语言”，比起10世纪的“诗歌词藻”来就显得异常清新。同时，他用的素体无韵诗体容许他写得亲切而又曲折，曲折到可以表达出他的远比前人复杂的思想感情，他是继莎士比亚和其他16、17世纪诗剧作家和史诗作者弥尔顿之后，另一个把素体诗运用到新的化境的开创性诗人。

这就是为什么我们说，单拿叙事诗来说，华兹华斯也是前无古人的。浪漫主义诗歌的新颖和深刻，在这里又得到了证明。

四

在另一个老的诗体里，华兹华斯也实现了意义重大的创新，这就是十四行体。

十四行诗在伊丽莎白朝曾是最流行的诗体，成百个诗人用它来歌咏爱情或抒发自己的感兴。最后弥尔顿又运用了这诗体来写新的内容，如对天主教君王屠杀新教徒的义愤和自己眼睛失明时的悲壮心情。但是在整个18世纪，十四行诗却几乎绝迹于诗坛了。华兹华斯在英国诗史上的贡献之一，就是重新树起了十四行诗。他曾经有意地用十四行诗的形式写了一首《莫贬十四行》：

莫贬十四行；批评家，你皱眉了，
却忘了它的成就；莎士比亚用这诗
当钥匙，打开了他的内心；……
……当阴影落在了
弥尔顿的道路上，他的手举起这诗
当作号角，吹出了乐调
振奋灵魂——可惜呵，吹得太少！

他不是偶然提到弥尔顿。他对这位17世纪的大诗人是充满敬意的，而且还不仅仅因为他的诗写得好。在另一首题名《伦敦，1802年》的十四行诗里，他一上来就向弥尔顿呼吁：

弥尔顿！你该活在这个时候，
英国需要你！她成了死水一潭：
教会，朝廷，武将，文官，
庙堂上的英雄，宅第里的公侯，
都把英国的古风抛丢，
失了内心的乐。我们何等贪婪！
啊，回来吧，快把我们扶挽，
给我们良风，美德，力量，自由！
你的灵魂是独立的明星，
你的声音如大海的波涛，
你纯洁如天空，奔放，崇高，
你走在人生大道上，面对上帝，
虔诚而愉快，还有一颗赤心
愿将最卑微的职责担起。

诗写于1802年，距华兹华斯从法国回来已将十年，而他还在歌颂热爱自由的弥尔顿，还在对英国的现状不满，可见直到那时他还没有放弃——更谈不上背离——法国革命的理想，只不过他已把纵横欧陆的拿破仑看作暴君而加以反对。正像弥尔顿用十四行体谴责杀害新教徒的南欧君主一样，华兹华斯也先后用十四行体谴责了拿破仑对威尼斯的出卖，对瑞士的侵略，对海地独立斗争的镇压，而歌颂了海地的革命英雄卢维屠：

活下去，莫丧气，你留下了力量：
风，地，天都将为你效劳；
只要风在吹，人们就会不忘；
你有伟大的盟军；你的友好
是喜悦，痛苦，爱情，
还有不可征服的人心。

这些响亮的、深刻的诗句说明：除了一个行吟湖畔的华兹华斯之外，确是还有一个歌颂自由、反抗暴政的弥尔顿式的华兹华斯。

然而华兹华斯却又不同于弥尔顿。弥尔顿始终站在人民革命一边，老而弥坚；华兹华斯呼唤弥尔顿，着眼点是英国传统的自由。对于人民革命，他在1800年左右就已深惧它的暴烈的一面，后来更发展为全面否定，以至在1830年以后写的许多短诗里，同样是十四行体，出现了这样的句子：

这一国人民曾经快乐，以自由闻名，
由于巨大的自我堕落受到惩罚之后，
回头祈求上帝保佑，使他们
不遭更大的祸害，不染上
已在恶毒地播散的革命瘟疫！

（《吟故将军法斯特》，1832年3月）

一首又一首的十四行诗，谈的是同样的主题，即自由与革命是两回事，前者是好的，他保卫；后者是坏的，他反对。戳穿了讲，他反对一切剧烈的变化：

剧变都危险，一切机会都不可靠。

（十四行，无题，1838年作）

当然，这是后话。19世纪30年代正是英国国内剧烈动荡，而华兹华斯的诗才之火已近熄灭的时候。使人惊讶的不是他的转变——当时及以后，经历同样转变的人并不少，这后面有许多原因——而是转变到这样敌视革命的程度，因此也就受到了仍然怀抱法国革命理想的同时和后来诗人的责备：拜伦挖苦他为“变节者”，雪莱不胜惋惜地感叹昔日“在光荣的贫穷中编织真理与自由之歌”的华兹华斯已不存在，而布朗宁则直截了当地称他为“失去的领袖”。[1]

但是在他以弥尔顿为道德榜样的1800年左右，他的十四行诗确是佳作迭出，不仅有弥尔顿式的黄钟大吕之音，还有对自己乡国的高昂的赞歌：

西敏寺桥上作，1802年9月3日[2]

大地不会显出更美的气象：
只有灵魂迟钝的人才看不见
这么庄严动人的伟大场面：

---

1 拜伦之言，见《唐璜》献辞第6节及自注。雪莱之言，见十四行诗《致华兹华斯》（1816年发表）。布朗宁写了一首关于华兹华斯的诗，题目即是《失去的领袖》。

2 据诗人之妹多萝西日记1802年7月部分所记，实际写作此诗的日期不是9月3日，而是7月31日，当时华兹华斯正准备重回法国，路经伦敦。西敏寺桥为伦敦泰晤士河上大桥。

这座城池如今把美丽的晨光
当衣服穿上了：宁静而又开敞，
教堂，剧场，船舶，穹楼和塔尖
全都袒卧在大地上，面对着苍天，
沐浴在无烟的清气中，灿烂辉煌。
初阳的光辉浸润着岩谷，峰顶，
也绝不比这更美；我也从没
看见或感到过这么深沉的安宁！
河水顺着自由意志向前推：
亲爱的上帝！屋桁似都未醒，
这颗伟大的心脏呵，正在沉睡！[1]

还有这样出自深心的对世态的鞭挞：

这世界把我们抓得太紧了！迟或早，
收进或付出，我们把精力耗尽，
看不见大自然有东西待我们去领，

1 屠岸译文。

把自己的心也当猥琐的礼品送掉了！
大海朝着月亮露胸相召，
大风就要日夜叫吼不停，
如今却像沉睡的花，把身子缩进，
对这些，对一切，我们都不合调，
无动于衷。——伟大的上帝！我宁愿
做一个生于旧信仰的异教徒，
那样倒能够，站在这愉快的水边，
看到使我不感凄凉的景物：
普鲁底斯[1]会从海底升到我的眼前，
屈赖顿[2]老人会把号角吹向我的耳鼓。

华兹华斯总是强调社会与自然的巨大不同：社会只讲“收进或付出”，人们陷身其中，精力耗尽；而美丽而又有灵性的大自然就在他们身边，明明可以拯救和提高他们，他们却视而不见，听而不闻。他们缺乏精神上的力量，而基督教对此是无能为力的，诗人宁寄望于基督教以前的古代信仰。为此他

1、2　两者皆出自希腊神话，普鲁底斯是变幻无常的海神，屈赖顿是半人半鱼的海神。

借助于平素不常引用的希腊神话，用它那瑰丽的神奇世界来对照现代社会的“猥琐”——而这样一来，他给了他的自然观以更深远的背景，在时间上向后提了两千年！

五

以上说明，在光辉的十年之内，华兹华斯的诗才取得了多方面的成就。而作为顶点的则是那首题名《序曲》的长诗。这首诗共有14章，作于1799年到1805年间，在诗人死后才于1850年第一次出版，但那是修改稿，直到1926年英国学者塞林可特发表了他的1805年的初稿，人们才看清了这首诗的原来面目。[1]

华兹华斯自己称这首诗为：“一个诗人的心的成长——一首自传诗。”他在这里写下了他的回忆：童年，上学时期，在剑桥大学的岁月，初见伦敦的情景，第一次去法之游，第二次在法国的居留，但重点不在叙事，而在写下他在各个时期的印象和感想。显然，这是一种新的诗歌品种，一种用韵文

1　本文引文据1850年版。

写的文学自传。同时，它对于要了解英国文学史上一个重要诗人的研究者，又是极为重要的历史材料。

然而对于一般读者又如何？使研究者发生兴趣的，未必对一般读者也有吸引力。就《序曲》而论，读者确是也有一阵最初的踌躇需要克服。但是如果他开始读了，最初的几行就会使他眼明：

呵，清风带来了祝福，
它轻轻拂着我的脸，
像是特意从绿野和蓝天
给我送来了喜悦。
何用问它来意！这风来得及时，
令我分外感激。我刚逃出了
曾经长期困居的庞大城市，
把抑郁换成了今天的自由，
自由得像小鸟，到处为家。
什么房舍将接待我？什么溪谷
将收容我？在什么树下成家？
什么清澈的溪流将低吟，

用它的潺潺给我催眠？

整个大地在前面等着我。

但并不都是这样清风似的倾吐。很多地方华兹华斯似乎强调过甚了，又有些地方显得说理太多了，或者在我们看来是很小的问题上文章做得过大了，但是正在我们准备掩卷的时候，却又总是忽然来了一件往事的回忆，一种情绪的追记，一点具体的什么东西，而且诗行也突然闪亮发光了，使我们觉得还应该看下去——而看下去我们就跟着诗人重走了他的人生旅程。

然而这又是一个与众不同的旅程。诗人似乎完全没有生活的忧虑（一笔朋友赠送的遗产已使他衣食不愁），也没有爱情的惆怅（他谈到在法国的居留而无一字道及昔日的爱人安耐特·伐隆），主题集中于一件事：诗人内心的变化，特别是他的想象力的成长。

当然，外面世界还是闯了进来。我们看他描写伦敦的街巷、行人、店铺、“阴暗如棺材的私家院子”、市声、集市里的芸芸众生等等。很可能华兹华斯是第一个把近代世界的大城市写得又混乱然而——尽管他本人会矢口否认——又有奇异的吸引力的重要诗人；至少，对城市的一瞥使他的山山水水反而更显得清秀了。

历史也闯了进来。一个诗人的心无论怎样敏感，如果只是内观自我，是会很快令我们厌倦的。《序曲》之有意义，在乎它写了一个有崇高道德感的年轻英国诗人在欧洲历史的一个关键时刻亦即法国大革命的时刻的切身感受。

诗人初次到欧洲阿尔卑斯山一带步行漫游，就已经感到历史给予革命的法国的特别光辉：

> 这时候欧洲充满了喜悦，
> 法国处在黄金岁月的顶峰，
> 人似乎有了新生的天性。
>
> （第6章）

他又叙述他如何在再游法国的时候，逐渐从那些装腔作势的上层人士转向了普通人民，变成了一个民主派：

> 至于我自己，
> 不值同这伟大的主题
> 连起来谈（虽然又不得不谈），

因为我无足重轻；夜复一夜地
我去那些堂皇的场所，碰见
来自城里高贵门第的常客，
他们摈绝俗流，自成社会，
精于诗画，长于礼节，
由于这些或更深的原因，绝口不谈
时局，不论好坏，一律避免，
我感到这是一种限制，令人厌烦，
逐渐离开了这些人，进入
一个嘈杂的世界，不久就变成
一个民主派，把我整个的心，
全部的爱，都给了人民。

（第9章，第110—124行）

接下去，他又倾诉他对于专制的痛恨，中间还有巴黎街头一瞥给他的巨大震动，使他更感到在法国出现了新的仁慈精神：

但是我更痛恨

绝对专制，一人的意志
变成了众人的法律，还有一批人
享有不公正的特权，站在
君主与人民之间，只为君主效劳，
对人民则骄横无比，我对此
越来越恨，掺和着怜和爱，
爱的是不幸的大众，对他们
寄以希望，所以也就有爱。
有一天我们碰见一个饥饿的姑娘，
臂上有绳系着一头牛，她跟在后面
拖着沉重的脚步，那牛在小巷里
到处低头寻找吃的，
姑娘的苍白双手忙着
织毛活，然而心不在那里，
神情凄凉。这景象激动了我的朋友，
他说："正是为了反对这类事，
我们才战斗的。"同他一样，我相信
现在升起了一种仁慈精神，
什么也挡不住它，将在短期内

使这样悲惨的穷困不再存在，
我们将看见大地无阻碍地
实现它的意愿，用产品去报偿
温顺的、卑微的、有耐心的劳动儿女。
一切排斥性的规定永远废止，
浮华的典礼、淫佚的制度、残酷的权力，
不论谁建立的，独夫或是寡头，
一律取消，而最后，
最高最重要的一点是：
让人民用他们强有力的手
创制他们自己的法律，全人类的
美好日子将从此开始。

（第9章，第501—532行）

由于到过这样的一个法国，当诗人回到英国，看见废止贩卖黑奴的主张遭遇了失败，他也仍然乐观：

因为我带来了信心，
只要法国兴盛，善良人不会

长久崇敬人道而无结果，
这可耻行为犹如树枝
已经腐朽，无须人们费力，
它就会随树身一起倒下。

（第10章）

而英国对法宣战，同欧洲最暴虐的几个国王联盟，则给了诗人的“道德本性”以最大的打击。他卷入了情感的旋风。当英国人在教堂里为英军在战场上的胜利而感谢上帝，他默坐不作声；而当英军败绩，则他欢庆；同时，他歌颂法国：

力量无穷的共和国伸出双臂，
勇武如初生的天神，掐死了
盘在他摇篮边上的毒蛇。

但是接着法国内部出现了雅可宾派专政，却使他陷入了极大的痛苦。他白天沮丧，晚上不能成眠，或做着噩梦，梦见：

绝望和暴虐的可怕景象，

还有那死亡的刑具……

几个月，几年都这样。然后：

突然景移物转，
在连续的梦里我站在法庭，
对不公的法官作长篇发言，
而又言不达意，头昏脑涨，
时刻有比死还可怕的感觉，
一种背信弃义的逃跑之感，
震撼我最后的避难所——灵魂！

（第10章）

这“背信弃义的逃跑之感”是复杂的，既有对受镇压的吉伦特派的朋友们的歉疚（由于他没有同他们在一起受难），又有对安耐特和小女儿的怀念；如诗人自己所说，他是从灵魂深处感到这一点的，其痛苦之深在当时是无法表达的，而只能在经过五年的长长的沉默之后，经过“冷静的追忆”，才写成了诗。

然而就是写了这整个一章，华兹华斯还意犹未已，又在接着而来的第11章里再度谈到法国革命对他的影响。他追忆革命初期的兴奋（我们在本节开始时引的“活在那个黎明之中”的两行就是出自本章），当时法国像是“一个罗曼斯里的国家”而有无穷的吸引力，“理性”也成为“一个最有魅力的女神”，所有的人都振奋起来，所有的理想都似乎可以实现了，所有的才能也都可以施展了：

呵，希望和欢乐的愉快行动！
强大的盟军站在我们一边，
而我们因有爱而坚强。
幸福呵！活在那个黎明之中，
年轻人更是如进天堂！呵，那岁月，
风俗、法律、制度的原本是
琐碎、陈腐、肃杀的旧习气
也一下子从整个国家的传奇色彩取得了吸引力！
理智女神也竭力放出魅力，
似乎这是维护她的权利的
最上之策——最易于推进

正在以她的名义开展的事业。
不只几个特选的地方，而是整个地球，
充满了美好的希望，（而像
天堂的花园里也曾
在某些时刻强烈地感到的那样），
希望的玫瑰比盛开的玫瑰还要宝贵。
面对这样前景，哪个人能不因这想不到的
快乐而振作，不论什么气质？
沉静的奋起了，生性活泼的狂喜了。
有些人从小就喜欢做梦，
幻想的玩侣，能使一切
敏捷的、深思的、健壮的力量
为自己所用；他们以君临的姿态，
周旋于感性世界的最堂皇的对象之间，
可以任意处置所见的一切，
像是他们身上有秘密的权力
只等他们去行使；——另外有性格温和的人，
他们注视各种细微的变化，尽力使
自己的思想适应它们，一些温和的计划家，

从不越出他们和平天性的范围。
现在这两种人——高傲的和谦虚的——
都找到了他们可以任意支配的帮手，
拿到了他们可以任意团捏的材料，
就看他们有多少本领能够施展；
这不是在乌托邦里，不是在阴暗的地下活动处，
不是在秘密的岛屿——天知道在哪里！
而在这个世界上，我们所有人的
世界——最终在这里
我们将寻到快乐，或一无所得！

（第11章，第105—144行）

然而，曾几何时，情势大变：

法国人转过来变成了侵略者，
把自卫战争变成了军事征服，
忘掉了原来奋斗的一切目的。

他不仅痛感自己“背信弃义地逃跑”，他也痛感法国背弃了原

来的革命理想，因此他的情感上的危机也就更加深刻化了。

为了解脱这个危机，华兹华斯也曾试着求援于理性，用了最大的力量：

> 去解剖社会生活的结构，
> 呵，还有整个社会的机体，
> 探索到它的中心。

但是没有效果：

> 由于要求正面的证据，
> 在每样事物中都寻求证据，
> 我失去了一切信念，最后病倒，
> 被各种矛盾折磨得精疲力尽，
> 于是绝望中放弃了道德问题。

这就到了他情绪的最低点。理性的解脱既无效，于是华兹华斯更坚决地走进他的精神世界去寻求答案。他的发现是：

我们生命里存在时间之点，
它们保有明显的更新能力。
当我们困于伪说和狂言，
或更沉重更恶毒的妄见，
或卷进琐务和社交的循环，
它们就向我们的心灵提供滋养，暗中医治。
这能力使人生增加愉快，
它深入，又帮助我们攀高，
已高的更高，跌倒的扶起再攀。
这神奇能力的藏身之处
在人生的某些断片，它们提供
最深刻的智慧，提出目的和方法，
实现心灵的当家做主——而外界的感觉
只是忠顺的仆役。这样的时刻
散布一生，最初的开始
是在童年。

（第12章，第208—224行）

这是华兹华斯的中心见解，其中“时间之点”（spots of time）

一说是《序曲》所表达的最重要的信条。这类“时间之点”在人生各个时期都有，但主要是在婴孩时期。这一点是他在《不朽的兆象》和《每当我看见天上的虹彩》里都已经表达过的，无须我们再在这里多说了。

然而这些“时间之点”的“更新能力”如果仅仅发自内心，那么又与大自然何涉？《序曲》所要说明的，正是这两者之间的关系。人的心灵确是有伟大的力量，特别是诗人的想象力既能追忆往事，又能骋思八极之外，几乎要超越于自然之上；但是华兹华斯认为这是一个危险倾向，他要让想象力在大自然的教育和熏陶下变得更成熟，更纯净，达到更高的境界，这样才能真正发挥它的“更新能力”。

在《序曲》的结束的一章即第14章里，他就此写下了他最后的认识。他首先描写一次半夜爬山去看海上日出的观感，然后说从这个经验里他悟出什么是一种“辉煌的智慧”，什么是大自然与心灵之间的“互相控制”和“可以互换的制约权”，什么又是经过大自然教育的“更高超的心灵”和具有这种心灵的人所能做到的：

永恒的和临时的都给他们

鼓舞；他们在最小的示意上
建立最大的事业；永远注视着，
愿意行动，也接受行动，
他们不需特别的召唤
就会起来；生活在日常世界上，
他们不迷惑于感官印象，
却有冲动的活力能够及时
同精神世界谈得契合，
也同时间里各个世代的人谈，
过去，现在，将来，一代又一代，
直到时间的消失。

这是华兹华斯的最高理想，他是用了全部的诗才来加以歌颂的——然而这又是一种悲剧性的呼喊，因为这样的理想不但无助于众人，到头来也没有能够最后解脱华兹华斯自己的危机。

原来我们在前面说的第二个危机实是第一个危机的继续。有十年之久，他确是从1793年的情感危机里大体恢复了过来，写了许多好诗，但是他所找到的办法只是一种临时的办法，经不起当时正在急剧发展的历史的考验。问题不在他寄情山水，也不在他已经背离了革命理想——像我们在前面引的他的许多十四行诗所表明的，在他的认识所及的范围内，他还是爱好自由，反对暴政的；问题在于他整个的希望寄托于婴孩时期，亦即寄托于过去——整个《序曲》写的人生历程是一个倒退到过去的纯真与至乐的历程。他希望这部作品能够

保藏
过去的精神……
为将来恢复之用。

（第12章）

过去的精神——也只是他个人特殊的那类——确是保藏了，然而并未出现将来的恢复。写完《序曲》之后约两年，从1807年起，华兹华斯的诗才进入一个缓慢然而无可挽回的下降过程，好作品越来越少了，原来的毛病则更加显著了。当他下笔如有神的时候，他能用最平凡的文字写出最能打动人心的诗行。他的小诗清新，他的长诗清新又加深远，他的十四行诗雄奇，他确是诗坛第一人。然而到了后期，

他的诗笔迟钝了，他的说教令人厌腻，他的散文化的诗句冗长而又沉闷，他身上那个弥尔顿式的另一个诗人终于因不能发展而死寂了，他变成了英国重要诗人里最不堪卒读、最受年轻一辈揶揄的一人。而艺术上的下降只是他全部生命庸俗化、粗糙化的一个方面。他曾经同情穷苦人民，曾经为自由而歌，曾经鼓吹爱；但是现在他一步一步接近英国社会上有钱有势的人的立场，1809年他写文章[1]指责英国反法战争进行无力，认为需要强有力的超人式的领袖；他甚至主张成立一个特别的骑兵部队来镇压当时已在英国城市里出现的罢工工人[2]。这样，他的政治观点已不只是反对法国雅可宾党人，而是对英国国内的民主运动也持死硬的敌对态度。这也是一种从纯真的童年和热情的青年的倒退和僵化，这也是"幻觉的闪光"的消失，而最后承受这个僵化的损失的则是英国浪漫主义诗歌。

1 指《关于辛特拉条约对于英、西、葡三国的影响》。

2 根据K. N. 甘默隆：《人类与社会》，美国印第安纳大学出版部，1973年，第362页。

第六章 两代人之间：理想的明灭与重燃

我们在前面曾经说过，所有重要的英国浪漫诗人——除了拜伦是例外——都在一点上是一致的，即对想象力的强调。

但是还有一个更基本的共同点：他们和他们的作品——连拜伦也不例外——都是法国大革命的产物。

法国大革命也是一场文化的大革命，其动荡的面之广，程度之深，都是空前的。启蒙运动替它开了路，孟德斯鸠、伏尔泰、狄德罗和卢梭的学说先征服了人心。他们针对封建主义的压制和宗教迷信，既提倡理性主义，又崇尚人的个性和真实感情。其结果是两重的解放：解放了生产力，使得资本主义工商业蓬勃发展；又解放了思想，引起了从国家制度到文学艺术的一系列大变化大革新。

而且启蒙思想所引起的动荡——更不必说它的影响——远远越出法国的边界。以文艺而论，从18世纪后半叶开始，西欧的几个主要国家就在酝酿着巨变。70年代法国卢梭在用明彻而又有诗意的风格歌颂“自然人”，《新爱洛绮斯》（1761）使得无数青年男女流泪而又更忠于自由恋爱的理想，而他的一句名言——“人生来是自由的，可是到处他都给铁链锁着”（《社会契约论》，1762）——更是一颗炸弹，成为封建王朝最惧怕的“颠覆”因素。也是在70年代，而且部分地是由于卢梭的影响，德国出现了狂飙突进运动，同样地崇尚感情，要求自由和个性解放，年轻的歌德写了《少年维特的烦恼》（1774），使天下善于钟情的年轻人都感染到主人公对爱情的忠贞和他身世的悲惨。

以上是文学。在艺术方面，也同样是呈现一个剧烈变革的局面。在建筑上，一方面有表现理性主义的希腊风新古典主义的流行，一方面则又有峨特式浪漫主义风格的重起。在音乐上，莫扎特的交响曲和歌剧已经表现出从古典主义到浪漫主义的过渡，而到了贝多芬更是进入浪漫主义的盛世。在绘画上，法国的达维，西班牙的戈雅，英国本身的透纳和康斯退勃尔都在用新的手法画新的题材。也正是在法国大革命激化的18世纪90年代，刻版画为生的布莱克在伦敦一面写诗，一面自绘插图，用简单的线条和纯朴而又鲜明的颜色画着上帝、天使、野兽等等神启式的幻景，在英国绘画史上添加了一个在当时是最反传统的新形式。

总之，“在18世纪之末，（过去艺术的）共同立足点逐渐消失了，我们进入真正的现代，其开始是1789年的法国革命，它结束了过去几百年——如果不是几千年——来一直被视为当然的许多设想”。[1]

这也就是说，英国浪漫主义诗歌不是几个诗人灵感的产物，不是突然从天而降，而是有一个欧洲的背景和一个历史的上下文。

但是英国也有其特殊的情况。简单地说：在经济上它的资本主义工业化开始得比法国或任何其他欧洲国家都早，工业革命的影响首先见于英国，其深入程度也超过欧洲其他国家（这就是为什么我们没有看到有任何法、德诗人在18世纪末像布莱克那样沉痛地写像伦敦那样的工业城市的黑暗）。在政治上，1688年地主和商人的妥协带来了在当时是欧洲最先进的政治制度，伏尔泰等法国启蒙思想家正是在这一点上十分羡慕英国（这也是为什么华兹华斯能够借弥尔顿的余荫把

1　E. H. 冈勃里乞：《艺术的故事》，第13版，伦敦，1978年，第367页。

英国说成自由的化身）。但是从头起，这个商人和地主联合专政的制度对贫苦人民就是欺骗与镇压并用的，日子一久，它的残酷性更是显露出来。海外贸易的扩张把英国商船和英国武力带到了最远的海岛，一个比罗马帝国疆土更广大的大英帝国正在形成，而在英国国内，则工业发展正在把“魔鬼的磨坊”布满城乡，新的圈地运动又造成了更多的流离失所的“流民”和拦路打劫的强人。

在文学上，从18世纪中叶起，出现了两种新倾向：一是以珀西、麦克菲逊等人为代表的对古代史诗、民歌的收集与仿作，表达了对远古英雄时代和牧歌情调的神往，也就是用另一方式表达了对丑恶现实的憎恶；在艺术上则造成了一种归真返璞的风气，后来布莱克、柯尔律治等人用的古歌谣体就是从此而来。二是以格雷、斯特恩等人为代表的感伤主义的抬头。这里面不仅有墓园的哀思，还有更真挚更广泛的对人民特别是穷苦农民的同情。作家逐渐更多地接近和观察田园山水，在写作方式上也重性灵，重幻想，在摆脱古典主义的束缚。

美国革命也给英国的知识界提供了刺激。《独立宣言》（1776）把启蒙运动的理性主义变成了实际政治的原则。英国的统治阶级还没有从丢失大片殖民地的切肤之痛里恢复过来，又发现从大西洋彼岸新国家传来的杰弗逊、潘恩等人的言论在关心改革的人们之间流传，从而加深了法国启蒙主义的影响。

因此当法国革命在1789年爆发的时候，英国国内一方面是人心思变，热烈欢迎；另一方面则是统治阶级将它看作最大的威胁，作出了最猛烈的反应。英国是反对革命的法国的联盟的主将，它对法国作战最长也最坚决。相应地，在思想领域里也有激烈的斗争。伯克的《论法国革命》（1790）受到了潘恩的《人的权利》（1791—1792）的直接批判；威廉·葛德文接着写了《政治正义》（1793），宣传人如按理性生活可以完全废除法律和国家制度的主张，他的妻子玛丽·芙尔斯通克拉夫特则在《替妇女权利辩护》（1792）里吹响了妇女解放运动的号角。葛德文一家同两代英国浪漫主义诗人都有关系：他是雪莱的岳父，他的思想不仅影响了雪莱，还影响了早期的华兹华斯和柯尔律治。

英国浪漫主义诗歌就是在这样的历史时刻、这样的思想气候里兴起的。

法国大革命替英国诗歌带来了新的契机。英国诗歌是否抓住了它，利用了它？

毫无疑问，正是在这一时期，英国诗坛特别活跃，成果累累。正是紧接法国革命的爆发，英国所有的第一流诗人不仅分别写了他们最好的作品，而且这些作品合起来成为英国文学史上继莎士比亚时期的诗剧之后的最大的成就。

没有法国革命的启发与鼓励，也就没有彭斯的《不管那一套》和《爱情与自由》，没有布莱克的《经验之歌》和《法国革命》等的长诗，没有华兹华斯的《序曲》；有了法国革命所触发的个性解放，才使得柯尔律治所珍视的想象力更有可能实现飞跃，才使得柯尔律治自己能够比较顺利地写出《古舟子咏》；有了法国革命背后的卢梭的“自然人”思想，才有适当的气候使得华兹华斯能够比较明确地形成他的自然观，从而使《丁登寺旁》《不朽的兆象》等诗成为可能。

然而如果没有这些诗人各自的天才和努力，这一切也不可能。思想，观点，甚至具体的题材可以在空气中飞翔，然而捕捉它们，认识它们，提高它们，表达它们，却靠每个诗人自己。英国浪漫诗歌的伟大成就，表明这些诗人有见地、有能力利用了这个历史的机会。

特别在两个方面，见出了这些诗人的功力。

第一是表达的强烈性。他们的好作品都是竭尽全力地、生动透彻地写出了自己感受最深的东西，决不温柔敦厚。

第二是表达的新颖性。他们用了新的形式，或刷新了的旧形式（如十四行），新的韵律，新的诗歌语言。特别是最后一点，突出了英国浪漫诗歌的贡献。这诗歌语言并不像华兹华斯主观上规定的那样是“人们真正用的语言”，而是一种刷新了的、提高了的、纯净而又充满激情的语言，而且重要的诗人各有不同，各有创造。正是因为他们刷新了诗歌语言，他们才能那样细致而又酣畅地表达了新的敏感。[1]

但是在更深的意义上，第一代英国浪漫诗人中的主要人物却又表现了他们并不了解——或拒绝了解——法国革命的全部含义。

法国革命的中心思想，在于要求人的解放，而提出的途径是两个：一是要恢复真性情，因此要回到自然；二是鉴于纯凭感情有流弊，因此要节之以理性。前者重点在卢梭向往

1 在刷新语言这一点上，法国的浪漫主义诗歌就有所不及。乔治·斯泰纳说：“法国革命和布尔什维克革命都在语言上是保守的，在修辞方面几乎带学院气息。”（《通天塔倒后》，牛津大学出版部，1975年，第20页。）

的“自然人”，后者在狄德罗、伏尔泰等人关心的“社会人”。至于这里是新兴的资产阶级在假借全人类的名义发言，所谓“理性”又是剥削者的理性王国，这在当时是未能深责于启蒙主义者，更不必说诗人了。

但是这思想所包含的理想成分却是应该闪耀在文学当中的。仅仅是对贫民同情，仅仅有一种悲天悯人的情绪，还不是文学的最高境界。我们并不期望作家各自怀抱一个理想国或乌托邦，但是文学史告诉我们：许多第一流的作家是能从人的不幸和苦难里抬起头来，憧憬于一个更美好的世界的。就当时的浪漫诗人来说，彭斯虽然早死了，但是他在歌颂法国革命所代表的自由、平等、博爱的思想的时候，也曾高唱：

> 好吧，让我们来为明天祈祷，
> 不管怎么变化，明天一定会来到……
>
> （《不管那一套》）

而且他提出了“真理，品格”作为将来“整个地球的荣耀”，而那时候“全世界所有的人都成了兄弟”，这就比他在另一首诗里所作的感叹：

人对于人的不人道
使无数的人哀痛

（《人生而哀痛》[1]）

要更进一步了。布莱克的神秘的形象形成了一套独特系统，但是这个有赤诚之心和严峻的是非之感的诗人不仅对人类将来有憧憬，而且立下了誓言：

我将不停这心灵之战，
也不让我的剑休息，
直到我们把耶路撒冷
重建在英格兰美好的绿地。

（《弥尔顿》序）

这也比立在泰晤士河边愤慨地指出“婚车变成灵柩”又进了

---

1 上文已经谈到，华兹华斯的《写于早春》中的名句：
而我痛心万分，想起了
人怎样对待着人。
发出了同样的感慨，连词句都差不多。

一步。而且，不论彭斯或布莱克，这个憧憬不是通过声明或公告而是通过代表了本人艺术特色的诗行表达出来的。

柯尔律治和华兹华斯应该对法国革命有更多的体会，特别是曾在法国住过、目睹了法国革命的开始阶段的华兹华斯。确实，柯尔律治年轻时不仅有过憧憬，而且曾经具体计划要同另一个诗人骚塞一起到美国苏斯奎安娜河边去建立一个包括12对男女的“公社式”的理想社会，但是一旦计划碰了壁，理想也放弃了，又加逐渐染上了服用鸦片的习惯，生活在梦境和德国唯心哲学的玄思里，第一流的诗才在短期的闪耀之后熄灭了。就在未熄灭时所写的诗里，我们也寻不到憧憬。《古舟子咏》是一个幻异的罪与恶的寓言，然而比起对这类问题更关心也看得更深的布莱克来，柯尔律治更加暴露出他对近在身旁的人的苦难缺乏感应。对于想象世界是那样热烈地向往，对于人的世界又是何等冷漠！

华兹华斯本是充满了同情心的。对花鸟都能对谈，当然更能同纯朴的乡下贫民产生默契。我们已经看到，他在《毁了的村舍》和《迈可》（1800）等诗里，用纯朴的文字写出了他们同大自然和谐的快乐生活怎样被工业化带来的城市风气所毁，那毫不夸张的素净反而使诗行更富于感染力——在这一点上华兹华斯是无人能比的。然而这样的诗越来越少，对于纯朴的乡下贫民的写照让位给对于自己心情的描述了，而一谈到自己就总是哀叹失去童年的幸福，眼睛越来越向内看，向后看，偶然提到将来，也总是同永恒和临时之类的抽象概念连在一起：

过去，现在，将来，一代又一代，
直到时间的消失。

（《序曲》，第14章）

除了这些玄虚的冥想和泛泛而言的大自然的“医疗的力量”之外，他对于将来的世界是没有图景的。不错，他曾经说过诗可以

制出示范的方案去改善人的生活，
并把世界重新塑造。

（《远足》，第3章）

但是他自己没有做到，没有塑造过一个能让纯朴的乡下贫民

过较好生活的世界。随着光阴的流逝，他越来越把自己包藏起来，只寄希望于“时间之点”能给他灵感，然而儿时所见的彩虹如何能长远地照耀他的诗笔？那十年的收获是因为法国革命给了他真实的激动，而激动是从生活里来的，所以有印象可写，有感受可谈，而一旦对这一切只有憎厌，那么生活的贫乏必然最终要导致创作的贫乏。柯尔律治诗才的熄灭，华兹华斯诗才的逐渐枯竭，主要的原因可能是在这里。

这样，法国大革命曾在华兹华斯和柯尔律治面前展现了一个新世界，但他们在短期的欢欣和激动之后或者走开了，或者因为那个世界的光太强烈而激起了反感。其结果是，本来已在那个新世界里依稀可辨的一些新事物——例如人的解放必然要带来的人同人的新关系，包括男人同女人的新关系，等等——就要等待另一代的浪漫主义诗人来探索了。

第七章　新一代的憧憬

浪漫主义的兴起是英国诗史上有开创意义的一章，已如前述。第一代浪漫诗人到1805年左右达到了顶峰，然后无可挽回地衰落了。然而不过十年，在1815年左右，新的一代浪漫诗人起来，创造出另一个繁荣的诗歌局面。

这新的一代里有三个第一流诗人，即拜伦、雪莱和济慈。

尽管三人各有特点，但有共同之处。比起第一代来，他们更无负于法国革命的理想，更能吸取它的真谛，因而他们一方面更现实，作品展示了冥想和梦幻以外的真实的、几乎是血泪斑斑的英国和欧洲；另一方面又更富于探索精神，探索人类社会的新模式、男人和女人的新关系、新的哲学和美学思想。

同时，他们又有卓越的诗艺来传达他们的现实感和理想——不是泛泛而谈，而是写得具体、生动、深刻，而且带着莫大的感染力。

这感染力值得我们稍事停留。尽管在20世纪40、50年代，有美国的“新批评派”大力反对“动情谬说”，但是文学作品有感染力毕竟是无可否认的事实。而就感染力而论，尽管有文学趣味与个人反应的千差万别，多数的读者可能是会觉得第二代浪漫诗人的作品要比华兹华斯等人的更能使他们“动情”。特别是对年轻的读者，雪莱的抒情诗、济慈的十四行诗和颂歌、拜伦的《唐璜》和《哈罗尔德游记》中的某些片断有着异常强烈的、直接的感染力。当他们读到雪莱的：

寂寞平沙空莽莽，
伸向荒凉的四方。

（《奥西曼提斯》，1817）

或者：

号哭吧，来为天下鸣不平！

（《哀歌》，1822）

或者：

苦难呵，苦难，
这广阔的世界里，竟处处碰到你！
（《悼万尼·葛德文》，1817）

济慈的：

我看见多星的夜晚之脸，
巨云形成了大传奇的符号，
又想到自己将永无机缘，
用妙手勾勒它们的线条；
……于是我凭高而立，
在广阔的世界里一人苦思，
直到爱情和荣名全都消逝。
（《当我害怕……》，十四行诗）

或者：

忘记这疲劳、热病和焦躁，
　这使人对坐而悲叹的世界；

在这里，青春苍白、消瘦、死亡，
　而“瘫痪”有几根白发在摇摆；
在这里，稍一思索就充满了
　忧伤和灰眼的绝望，
而“美”保持不住明眸的光彩，
　新生的爱情活不到明天就枯凋。

（《夜莺颂》，1819）

拜伦的：

呵，他们而今安在？还有你呢，
　我的祖国？在无声的土地上
英雄的颂歌如今喑哑了，
　那英雄的心也不再激荡！
难道你一向庄严的竖琴
竟至沦落到我的手里弹弄？

（《唐璜》，第3章，《哀希腊》，第5节）[1]

1　本文所引《夜莺颂》和《唐璜》段落皆系查良铮译文。

或者：

> 反正我坟头的青草将悠久地
> 对夜风叹息，而我的歌早已沉寂
>
> （《唐璜》，第4章，第99节）

他们是无法不感动的。然而是什么品质感动了他们？是形象、韵律、意境，还是其他什么？当然，每一段引诗都有它的特殊情况。但是我们也不妨这样回答：是这一切的综合效果，更是在这一切之后的思想深度。

这里有一个外在因素：三人所作都是青年人的诗。三人都早死：济慈死在25岁，雪莱死在29岁，拜伦死在36岁。“不教人间看白头”——而在他们的天才之火熄灭之前，都写下了不朽的作品。这样的身世引人长叹息，人们也不禁悬想：如果他们活得长点，又将有多少更卓越的诗篇问世？英国诗史又会在1825年左右出现怎样不同的局面？

我们当然只能根据已有的事实即他们留下的作品立论，但是他们的早逝也透露了当时历史残酷的一面。他们都是不见容于当时英国上层社会的逐客，本身所受的迫害也许不能都算厉害，然而由于他们是才智敏锐的青年诗人，感受则特别深刻，并且不限于本人的感受，而是进一步体会到人群的苦难。在他们看来，诗的作用，正是在表达人群的哀乐。雪莱曾说：诗人应是好人，而：

> 一个真想做大好人的人必须有深入而又包罗一切的想象，必须把自己放在另一个人和许多其他人的处境之内；他所属的全种族的痛苦和愉快必须成为他个人的痛苦和愉快。
>
> （《诗辩》）

他是这样说也这样做的。济慈更是通过诗篇本身作了这样出人意外的宣告：

> 谁也达不到这个顶峰……
> 除了那些把世界的苦难
> 当作苦难，而且日夜不安的人。
>
> （《海披里安之亡》，第147—149行）

拜伦则致力于打击制造人群苦难的专制政治制度，他甚至号召：

一个人如不能在家里争取自由
那就让他为邻居的自由而战
(1820年所作小诗)

他们不是像前辈华兹华斯晚年那样专注自我，冥想内界，而是在不同程度上以解除世界的忧患为己任。

因此，这一代浪漫诗人的作品绝不是柔和的、感伤的，而有着一个坚实的思想核心，即对于人的命运的关心。在这点上他们是启蒙主义的真正的继承者、法国革命理想的有力传播者。他们作品的感染力最终来自一种结合，即抒情式的理想与人世苦难感的结合。前者使诗开朗，后者使诗深刻。两者合起来，显示了这第二代浪漫主义诗人的最大特色。

第八章　拜伦

一

拜伦（George Gordon Byron，1788—1824）虽是贵族出身，对人世的苦难却并不陌生。他十岁才承继爵位，在此之前他体验过破落大家庭的寒酸生活。他生下来就跛脚，而这却只使他特别好强，结果练成一身骑马、射击和游泳的好本领，这里面就有人世的辛酸。引起他强烈反感的则是政治上的专制和压迫。他初入上院，第一次发言就是反对惩治那些由于失业而捣毁纺织机的织工。后来他因私生活[1]引起英国上层社会的非议，愤而移居意大利，又在那里参加了烧炭党抗

1　拜伦的私生活，主要是两点引起议论：（1）他结婚之后不过一年，拜伦夫人就突然离去，接着就提出分居的要求。（2）上层社会上传说拜伦与其同父异母的姐姐阿古斯塔·李（Augusta Leigh）有乱伦关系。

奥活动。当希腊人民起来推翻土耳其异族统治时，他又毅然前去参加，终于死在起义军中。

他的行动使得人们相信他在诗里说的关于反抗暴政、争取自由的话不是一个书斋隐士的空谈，他对全欧洲的巨大影响是政治的与思想的，远远超越了文学的范围；然而如果没有他的诗艺，他的声名也难以广泛流传。

说起他的诗艺，我们要面对有些批评家对他的责难。在20世纪20、30年代，以艾略特为首的现代派认为拜伦浅薄、浮泛、“感觉有缺陷”，连英语都只有“中学生式的掌握”，像是“写着一种已死或正在死亡的语言”。[1]

拜伦也确有他的弱点，例如他的抒情小诗很少是真正出色的——尽管选本里，包括最新的选本里[2]，总是照例要选进《当我俩分离的时候》《这样我们就不去游荡了》等诗。这些诗是可诵的，然而没有超越英国17世纪“骑士派”诗人如萨克林、拉夫莱斯等所作的水平，也并不比拜伦的朋友汤玛

1 所引皆见T. S. 艾略特：《拜伦》，收在道勃莱所编《从安到维多利亚》一书内，也收在艾略特论文集《论诗与诗人》内。

2 《牛津英国文学选本》（1973）收了《这样我们就不去游荡了》，《诺顿英国文学选本》（1979）选了所举二诗。

斯·穆尔的抒情诗高明多少。

但是拜伦的真正成就不在这些小诗而在大量的其他作品里，而后者包括了艾略特所着重攻击的《哈罗尔德游记》。我们在后面将要论证，《游记》虽有缺点，仍然是出色作品，它的语言是它的主题所要求的那种，有点高昂，有点感伤，但绝不能说是“已死或正在死亡的语言”。艾略特此语，当时就已有英国诗人兼批评家R. 包屈尔（Ronald Bottrall）撰文驳斥道：“坦白说，我不理解这个论点。……拜伦把他的散文中的口语力量带到诗里，给英国诗的传统以新血液，使它得以重生。”[1]从20世纪50年代以来，就在批评流派竞起、文学风尚多变的英美，拜伦的作品也得到重新估价，特别是在斯蒂凡与普雷特两人合编的《唐璜》（集注本共四卷，1957）[2]出版之后，拜伦的诗名更加灿烂。大量的读者依然为他吸引。甚至在20世纪的文学创作里也仍然有他的影响，例如，著名现代诗人

1　R. 包屈尔：《拜伦与英国诗中的口语传统》，1939年。

2　T. G. Steffan and W. W. Pratt, Austin, ed., *Byron's Don Juan*（Texas: University of Texas Press，1957），4 vols. 此书后来又有英国Penguin书店一卷本。

W. H. 奥顿就是拜伦的一个知音和仿效者。[1]

拜伦的诗艺的一个特点是：他并不有意要成为一个"浪漫诗人"，他对于华兹华斯等"湖畔派"从内容到技巧都充满了反感，而执意要师法18世纪中叶最大的诗人蒲柏。但拜伦要学的是蒲柏的精华，例如他的警句、讽刺力量和以精粹的口语入诗的本领，这些也正是蒲柏给予后代诗人的宝贵的遗产。蒲柏最拿手的英雄双韵体，拜伦反而没有用来写他的主要作品；他倒是用了斯宾塞的九行体，后来他又在意大利寻到了最适合他自己天才的八行体。换言之，拜伦是有选择地学习古人的；像一切成熟的艺术家一样，他作了他自己的"综合"。其结果是：他在继承蒲柏优点的基础上作了创新。

他成名之作《哈罗尔德游记》（第一、二章，1812）就有创新。用韵文来写游记不自他始，但把游记同抒情结合却是他的特长，而在这两个成分之上，拜伦又加上了一个主人公恰尔德·哈罗尔德，更是他的创新。这一个青年贵族是第一

1 奥顿曾写诗名《致拜伦勋爵书》，其中称拜伦为"潇洒风格的大师"；又曾撰文论述《唐璜》（见《染匠的手》，伦敦，1963）。此外英国著名文学教授格立厄生（H. J. C. Grierson）认为英国重要作家吉卜林（Rudyard Kipling）的诗也受拜伦的影响。

个“拜伦式英雄”。拜伦在本诗第一章开始处这样介绍了他：

罪恶的迷宫他钻过，
犯了错也从未补正，
向众女叹息，却只爱一个，
而所爱他永难抚拥，
这对纯贞的她正是幸福，
病疫也毒不过他的亲吻。

（第1章，第5节）

在另一地方，拜伦又让他作了这样的自白：

不管怎样，我知道了最坏的事。
…………
什么是最坏？唉，别问了，
……也不要试图撕去
人心的面罩，露出里面的地狱。

（第1章，第54节）

拜伦所暗示的，是这个青年贵族不只是一般的多愁善感，而是犯过不可告人的罪孽，又曾沉溺声色犬马之好，到如今像是什么也引不起他的兴趣了。然而在诗篇的开展中，一个不同的哈罗尔德出现了，他并非万念俱灰，倒是观察敏锐，对他所经各国——西班牙、葡萄牙、阿尔巴尼亚、希腊——的名城胜景，风土人情，都颇为欣赏，如第一章之末（第71—79节）就写了他对西班牙斗牛的深刻印象。而且，读者还发现他富于正义感，同情各族人民为自由和解放而进行的斗争，对于暴君和异族统治者则加以抨击。在第二卷之末，他甚至对希腊人民发出了起义的号召：

世世代代的奴隶呵！你可知道
谁要自由谁就得开第一枪？
只有正义的武力才能把敌人打倒。
靠法俄两国来救？休想！

（第2章，第56节）

这就是说，后来《哀希腊》中所表现的思想感情，早在大约十年前就已经有所流露了。

这一切造成哈罗尔德的行动与他的表白、暗示之间的矛盾。实际上，他并不是一个厌世者，而是一个探索者。正是这可喜的矛盾使得这位主人公的形象丰满起来，并且赢得了读者的心。如果哈罗尔德一味故作不胜天人之悲的姿态，只是一个高傲、玩世的传统英国贵族，那么他的游记不会成为畅销书，他的创造者也不会“一夜醒来，发现自己成了名人”。

在艺术上，《哈罗尔德游记》的一、二章还有缺点。拜伦为了仿古，用了一些不必要的古词（neared，romaunt，whilome，hight，wassailers，losel，等等）；他在使用18世纪式的“修辞术”时还不甚得法，因此某些段落显得做作、浮泛。然而游记本身是丰富多彩的，大段抒情也是可诵的，两者之间的转换也迅捷自然。拜伦运用斯宾塞所创的九行体也是成功的，诗行有与主人公情绪相对应的音韵效果，而且在诗段的关键位置上时有警句：

看呵，一个大人物缩成了一支小调！

（第1章，第36节）

一千年难建一个国家，

一小时就叫它沦亡。

（第2章，第84节）

等到拜伦在移居意大利之后继续来写《哈罗尔德游记》三、四章（1816，1818）的时候，他在思想上和诗艺上都进一步成熟了。

思想上的成熟在于主人公能够跳出个人哀乐的圈子，回到他熟悉的人群之中：

他变得小心而冷静，
安然回到他熟悉的人群，
自忖精神已经安定，
深藏在难以看透的心胸，
无动于哀乐，不作一声，
站在冷漠的众人中间，
搜寻有什么能使自己沉吟，
再不似在异域的昨天，
专靠上帝的创造来打动心弦。

（第3章，第10节）

当然，这一认识是暂时的，很快他又不愿生活在熟人之中，而重新上路，仍然是一个孤独的旅客。但是他较多地注意起别人和周围事物来，对客观世界的关心逐渐超过了个人身世的感叹。他也仍然是一个探索者，不过这一次他不是在异国风光里探索，而是回到了他熟悉的比利时、法国、瑞士、意大利，亦即欧洲文明的中心，他的历史感和现实感都增强了。

诗艺上的成熟也是明显的。他克服了一、二章中的某些弱点，例如不再用古词僻语了。另外，他对于斯宾塞九行体的运用也更臻化境，音调也更加铿锵。就是修辞手段，他也能去其做作而发挥其整洁、高昂与概括力。概括、拟人化，再加上鲜明的形象，构成了有英雄色彩的诗行：

停！——你踩上了一个帝国的坟墓，
它埋着一次地震吞下的宝藏！
…………
那场血雨使得庄稼何等怒长！
难道世界就只有这点收益，
来自那开朝辟代的大胜利？

（第3章，第18节）

他也写得更戏剧化：

> 现在哈罗尔德站在骷髅堆上，
> 法兰西的坟墓，致命的滑铁卢！
>
> （第3章，第18节）

通篇戏剧化的，是那紧接而来的大战前夕的舞会的描写。它已是英国文学中的名篇，无须在此录引。但是我们要补充一句：这篇也显示了他对于一种问答体的诗行的熟练掌握，例如在舞会描写之末，来了这样的一问一答：

> Did you hear it? —No, it was but the wind,
> 你听到了么？——不，这不过是风声，

拜伦是最会运用所谓"修辞式反问"的英国诗人之一，后来《哀希腊》之所以有那样大的感染力（就在中国译文里也这样），原因之一就是诗人用了一连串的反问：

> And where are they? And where art thou, my country?

呵，他们而今安在？还有你呢，我的祖国？

And must thy lyre, so long divine,
Degenerate into hands like mine?
难道你一向庄严的竖琴
竟至沦落到我的手里弹弄？

For what is left the poet here?
—For Greeks a shame, for Greece a tear.
因为，诗人在这儿有什么能为？
为希腊人含羞，对希腊国落泪。

Must we but weep o'er days more blest?
　　Must we but blush?—Our fathers bled.
我们难道只对好日子哭泣
　　和惭愧？——我们的祖先却流血。

反问是一个常见手法；英国浪漫诗人当中，司各特在叙事诗里，济慈在《伊莎贝拉》里，也都用过，但似乎没有一个人运用到拜伦这种广泛程度的。著名的前辈诗人之中，好像只有拜伦所服膺的蒲柏有时在关键处来一个反问：

> Who but must laugh, if such a man there be?
> Who would not weep, if Atticus were he!
> 谁能不笑呢，如果真有其人？
> 谁能不哭呢，如果此人竟是艾君！

但也没有达到拜伦的化境。拜伦充分驾驭了这个修辞手法，使它起到刺激、质问、点明等作用，而且效果迅捷，一个反问就突出了主旨。

然而，《哈罗尔德游记》三、四章的真正精彩处还不在此，而在另一种思想与技巧的结合。哈罗尔德进入瑞士境内之后，观赏山水之外，更加流连历史胜迹，而历史的代表者已不只是古代的罗马帝国或昨天的拿破仑，而是几位18世纪启蒙运动的思想家。在日内瓦莱曼湖畔，他咏叹了卢梭：

> 这儿有自我折磨的狂生卢梭，
> 生下哭一声，以后也没交好运；

替苦难做使徒，为情欲增魅惑，
还借悲惨发表滔滔的宏论；
疯子他能扮成美人，
丑行邪念他能涂上天仙的异彩，
全仗下笔多彩如霓虹，
妙语闪耀不绝，使人们敞开
流泪，流得伤心又痛快。

（第3章，第77节）

在洛桑和费尔尼，他咏叹了哲学家伏尔泰和《罗马帝国衰亡史》的作者吉本：

洛桑！费尔尼！你们沾了荣耀，
靠伟人的居留得了传世的美名。
他们本是凡人，靠走了一条险道，
才赢得千古不朽的声名。
他们是巨大的心灵，誓与天争，
大力神一般，用大胆怀疑去思想，
哪怕招来雷击！还有雄心

再将天火盗取！只怕老天难堪，
未必能把人和人的探索欣赏。

一个是火，善变，见异思迁，
孩子般喜怒无常，却又机智灵敏，
时喜时忧，贤者而兼狂狷，
史家、诗人、哲学家集于一身，
又在人间繁殖了无数子孙，
教他们各种手法，各有所长，
而本人最长冷嘲，能像一阵冷风
吹倒前面的一切阻挡，
今天拉下一个蠢材，明天震撼一个国王。

另一个深刻，沉着，想得彻底，
年复一年蜜蜂般将智慧酿造；
闭门沉思，把学问累积。
他精炼武器，笑里藏刀，
用俨然的讥笑，笑倒了俨然的宗教，
真乃嘲讽之王！这绝妙的一手

刺得敌人们又怕又恼，
信徒们为报复把他往地狱一丢，
这倒能叫所有怀疑派立刻闭口。

（第3章，第105—107节）

这些诗行里充满了警句，但它们又不同于一、二章里的警句，因为它们概括性更高，笔锋所指更准确，往往一二句话就道出了这几位启蒙主义大师的思想实质。“自我折磨”的卢梭一反基督教的“原罪”论，用天仙般的彩色涂饰苦难和情欲，让人们以流泪为乐，从而导致了浪漫主义的感情泛滥；而伏尔泰与吉本这两个“巨大的心灵”则是以嘲讽为武器，然又各有不同，前者变化多端，后者沉着深刻，特别是“用俨然的讥笑，笑倒了俨然的宗教”一行道出了吉本的巨著《罗马帝国衰亡史》的精神。只因为拜伦同这些伟大的启蒙主义者心心相印，他才能写出这样精练、透辟的警句。它们表明拜伦绝不是一个无头脑的浮华公子，也不只是一个有才华的诗人，而还是一个启蒙主义精神的发扬光大者。

二

在写《哈罗尔德游记》三、四章之前，拜伦还写了一系列畅销的“东方叙事诗”，扩大了《哈罗尔德游记》一、二章给他带来的声誉。

这些叙事诗——《异教徒》(1813)、《阿比多斯的新娘》(1813)、《海盗》(1814)、《莱拉》(1814)、《围攻考林斯》(1816)、《巴里辛娜》(1816)——是快速写成的，但至今仍然值得一读。

它们表现了拜伦用韵文讲故事的本领。作品里充满了激烈的行动：搏斗、围城、伏击、火攻、酷刑；还有爱情、私奔、抢亲、殉情、复仇、搭救、秘密处死等等。读一读这些叙事诗，人们会发现韵文写这些场面可以做到比散文更精彩。韵文更能删去枝节而集中主要情景，更能变换速度，更能渲染气氛。拜伦表现了他在这些方面都是能手：

他们终于到达了松林，
“别斯密那！危险过去了，
前面就是开阔的平原，

我们可以骑一个痛快了！”
说话的是爵爷，没等说完，
一颗子弹在他头上呼啸，
最前的鞑靼人一下栽倒。

（《异教徒》）

以上是写中了伏击。

片刻的交手！怒冲冲一阵盲动，
虚骄的奥托拿胸部顶了剑锋，
他流血倒地，但未伤要害，
只不过被对手的巧击打在尘埃，
“喊饶命！”他不应，莱拉的面色
魔鬼般唰一下青里发黑，
他把长剑猛力一抖，
杀气远超刚才的交手，
那时他冷冷地考虑战术，
现在他满腔仇恨的情绪，
对倒地的对方毫不心软，

等旁人急忙上前把他阻拦，
他几乎要把嗜血的剑锋，
刺向那敢来干涉的群众……

（《莱拉》，第2章，第4节）

以上是写决斗。

但也不全是金戈铁马。他也写在战斗间隙一个被外来袭击者救了命的土耳其女奴的感想：

真怪！这血流满面的海贼
比老爷最温和的时候还要体贴，
老爷求爱像是下命令，
以为奴婢一定感恩不尽；
海贼真心来保护和安慰，
像是敬重妇女是理所应该。……

（《海盗》，第2章，第7节）

这里诗人触及到当时西欧人同土耳其人对待女性的两种态度。正是这另一类交锋——两种宗教、两种文化之间的交锋——

增加了这类东方故事的深度。

在拜伦动笔写这些叙事诗之前，英国文坛已有一个负有盛名的叙事诗人——司各特。他的作品《末代行吟者之歌》(1805)、《玛密安》(1808)、《湖上夫人》(1810)等都是用铿锵的韵文写成的历史故事，也是充满了比武、抢亲、私奔、追赶等惊险场面，出版后赢得了大量读者。但是等到拜伦一登场，司各特却放弃了叙事诗而去用散文写历史小说了。

然而拜伦是不同于司各特的。司各特写的是中古式题材。中古的吸引力也是浪漫主义的构成成分，然而已经有足够的作品利用它了，而拜伦所带来的则是两个新因素：一个是东欧地中海沿岸各国和近东土耳其等处的异域情调，这对西欧和英国的读者是新鲜的；另一个是新的主人公。司各特的故事诗以苏格兰的族长和骑士、美人为中心，而拜伦笔下所写的则是海盗、异教徒、叛逆者，是心怀人间的悲哀，不惜同命运抗衡的硬汉——换言之，仍是拜伦式英雄。

这一系列东方叙事诗的写作扩大了拜伦的诗路，使他的诗笔得到了更多的锻炼。他以后仍然保持了对于叙事诗的兴趣；移居意大利之后，他还写了《锡荣的囚徒》(1816)、《马嗣柏》(1819)和《岛》(1823),这些都是叙事诗。描写威尼斯婚姻纠纷的《别波》(1818)也是一首叙事诗。这样的经验不仅为后来写《唐璜》作了很好的准备——《唐璜》的吸引力之一,正在其有生动的故事——而且使得拜伦成为英文诗中最成功的叙事诗人之一。

移居意大利之后,拜伦还在另一个文学领域进行了探索,那就是戏剧诗。1816年秋天,他住在瑞士境内大山中,开始写作《曼弗雷德》(1817)。他把这分成三幕的作品称为"一首戏剧诗",表示不以舞台演出为目的。主人公曼弗雷德住在阿尔卑斯大山深处一个古堡之内,虽有呼唤精灵的本领,却只等死亡来临,甚至想跳崖自杀。为什么他有如此只求速死的心情?有一个女巫问过他,他回答说:

　　曾经有个人——
她的形貌同我相像:
头发、五官,甚至说话的声音,
人们说全像我,只不过
她一切柔和而美丽;
她也喜欢孤行独思,

追求神秘的知识，一心要
了解宇宙；还不止此，
她另有比我温和的力量：
怜悯、微笑、眼泪——我没有这些；
还有温情——我也有，但只给她；
谦逊——这个我从来没有。
她有我的毛病，而优点则属她自己。
我爱了她，也毁了她！
女巫：用你自己的手么？
曼弗雷德：不是用手，用我的心，碎了她的心；
她的心瞧着我的，然后枯萎了。
我叫人流了血，不是她的——但她也流了血——
我亲眼看见——却无法止住它。
（第2幕，第2场，第103—121行）

然而等到女巫向他提出：如果他答应服从她，她可以帮他重见那位他所爱的人，他拒绝了。一直到他死去，他都拒绝听命于魔鬼。在这点上他不是把灵魂卖给魔鬼的浮士德，而仍然是一个拜伦式英雄。

这是拜伦第一次写戏剧诗。他用素体无韵诗，表达了曼弗雷德的庄严态度和痛苦心情，然而整个说来，这部作品缺少戏剧性。

当然，作者本人说过他只想写诗，志不在上演。后来他又说他不喜欢当时的戏剧界，不愿意“任凭观众摆布”。[1]事实上，他在居意的几年内进行了多种戏剧试验，写了两部作品模仿中古的神秘剧，又写了四部历史剧。他是在一步步接近舞台。1823年他的《维诺》得到上演的机会，居然还取得成功。拜伦的诗才本有戏剧性的品质，又善于讲故事，如今又取得了写剧的经验，人们是有理由期待他出而复兴英国诗剧的。然而并没有出现这一奇迹。这原因不在拜伦个人。17世纪后半叶以来，多少颇有诗才的大作家，从德莱顿、艾迪生一直到骚塞、柯尔律治和雪莱——都写过诗剧，有的诗剧也曾在舞台上取得短期的成功，然而诗剧并未复兴。莎士比亚型的诗剧之所以成就突出，有当时的历史、社会和语言的原因，不是19世纪初年所能重现的。

拜伦本人，一方面颇感英国16、17世纪诗剧的力量，一

1　《马林诺·法里埃罗》前言。

方面又觉得不宜学它，因为“这些老剧作家浑身都是严重的毛病，只因他们的语言美丽才得到人们的宽恕”[1]。他自己则以希腊悲剧为模仿对象：

> 不要拿你那些疯狂的老剧作家来同我比，那只能像喝了浓酒之后又尝清泉，我想你总不能说烈酒比在阳光下潺潺而流的纯洁泉水还要高贵吧。这就是那些浮夸的江湖贩子同希腊人的分别——当然永远得把琼生除开，他是一个学者和古典主义者。[2]

这话是联系他自己的剧作《马林诺·法里埃罗》（1820）说的。这倒是真正的逆潮流而行。因为在他说此话之时，浪漫主义批评家已经在重新鼓起人们对16、17世纪诗剧的欣赏热潮。1808年出版了兰姆的《莎士比亚时期英国戏剧诗人作品选段》，使文学界对16、17世纪的剧作家，特别是向来受到忽略的韦伯斯特等人，刮目相看。拜伦的好友雪莱就是师法韦伯斯特而写了《钦契一家》（1819）一剧。另一个浪漫主义

1、2　1821年1月4日致约翰·墨莱函。

大批评家海什力特正是在评论《马林诺·法里埃罗》的时候，说了一番对拜伦很不客气的话：

> “只要一点共同的天性就使全世界都成了亲人”——韦伯斯特、戴克、福特（更不必提莎士比亚）的任何一行诗就抵得过此剧的全部说教性和描写性的铺陈，后者表达不出处于强烈激动状态的人物的所见所感。[1]

稍后，他又对拜伦的全部剧作作了评论：

> 拜伦勋爵近来抛出了不少这类的试探性作品（如果能称为试探的话），可能还会在他高兴的时候继续抛出。他的剧中人物并不因受具体事件或剧情进展的影响而说出他们的感触，而是各自登

1 《伦敦杂志》1821年5月号所载的评论（P. P. 豪编：《海什力特全集》21卷本，第19卷，伦敦，1930—1934年，第45页）。文中第一句是引文，出自莎士比亚剧本《特洛伊罗斯与克瑞西达》，第3幕，第3场，第175行。

> 上讲坛，对命运、机缘和事物的总归宿之类发表一通议论。个人则无甚重要，不值得诗人或其他人去考虑。诗人所为只是拿一些堂皇的玄想去充塞篇幅。[1]

这话并不完全公平。拜伦的《马林诺·法里埃罗》写得颇有气势，特别是公爵就刑前的一番话是颇为动人的。但是另一方面，海什力特的批评又是打中要害的，即拜伦不善于创造丰满、复杂的人物，不善于使诗同剧紧密结合。当然，16、17世纪英国诗剧同后来的诗剧的根本区别在于前者是群众性艺术，而后者却都是文人剧。缺乏社会基础，仅仅有诗才是无济于事的。

但是拜伦的努力却又不是徒劳的。在这时所写的剧本之中，《该隐》（1821）利用了《圣经》中该隐杀弟的故事，但反其道而写之，该隐并不感到罪孽深重，他反而指责和嘲笑上帝。另一方面，该隐又认为人既有了理性，就有权利运用理性到底，因此当魔鬼要他在知识与爱之间进行选择的时候，

1　见论文《关于理智和幻想》，后来收集在《老实话》（1826）中。

他选择了知识——他要了解一切，包括死亡在内。这里有彻底的理性主义精神，又放射出启蒙思想的光辉。无怪乎剧本发表之后，引起了英国教会人士的激烈攻击。

另外两个剧本探讨了政治制度问题。它们的故事发生在14世纪，即意大利文艺复兴初起、资产阶级共和国刚露雏形的日子。前面提到过的《马林诺·法里埃罗》就是二剧之一，它叙述一个有公爵称号的元首同掌实权的元老院之间的冲突。公爵眼看自己的夫人遭受毁谤而无力取得元老院的同情，转而同下层人民联合，准备起来推翻以他自己为首的威尼斯共和国，终因事机泄露而遭斩首。另一剧《福斯卡里父子》（1821）写威尼斯共和国另一个元首的悲剧。他也是无力同元老院抗衡，只能眼睁睁看他的儿子受刑而死，自己也终于遭受废黜，在继任者上任的钟声中血管破裂而亡。这两个剧本集中揭露了以元老院为代表的寡头政治的专横和残酷，表明即使在一个所谓共和国里，人民仍然要为自由而斗争。拜伦始终在探索着自由和权力等问题；同时，这两个剧本结构完整，情节生动，有大段的好台词，应该说是拜伦剧本中比较成功的作品。

三

拜伦从1816年移居意大利，到1823年航向希腊，不过七年时间。在这不长的一个阶段里，他做了许多事情。一方面，他参加意大利的社会生活和政治活动，包括为烧炭党效劳和同古伊切奥利夫人恋爱、同居；另一方面，他完成了许多作品：《哈罗尔德游记》三、四章，四首叙事长诗，七个诗剧，一首时事讽刺诗《审判的幻景》（1822）；从1818年起，他又断断续续地在写一部规模巨大的“讽刺史诗”，即《唐璜》。

这样的一张清单说明诗人是勤奋的，但是更值得注意的是：除了《哈罗尔德游记》一、二章外，他全部最优秀的作品都是在他移居意大利后写的。在他成为逐客以后的岁月里，他的诗反而更见功力了。

他仍然是一个探索者，探索人生的意义、自由和爱情的真谛，同时也探索艺术上的新天地。

拜伦逐渐发现：他自己的诗路虽广，真正的长处却在讽刺，或不如说讽刺与叙事、抒情的特殊配合。这种配合非他过去擅长的斯宾塞九行体所能胜任；九行体优美、铿锵，末行如齐鸣合唱，然而宜雅而不宜俗。拜伦却要混合雅与俗，而且要以口语入诗，而他的口语又是英语谈话艺术的结晶。他在意大利居留的收获之一，就是找到了一种适合他的口语风格的诗体，即意大利八行体（ottava rima）。

这八行体，经过意大利诗人浦尔契（Luigi Pulci）、勃尼（Francesco Berni）的运用，既能传达谈话艺术，又仍然是有格律、有脚韵的韵文。在拜伦之前不久，英国人弗里厄（John Hookham Frere）利用这八行体写了英文长诗《和尚与巨人》（1817）。正是弗里厄的作品使拜伦看出这一诗体在英文诗中是大有发展前途的。

拜伦经过了一段学徒时期才掌握了八行体的特点。他用它翻译了浦尔契的《巨人摩甘特》第一章。接着，他用它写了《别波》（1818）。

《别波》不是拜伦的大作品，然而英国文学史上很难寻出另一首将威尼斯狂欢节描写得如此妙趣横生的叙事诗。它是轻浮的，正如当地的婚姻和爱情风尚是轻浮的：一个出外多年的丈夫回到家里，发现好玩乐的妻子已经另有所欢，然而这一处境并不引起焦灼和痛苦，三方面在咖啡桌上相会，几句话就解决了纠纷。它又是充满讽刺笔触的，诗的一半是与故事无关的闲扯，诗人像是在娱悦自己，不仅叙事，并在叙事中穿插各种趣谈和文字游戏：

For glances beget ogles, ogles sighs,
　Sighs wishes, wishes words, and words a letter,
Which flies on wings of light-heel'd Mercuries;
……
由偷看而眉目传情，由传情而叹气，
　由叹气而起念头，由起念头而表白，
终于托捷足的水星递出信息……

写完《别波》，拜伦就开始写《唐璜》。《唐璜》的第一章有一系列滑稽歌剧式的场面，特别是那伯爵丈夫率领家丁打了火把来搜他太太卧房的一景，在情调和写法上是同《别波》一脉相通的。然而《唐璜》不是浮华诗篇，它的讽刺也不只俏皮，八行体也不只以写社交喜剧见长，拜伦了解它的其他性能，因为在动手写《唐璜》的同时，他取得了另一种经验，那就是用八行体写了一首政治讽刺长诗《审判的幻景》（1822）。

这是对桂冠诗人骚塞的回敬。原来骚塞也写过一首题名《审判的幻景》的诗，刚在一年前（1821）出版。骚塞是“湖畔派”的一分子，诗、文、剧都写得不坏，而且青年时期有过一段激进历史，但是这时候已经变成了王室的奴仆，真正的御用文人。他写《审判的幻景》是因为英王乔治第三死了，他要表示悼念，所以写这位贤王的灵魂如何堂而皇之地进入了天国。这个乔治第三是谁？他就是雪莱在一首题名《一八一九年的英国》的十四行诗里一开头就点出的：

垂死的老王又疯又瞎，国家之耻！

现在拜伦利用骚塞的诗题，却写了完全不同的情景：乔治第三在天堂门口受到了圣徒彼得的阻挡。后面撒旦赶了上来，对天使们说他认为乔治不应进天堂，只应下地狱，因为：

他永远同自由和自由人作对，
　国家与私人，臣民与外敌，一视同仁；
他们只要喊一声“自由！”
　便发现乔治第三是第一个敌人。

（第45节）

这时，站在天堂门口代表上帝的迈克尔要求撒旦提出证人，于是受过政治迫害的威尔克斯等人出场指责乔治。正在更多的证人要出现时，忽然一阵混乱，原来是一个小鬼背着一人来到。此人就是诗人骚塞。拜伦这样介绍他：

他曾写诗赞美杀国王的人，
　他又写诗赞美一切国王；
他曾写诗拥护共和国，不论远近，
　然后用加倍的仇恨将它们中伤；
他曾高唱泛民主的理论，
　表现了聪明，却无道德的向往，
然后变成雅各宾的死敌，
　翻穿了外衣，还恨不得换身皮。

（第97节）

如今，在天堂门口，他又故伎重演，先表示愿替撒旦立传，看撒旦不理就又表示要为迈克尔写回忆录，最后则抽出一卷稿子，大诵他所作的《幻景》，立刻天使和魔鬼都避之如蛇蝎。圣徒彼得怒了，用他那开天门的大钥匙把骚塞敲得跌入水去，而乔治第三的灵魂则趁人不防偷偷溜进了天堂。

拜伦写此诗挥洒自如，表现了他对题材和技巧的充分掌握。这里的讽刺比《别波》锐利，事实上拜伦是回到了他的少作《英国诗人和苏格兰评论家》（1809）中所表现的才能。分别只在：在那篇少作里他用的是蒲柏的英雄双韵体，现在则采取了意大利八行体；双韵体精练，但活动范围较小，往往两行就成为一组警句，而八行体则有较大的活动自由，容许有一系列的堆砌，对比，问答，上面引的两段里已经可以看出这点，而到了《唐璜》的后几章（例如第11章76节起跨越五六节的连续的问答）就更恣肆如江河了。

讽刺文学，特别是涉及时事的讽刺文学，一般是难以讨好后人的，因为涉及当时人物和具体事件处往往过多，事过境迁反而造成阅读上的困难。只有真正的高手——阿里斯托芬、莫里哀、斯威夫特、果戈理、肖伯纳、鲁迅——才能用他们的洞见与艺术超越时与地的限制而长远打动世界上的读者。拜伦的胜利在于：骚塞的原诗今天已无人提起，而他的仿作则仍然受到读者的欣赏。

因此，当他着手写《唐璜》的时候，拜伦是在各方面都有了新的锻炼和成就的诗人。但是《唐璜》却不容易写。首先，拜伦需要决定如何处理已在西欧流传了几百年的有关唐璜的传说。是一仍旧说，还是立意创新？如是后者，又如何创新？

他的解决方法是把唐璜近代化，理性主义化。原传说中的唐璜是一个专门勾引女性的花花公子，活动期在中世纪；拜伦则使他变成一个有正义感的热血青年，而且把与他有关的事放在18世纪末年。

更进一步看，拜伦的《唐璜》包含一个有趣的两重性：两个主人公，一个是唐璜，一个是诗中的“我”，即作者；两个时间，故事发生的时间即18世纪末，“我”对故事进行评论的时间即19世纪20年代左右；唐璜所作的两次越过欧洲的旅行，一次由西往东，主要是海行，另一次由东往西，则是坐着马车急驰。这其间岁月的流逝使他更了解世情，处事也更成熟，而与之平行的则是诗篇本身也由第一、二章的滑稽歌剧式的轻松逐渐转到对人生意义和欧洲现实的更认真的探索。

这样一来，《唐璜》的内容变得更丰富。这越过欧洲的两次旅行不仅使读者看到不同旅途上的不同风景与人物，而且把全部情节串成两条长线，而以战火纷飞的伊斯迈城为二者的遇合点：正是在伊斯迈城头，唐璜碰上了他命运的转折点——前此他是纯洁青年，后此他变成女皇宠臣。拜伦从头起就善于写游历，但是《唐璜》中的游历比《哈罗尔德游记》更有吸引力，因为更具体、更多戏剧性场面：夜搜卧房、海上风暴、小船中人吃人、岛上的爱情生活、搏斗与殉情、被卖为奴、土耳其后宫中的遭遇、伊斯迈战役、哥萨克刀下救莱拉，以至伦敦郊外遇盗、古堡席上惊艳，等等。哈罗尔德虽在旅行，实际上却是一个动作不多的人物；唐璜则连他的缺点也是活生生的，他一直在行动，而且在行动里成长。如果说哈罗尔德只是拜伦的喉舌，唐璜则是一个独立存在的人物，一个足以同其他文学名著里的主人公相比的真正的——而不仅仅是“拜伦式”的——英雄。这一点就足以表明拜伦在思想上和艺术上有了多大的进展。

最大的两重性，带全局意义的两重性，在于整部16,000行的作品是故事与议论的结合。

拜伦善于用韵文说故事，前面已经提到；在《唐璜》里，这艺术达到了新的高度。我们先引一个比较完整的片断作例：

在一个横尸上千的棱堡上

　有一堆尸体尚未冷却的女人，

她们原是逃到这里来避难的，
　却与城堡共亡，足教善良的心
见而寒栗，——这时，美得像五月，
　一个十岁的女孩子却弯下身
想把自己小小的急跳的心胸
藏躲在这一滩血泊的尸体中。

两个邪恶的哥萨克气势汹汹，
　正拿着武器朝这孩子追来；
相形之下，连西伯利亚的野兽
　都有纯洁的感情，都充满仁爱，
连熊也算得文明，狼算是温顺；
　但这一切都该责备谁？是该怪
他们的天性？还是怪那些君主
千方百计教他们的臣民去杀戮？

他们拿刀对她幼小的头摇晃，
　吓得她把头直往死亡堆里钻，
连她美丽的头发也悚然竖立：

　这凄惨的景象正被唐璜瞥见。
我不想转述他说的什么，因为
　那也许使文雅的耳朵不很喜欢；
但他所做的却是猛扑他们后背，
这样和哥萨克讲理倒最干脆。

一个被砍了屁股，一个肩膀劈裂，
　他们又怒又痛，被赶得一路怪叫，
也许去找外科医生，看哪个巧工
　能把那受之无愧的伤口焊接好；
这时唐璜转而搬动那一堆尸体，
　个个血肉模糊，使他顿时感到
不寒而栗；就从这一大堆死人里，
他把这快要永眠的小俘虏拉起。

她和死尸一般冰冷，在她脸上
　有一条细长的血痕，使人想到
她也几乎走上她全家的归宿，
　因为正是杀她母亲的那一刀

伤了她的前额，所留这条血痕
　成了她和亲人的最后联系了；
但此外她倒没有伤，她睁大眼
十分惊诧地对唐璜看了一看。

就在这一瞬息，当他们睁大眼睛
　彼此凝视的时候，唐璜的面容
真是悲喜交集，充满希望和恐惧，
　又有救人的欣慰，又怕还有不幸
等待他所救的人；而她满脸是
　稚子的恐怖，好似身在噩梦中，
那张小脸纯洁、苍白，而又光亮，
有如烛光照耀到石膏的瓶上。

约翰·约翰孙来了（我想叫“杰克”，
　因为在伟大的场合，类如攻城
或目前这种时际，用那种称呼
　就显得俗气、败兴，而不够郑重）；
约翰孙来了，随后还有几百人，

叫道："唐璜！唐璜！小伙子，不要停！
我可以拿一块钱打赌：莫斯科
准要把圣乔治勋章发给咱一伙。
……

（第8章，第91—97节）

《唐璜》有一种力量迫使你一直读下去；读到这里，你就不由得想知道约翰孙来了之后，小莱拉又有什么遭遇。这正是拜伦说故事的艺术所在。他的故事并不是一口气涌向前去，而是经常停顿下来，有时是因为要穿插一个额外情节，如此处约翰孙的突然出现；更多的时候则是因为作者本人夹叙夹议，故意使故事的速度慢下来，或者把叙述从一个高昂的水平上拉到一个平凡的、现实的土地上。这样做并不是容易的，做得不当，会使读者很快对整个故事失去兴趣。拜伦的成功在于：他的这些放慢和拉低，他的这些议论，只起了激发读者好奇心的作用，使你悬想，使你更急切地要知道下文，而同时，你又感觉到这些略带嘲讽的议论本身就是很值得玩味的，例如这里对于侵略战争的抨击。确实是这样，作者的人生经验，对世界的认识，对重要事件的感想，对人的同情、爱和希望，都在这些议论里。

当然，在任何叙述者口里，从来没有不带任何杂质的纯粹叙述，总是会在叙述中要表露说话人的心情和态度的。拜伦的特别处在于：他有意识地、大规模地、不遗余力地要把他自己的议论掺杂在故事之中。说议论也不尽妥当，因为并不是说教和争论之类，而是一种不慌不忙的、随便的、亲切的闲谈。他把读者当作一个秉烛夜谈的朋友，要使他听得有趣，而且一直听下去。这样，拜伦运用了卓越的谈话艺术，而意大利八行体帮了他的忙，使他在韵文里做到了别人在散文里也未必能做到的事。

这又正是《唐璜》的两重性的妙处：在一个平面上展开着青年唐璜的故事，在另一个平面上进行着作者拜伦的谈话，而两者是相辅相成的，唐璜固然吸引人，“我”也是一个有趣的角色。他似乎略有一点幻灭感，对事物采取一点嘲讽态度，但骨子里是热心的，有正义感的，永远是自由的斗士，专制主义的敌人。他谈出了多种心情，有时感叹，有时愤怒，有时回忆自己的壮举：

但在他家乡的瓜达尔奎弗河，

　　唐璜自幼即习于以清流洗涤，
他在那恬静的河湾学会游泳，
　　后来倒常常用上了这一技艺；
你很难找到谁比他水性更好，
　　好到能游过赫里斯庞特，也许，
有如利安得、艾肯海德和我
(我们对此都很自傲）那么泅过。

（第2章，第105节）

有时瞻望将来，想到会有机器把人送上月球的一天：

假如果有其事，那么，人和苹果
　　一起堕落，又和苹果一起复兴，
因为该承认，在那漫荒的天穹，
　　牛顿能在星球之间开辟出路径，
真不知抵消了多少人间苦痛！
　　而从那以后，不朽的人就发明
各种造福于人的机器，而且不久

将会有蒸汽机把他送上月球。[1]

（第10章，第2节）

谈科学，谈哲学，谈风俗习惯，谈掌故，当然也常常谈艺术，谈书：

塞万提斯把西班牙的骑士风
　笑掉了。一笑而把本国的元气
摧毁无遗。自从那以后，西班牙
　很少英雄了。固然，小说有魅力，
不料世界竟被它的光彩所夺，
　而忘了本。由此足见那本传奇
害莫大焉。无论它怎样名扬天下，
那是以祖国的沉沦作了代价。

（第13章，第11节）

1　拜伦不止一次说到这点，如曾对他的好友梅特温说："谁不愿意生在两个或三个世纪之后呢？说不定那时我们能坐飞船来往了，能够用空中旅行代替海上旅行了，而且我们最后会不顾空气的稀薄而登上月球。"（汤玛斯·梅特温：《拜伦勋爵在比萨的谈话》，第281页。）

这是拜伦对于《堂吉诃德》一书的评论，影响了后来罗斯金等人的看法。

更多的时候是月旦人物。他讥刺骚塞、华兹华斯、柯尔律治；他攻击外交大臣卡色瑞，这个“心智上的太监”[1]；他嘲笑英王乔治三世、四世（后者“体重二百多磅”，人们会“奇怪这样庞大的野兽是怎么吃饭的”[2]）；他评论当时英国统治阶级膜拜的军阀惠灵顿：

你“杰出的刽子手”呵，——但别吃惊，
　这是莎翁的话，用得恰如其分，
战争本来就是砍头和割气管，
　除非它的事业有正义来批准。
假如你确曾演过仁德的角色，
　世人而非世人的主子将会评定：
我倒很想知道谁能从滑铁卢
得到好处，除了你和你的恩主？

1　献辞，第11节。
2　第9章，第39节。

我不会恭维，你已饱尝了阿谀，
　据说你很爱听，——这倒并不稀奇。
一个毕生从事开炮和冲锋的人，
　也许终于对轰隆之声有些厌腻；
既然你爱甜言蜜语多于讽刺，
　人们也就奉上一些颠倒的赞誉：
“各族的救星”呀，——其实远未得救，
“欧洲的解放者”呀，——使她更不自由。

（第9章，第4—5节）

最后两行也是拜伦使用“倒顶点”的一例——所谓倒顶点，即是在诗段的最后，在应该到达顶点的地方，忽然来一倒笔，勾销了前面所说的种种，用以揭穿煊赫人物，如这里的惠灵顿。

拜伦也用这位置来突出他所擅长的警句：

帝王支配万物，但不能变其性，
而皱纹，该死的民主党，绝不奉承。

（第10章，第24节）

或者表达突然的变化，造成一种诙谐效果：

骑马，击剑，射击，他已样样熟练，
还会爬墙翻越碉堡——或者尼庵。

（第1章，第38节）

或者警句与突变兼而有之：

那软化一切、无坚不摧的声音，
这就是那灵魂的表钟——餐铃。

（第5章，第49节）

加上他运用双关语、奇喻、险韵（“阴性韵”，多音节韵）、反常的跳行跑段、两种动作的穿插（如写唐璜晕船的第5章，第19—21节），此外还有语言上庄严、诙谐、文雅、俗俚等各体俱陈，连小偷的行话（第11章，第19节）和奇特的药方（第10章，第41节）都在诗里出现，真可谓包罗万象了。然而作为主导成分的是口语体：没有另一首英文诗把口语的随便、亲切、活泼、变化等特点表露得更淋漓尽致了，或把适应口语特点的意大利八行体运用得更得心应手了。

这样，你可以说《唐璜》很杂，但杂正是作者要求的，因为杂使这首史诗丰富、深厚，有别于仅仅说一个中世纪的风流故事；杂是拜伦的创新，也是他的现实主义的胜利。

一个浪漫诗人怎么会同现实主义发生关系？是不是我们今天的臆造？拜伦本人对于《唐璜》的用意和特点，曾经说过一些话：

> 关于《唐璜》，那么承认吧，承认吧……它是这一类作品里最高无上的成就——它也许有点淫荡，但能说它不是好英文么？它也许有点轻浮，但能说它不是生活，不是恰到好处的真东西么？[1]

是生活呵！是真东西呵！这话是1819年10月即《唐璜》一、二章刚出版之后说的，因为有人说此书“淫荡”“轻浮”，所以他要点明他写的是真实生活。后来，他又说：

1 1819年10月26日致金乃特函。着重号系拜伦自标。

> 总有一天《唐璜》会以其原来的用意为世所知，即它是对于现状下高尚社会的恶行的讽刺而不是对于道德败坏的歌颂。[1]

这里他直接说出了他的创作意图。对于他所用的方法，他也明白交代：

> 剥去……感情的幻象，将它和大多数别的东西一样加以嘲笑。[2]

创作意图是一事，创作表现是另一事。我们还要深入一问：《唐璜》达到了它的作者预期的目标了么？其实，我们在前面已经回答了这个问题。拜伦对旧传说进行了改造，是为了要容下他当时的现实；他在故事里加入“杂质”，是为了容下更多的现实——唐璜一人所见有限，而且有时间、地点的限制，而“我”的谈话则可以海阔天空，无所不议，这样就把故事所不能涉及的当代人物、事件也包罗在内；他掌握意

1　1822年10月25日致墨雷函。着重号系拜伦自标。
2　1821年7月6日致墨雷函。

大利八行体，是为了要更厉害地“讽刺恶行，剥去感情的幻象而加以嘲笑”。他做到了这一切。《唐璜》在形式上并未最后完成，但是却已经出色地实现了作者的意图。在19世纪西欧的全部诗歌里，没有一首诗反映了、评论了如此广阔的欧洲现实，嘲弄了这样多的欧洲的制度、风尚、习惯和上层人物，而又始终让人读得津津有味，就是到了今天，虽然诗中所提到的事和人有不少已经早被遗忘，但是读者仍然受到诗本身的强烈吸引，即使在英国以外，世界各地的读者通过翻译也感染到它的魅力，这样彻底的成功在全部世界文学史上都是罕见的。

四

拜伦的作品不仅反映了广阔的欧洲现实，还表达了诗人本人的憧憬和理想。拜伦似乎只是一个实干家，其实不然。他固然以揭露和讽刺现实见长，但他也有情感和智慧上的追求。

在政治上，他憎恨专制而追求自由。自由是他全部诗作里的一大主题，而且他自少而长，几乎无时不在歌颂自由的可贵。《但丁的预言》(1821)就是对于政治自由的呼吁。我们在前面提到的诗剧《马林诺·法里埃罗》，也包含了拜伦对于政治制度问题的探讨。使人惊讶的是拜伦对于暴政的谴责非同一般，而是带着强烈的情感力量的。正是这一种火样炽烈的感情使他对东方和西方的暴政都一律攻击，使他写了《青铜世纪》来直接谴责当时欧洲三个暴君所组织的"神圣同盟"，使他在《唐璜》里立下誓言：

如果可能，我要教导石头
去反抗世上的暴君。

（第8章，第135节）

他还指出，暴君和他们的帮凶是思想的敌人：

我要和一切与思想作战的人
　作战，至少在文字上（如果可能，
也在行动上）。而在思想的敌人中，
　暴君和献媚的奴才一直是最凶。
我不知道谁会胜利，但即使我

　有先见之明，也不会使我这种
公然的、坚决的、毫不含糊的憎恨，
对各国的暴政稍减一分。

（第9章，第24节）

话是不能说得更坚决、更不含糊的了。但是除了谴责，有无其他对策？拜伦的回答是：

我仿佛听见鸟的歌说，待不很久
人民就会强大；连羸弱的老马
　假如被鞍具压得它痛入骨肉，
也不会再往前拉的；而贱民们
终于会厌倦去学约伯的耐心。

（第8章，第50节）

卓越的诗行！鸟的歌是预言，老马是日常比喻，约伯则带来了《旧约》的严峻气氛，这一切使得所表达的思想有更深厚的背景，因此再过去几行，当诗人提出这样的结论：

唯有革命

才能把地狱的污垢从大地除净。

（第8章，第51节）

它就带着一种不容抗拒的必然性了。

而革命，在拜伦从来不是书斋里的空论，而是意味着人民群众起来采取直接的、暴烈的行动：

沿大街吊起一列高贵的绅士，

当然能给人类以光明和教化，

正如把地主的庄宅烧把野火。

（第11章，第27节）

在历史诗剧《马林诺·法里埃罗》之末，他添上这样一笔：

公民三：他们就这样谋害了本来会使我们自由的人！

公民四：他对老百姓向来是好的。

公民五：他们总算有先见之明，把铁门关上了。

要是在来之前就知道他们在里面

干什么勾当，那么我们就会带武器

　撞开门，冲进去！

拜伦所神往的是法国革命高潮中巴黎街灯下吊死贵族、法国农村里火烧地主庄园的景象；所憧憬的是踢开议会——“我厌弃了议会游戏”[1]——而由人民举行武装起义。而且他不是咏叹一番就算完事，而是亲身参与了意大利烧炭党和希腊起义军的武装斗争。他实践了自己的全部宣言。他是诗人，又是政治的干预者。在1848年全欧动荡的日子里，许多站在巴黎、柏林、维也纳等地的街垒后面、拿起火枪同反动政府战斗的青年诗人是拜伦的真正的后裔。这也是英国浪漫主义的影响之一，然而却只是第二代浪漫诗人的独特贡献。

在人与人的关系上，特别是在男人与女人的关系上，拜伦也是有憧憬有理想的。他的出身和交游使他深刻了解英国统治阶级的特性：残酷而虚伪。《唐璜》的后面几章就是对一个伪善的上层社会的无情解剖。他所崇敬的是表里一致的真性情人。这倒不是只指在思想上同他一致的人。

1　1813年11月14日日记。

他的诗曾受到批评家杰弗里的攻击，但他却尊重其为人，因为“他的批评前后一致，公平而光明正大，远过于某些自称欣赏我的人”[1]。

在男女关系上，拜伦虽然充满幻灭之感，自己也做过蠢事，却仍然寻求纯真的爱情。这一点，在《唐璜》里又是表现得最为清楚。这部史诗里有许多女性出现，从中年妇人唐娜·伊内兹（唐璜的母亲）、少妇朱丽亚（唐璜的第一个诱惑者）、土耳其苏丹后宫的妃子古尔佩霞、俄罗斯女皇喀萨琳，直到英国社交上的贵妇阿德玲和费兹甫尔公爵夫人，最后还有名媛奥罗拉。除了奥罗拉还未出嫁以外，这些女人没有一个是为爱情而结婚或婚后仍能保持爱情的。阿德玲就是一个很能说明问题的例子：

她爱她的夫君，至少自觉如此，
　但那种爱情是她有意的努力，
好像推石上山，凡是感情逆着
　本性而为时，那总是一种苦役。

1　转引自普雷特对《唐璜》第10章第16节注（斯蒂凡与普雷特编：《唐璜》集注本，第4卷，1957年，第207页）。

但夫妇间没有吵嘴或者风波，
　她没有什么可以抱怨或挑剔；
他们的结合使大家无不称颂，
又安恬又高贵——只是有些冰冷。
（第14章，第86节）

这是传神之笔。诗人运用了英国贵族的惯伎——低调式的嘲讽——来揭穿英国贵族夫妇之间的冷漠和虚伪，而最后从“又安恬又高贵”一下降落到“冰冷”，又是一个巧妙的倒笔。

作为对照的则是海黛给予唐璜的真正的爱情：

海黛没有忧虑，并不要求盟誓，
　自己也不发誓，因为她没听过
一个钟情的少女会被人欺骗，
　或必须有种种诺言才能结合；
她真纯而无知得像一只小鸟，
　在飞奔自己的伴侣时只有快乐，
从来不曾梦想到中途变心，

所以一个字也没有提到忠贞。

（第2章，第190节）

不要盟誓，更谈不上要经过教会规定的结婚仪式，然而有真正的忠贞，还有真正的欢乐：

海黛和唐璜没有想到死的事，
　这天地、这大气对他们太适合，
时光也无可挑剔，只嫌它会飞，
　他们看自己呢，更是无可指责；
每人就是对方的镜子，谁看谁
　都是眼里亮晶晶地闪着欢乐：
他们知道，这宝石一般的闪光
无非是他们眼底深情的反映。

（第4章，第13节）

尽管这里的背景是卢梭式的，拜伦却不是卢梭。因为他并不像卢梭那样要求回到原始的自然状态。海黛的身体里，流着一半希腊人的血，这当中有着古典文明的熏陶。她的美也不是蛮荒中所见的那类，而是：

她的鬓角洁白而短，她的面颊
　像晚霞，尚有落日的胭红一抹；
那较短的上唇——呵，迷人的红唇！
　看见它，谁不自叹有如此福泽！
她是一个多美的雕塑的原型！

（第2章，第118节）

雕塑式的美，也就是希腊古典式的美。就连她的父亲兰勃洛，虽是一个海盗头子，也仍然是：

仿佛有一种古希腊的精神
把一缕英气注入他的灵魂中，
一如在古昔，这精神曾鼓舞了
他那些寻找金羊毛的老祖宗；

（第3章，第55节）

当然，同时海黛身上又有她母亲的摩尔人的血，使她热情似火：

有如沙漠的热风扫过一片荒原。

（第4章，第57节）

这是一种奇异的混合：希腊群岛与北非，古典的与浪漫的。这一混合是拜伦的独特之处。他的富于感染力的诗句是可解的，他的既有苦难又有生的欢乐的世界是可信的，他的无止息的追求和探索是有迹可循的，再加上他对暴政的憎恨带有强烈的、几乎是爆炸性的感情，他又一贯地化信念为行动，于是在欧洲大动荡的时刻，他的诗显出“其力如巨涛，直薄旧社会之柱石”，不仅影响了西欧德、法、意、西等国一整代作家，包括歌德、雨果、巴尔扎克、司汤达等大作家，以及音乐家贝多芬和画家德拉克罗瓦等等，而且“余波流衍，入俄则起国民诗人普式庚，至波阑则作报复诗人密克威支，入匈牙利则觉爱国诗人裴彖飞；其它宗徒，不胜具道”（鲁迅：《摩罗诗力说》）。

他的影响甚至远被中国。就在青年鲁迅写这篇系统论述拜伦的诗和它的伟力的文章之时（1908年发表），已有三个中国著名文人——梁启超[1]、马君武、苏曼殊——动手译过《唐

1　梁只译了两节，译见《新中国未来记》。

璜》第三章中的《哀希腊》歌，在鲁迅文章发表之后又有胡适在1914年提供了另一个译本。在短短几年内中国出现了这样多名手的译本的，西方文学作品中唯有拜伦此诗。然而拜伦的众多作品之中，中国知识分子为什么独独垂青《哀希腊》？这首诗的艺术性——篇幅不大而结构完整，声调铿锵，修辞上反问与对比的运用增强了戏剧性，等等——是容易赢得读者的，然而使得它在中国人耳朵里特别动听的却是诗中反对异族统治、号召被奴役的民族起来争取自由独立的精神。当时处于清朝皇帝统治下的中国人民正在酝酿革命巨变，也就更引拜伦此诗为同调，为激励。对于19、20世纪之交的中国知识界，一如对于19世纪前半叶的欧洲知识界，拜伦的吸引力主要在于他有卓越的诗艺传达了他对于自由的追求。

第九章　雪莱

一

但是拜伦的追求却并不深远。即使对上帝之道进行问难（如在《该隐》之内），也只是把上帝同人世的暴君相提并论，而对于人类的未来，他除了歌颂自由和人民大联合（如在《但丁的预言》之内），并没有涉及过一个理想社会。

雪莱则不同。一方面，他对于人世的苦难有比拜伦更深切的感受；另一方面，他对于未来的社会、政治、人与人（包括男人与女人）的关系，都有设想，他的探索更带哲学意味，触到更根本的问题。

而无论他的人世苦难感或对未来的向往，都结晶为诗。宣泄前者的主要是抒情诗，表达后者的主要是哲理诗和诗剧。在许多时候，这两者——人生的苦难感和对于美好社会的追求——又是结合起来的，使读者能够在忧郁或沉痛的深渊里，抬起头看见星月：

如果冬天已到，难道春天还用久等？

（《西风颂》）

你们人多，他们只几个。

（《暴政的舞会》）

这正是雪莱之所以为雪莱。仅仅宣泄苦难感，不论怎样打动人的灵魂，毕竟还不是诗的最高境界，而雪莱的作品则常能再登一个峰顶，闪现希望和理想的光泽。即使在他的爱情诗里也这样：

致——

有一个被人经常亵渎的字，

　　我无心再来亵渎；

有一种被人假意鄙薄的感情，

你不会也来鄙薄。
有一种希望太似绝望，
又何须再加提防！
你的怜悯无人能比，
温暖了我的心房。

我拿不出人们所称的爱情，
但不知你肯否接受
这颗心儿能献的崇敬？
连天公也不会拒而不收！
犹如飞蛾扑向星星，
又如黑夜追求黎明，
这一种思慕远处之情，
早已跳出了人间的苦境！

这里他把高尚的爱情同对理想的追求结合起来了，就连他的典型的形象——“飞蛾扑向星星”“黑夜追求黎明”——也是表达对美好事物的坚决的、奋不顾身的追求的。

二

雪莱从小就有高尚理想，而且很早就为了理想而同社会冲突。1810年，他18岁，刚进由僧侣书院演化而成的保守的牛津大学，就同另一个学生合写了一本《论无神论之必要》的小册子，并且挑战似的把它寄给主要由僧侣担任的院长们和教授们，因此而被立即开除。1812年他20岁，同两个更年轻的姑娘出现在爱尔兰都柏林的街头，向路人散发他自撰又自费印刷的《告爱尔兰人民书》，宣称他同情爱尔兰天主教徒争取政治平等和民族自由。同年，当一个出版商由于印刷汤姆·潘恩的《人权》一书而被拘捕的时候，又是这个20岁的第三者写信给检察官为之申辩。

无神论、不问宗教信仰的政治平等、民族独立、出版自由——青年雪莱几乎把当时进步人士为之斗争的重要目标都包在自己身上了。他写诗是为了要推进这些斗争。同拜伦一样，他最不能容忍任何形式任何程度的压迫。在中学的时候，面对行之已久的学校当局和高年级生折磨新生的管理制度，他就立下了誓言：

我毫无羞色，说："我定要变得聪明，
公正，自由，温和，只要我能过问，
因为我不愿再看
自私者和有力者仍然横行
而无人制止。"于是我擦干泪眼，
沉静下来，变得和善而又勇敢。……

（《伊斯兰的起义》，献词）

这样一个"和善而又勇敢"的青年受到当时英国思想界先进人物威廉·葛德文的吸引是完全自然的事，更何况雪莱又在经过一次不如意的初婚之后同葛德文的女儿玛丽发生了恋爱。如上章所已提到，葛德文是激进的思想家、《政治正义》（1793）一书的作者，对于19世纪初年处于激荡中的英国作家们产生过重大影响，许多浪漫派诗人——包括华兹华斯和柯尔律治——都曾服膺过他，有的还是他家的座上客。他的学说的中心思想是理性主义，认为有了理性可以无须法律和国家制度。雪莱的第一首长诗《麦布女王》（1813）——他自称为"哲理诗"——就包含了这个思想。

诗以仙后麦布同一个姑娘（Ianthe）的暂时脱体的灵魂

进行对话的形式出现。她们乘车共游于太空之中，回顾了过去几千年的历史，注视了血泪斑斑（雪莱在诗里多处用了“血”“血泊”等字）的现实，最后又展望了“未来的秘密”，这样就把人类的过去、现在和将来都收在眼下了。诗人最恨的是三类人：国王，僧侣，政客。他认为战争由他们而起，人类的一切祸害由他们而生：

> 国王，僧侣，政客，摧毁了人的花朵，
> 甚至嫩苞也不留。
>
> （第4节，第104—105行）

诗人强烈地反战，认为军队是“雇用的暴徒”“社会渣滓”。他更强烈地反宗教，甚至嘲笑基督教《圣经》里上帝七日创世和派儿子耶稣入世为救人而给钉死在十字架上的故事，花了一整节（第7节，共275行）来强调一点，即“不存在上帝”！历史上反宗教的人多矣，但从来没有一个像雪莱这样彻底地连基督教的最基本的教义都加以否定的。而雪莱想象中的将来的理想世界里则是两大力量主持着一切：热情和理智。那里：

不需要暴虐的法律的锁链；
天性中那些柔嫩、胆怯的欲望
以朴素的本色出现，
自信而大方，坦然表露
爱情的产生和渴念的增长，
不受制于枯槁而自私的贞操，
廉价的道学者才沽名钓誉，
以秋霜般的无灵性自傲！
也不再有卖淫的秽毒
污染人生和快乐的清泉；
女人和男人，彼此信任，彼此相爱，
平等、自由、纯洁，相伴而行，
走在道德的山径上，那里的石级
再不沾染朝香客脚下的血。

（第9节，第84—92行）

就在这里，雪莱也不忘要对宗教的祸害——通过“朝香客脚下的血”这一难忘的形象——加以揭发。

这就是雪莱少作的主要内容。在思想的基本点上——反暴政、反宗教、追求自由、追求真纯的爱情等等——这篇少作同雪莱的最成熟的作品，例如《解放了的普罗米修斯》，是一致的，只是诗人入世还浅，还没有很多痛苦的人生经验来使诗句获得足够的深度。

诗后附有雪莱自己加的大量注解，值得每个要了解雪莱思想的人一读。注里几次提到并引用葛德文的论点，例如在注解“雇用的暴徒”一行（第4节，第128行）时，雪莱引了大段的葛德文的文章，其中有名句云：“在各类的人当中，兵士是最完全的机器。”同时，注解也展示了雪莱对科学的兴趣，对地租剥削的了解，对“爱情的真谛为自由”的发挥（因此而主张“废除婚姻制度”），对“必然性”的探讨，对无神论的阐释，对基督教《圣经》的驳斥，对时间与思想的关系的说明[1]，而最后则洋洋千言论述了素食的必要和好处。

仅仅这一部作品就可以证明：英国浪漫主义确是从华兹华斯等人的山水冥想和梦境情思发展了。它的立足点仍然是

1　雪莱在注中说：“时间是我们心中对于思想连续而过的知觉。……一人手脚摊开，被绑在拉肢的刑架上，持续12小时；另一人酣睡床上一夜；两人对时间的认识完全不同。酣睡者以为睡了还不到半小时，而受刑者则以为受折磨已超过若干世纪。”雪莱的这个关于时间和思想关系的解释使人想起爱因斯坦对于相对论所作的通俗说明。

法国大革命的启蒙思想，雪莱的“热情与理智”即是“自然与理性”，即是卢梭加伏尔泰，然而探索的触角深入到新的禁区了：战争的起源、贫穷的由来、宗教的虚妄、政治制度的压迫性、现存婚姻制度的不合理——不满20岁的诗人以勇敢的先行者的姿态立在诗篇之上，向世界大声宣告自己是无神论者、无政府主义者、素食者、男女自由结合论者。

诗艺呢？不成熟是显然的：诗写得过长，有一定程度的重复，时时有“散焦点式”的空泛，或渲染过甚，词费而意不深，等等；然而新鲜、有力、结构完整、首尾照应，而画面之大、包罗之广，又显示这个年轻诗人在其最初的作品里就是高瞻远瞩，写诗同对于人类命运的关怀是联结起来的。[1]

接着来的《阿拉斯特，或寂寞的精灵》（1816）一诗展示了雪莱的另一种追求。这首用素体无韵诗写的长达720行的叙事诗，与其说包含一个故事，不如说写了一个旅程，一个诗人在孤独中追求理想，又在孤独中早早死去的人生旅程。叙述者是另一个诗人，而且是一个深受华兹华斯影响的诗人，例如诗

1 后来雪莱把《麦布女王》的1、2两节加以整理，去掉不少情节和对话，以《世界的精灵》为题重新在1816年发表，内容是紧凑得多了，而诗则不如。

的开首处所用的“自然的虔诚”（第3行）、“倔强的提问”（第26行）和结束处的“深藏在眼泪达不到的地方”（第713行）等等都是华兹华斯的名句。同《麦布女王》之写人间政治相反，《阿拉斯特》写那位孤独的诗人一过少年时期就离开

> 无温暖的炉边和无知音的家屋，
> 去到远僻的地方寻求奇异的真理。
>
> （第75—77行）

他遍游历史上古文明的名城，后来在睡梦中遇到了一个女诗人，她有智慧、想象力，同时又有女性的吸引力。孤独者尝到了爱情的甜蜜，然而欢乐一纵即逝，黑暗重来，梦醒时她已渺无踪影。他到处追寻，甚至摇船过海，最后进入一个港湾，在一个僻静的溪旁草地上他似乎找到了一个代表大自然的精灵。但他又瞥见那女诗人的双眼在空中召唤着他，于是他继续追寻，而在这跋涉的过程里，岁月飞逝，青年诗人已经变得满脸皱纹，形容枯槁，终于死去：

> 啊，你消失了！

勇敢、温和、美丽消失了，
优雅之子，天才之子消失了。世界上
有多少人讲冷酷的话，做残忍的事，
多少虫、兽、人活了下来……
……——而你消失了！

（第688—695行）

诗是写得更有感情也更美丽了，而整首诗里的矛盾——大自然的现实同女诗人所代表的完美的人生理想之间的矛盾——也是发人深思的。这首诗——哀而有节，美而不浮，有思想的深度而不过于抽象——是雪莱第一篇优秀的叙事诗，它所突出的“追求”的主题也体现了第二代英国浪漫主义诗人的思想特色。两年以后，济慈写了长诗《恩狄米昂》(1818)，也是用一个类似的故事来表现这个“追求”主题的。

然而对于普通读者来说，《阿拉斯特》的可诵性也许还得让位于稍后出版的《智美颂》(1817)。后者是一首纯粹的抒情诗，篇幅短，形式更完整（共7节，每节12行，脚韵安排为abbaaccbddee），音乐性更强，主题也是一种“追求”，只是追求的是一种曾经获得而后来又失去了的情感的和道德的领悟。这种领悟诗人称之为“美的精神”——标题里的“智美”(intellectual beauty)指的就是这种不靠感官而凭直觉悟到的“美”——然而它却不是人所能经常悟到的:

　　你去了那里?
为什么你走了,却让我们停留在这地方,
这阴暗的眼泪之谷,空虚而又荒凉?

(第2节,第15—17行)

“阴暗的眼泪之谷”指我们这个人间世,后来成了英文中常被引用的名句。这些话是痛苦的呼号。在呼号之中,诗人回忆起了他的童年:

我在孩子时期就追寻鬼魂,
　　跑过许多空屋,山洞,废墟,
　　星光下的林子,脚步带着恐惧,
想同死人作严肃的讨论。
我呼唤着人们教给我的恶毒的神,
　　却听不到回声,看不见动静,

　　但当我深思人生的苦辛，
正值那春风吹得大地复苏，
　　一切有生之物都在吐气，
　　带来了放苞开花的消息——
　　突然间你的影子降临我身上，
我长啸，双手紧握如发狂！

（第5节）

英国浪漫诗人——从布莱克到华兹华斯到雪莱——都追忆童年，视那天真时期为至乐，而感叹它的消逝。然而细看一下，我们又发现雪莱是不同的。在这段诗里，他写的是他在童年时的迷误——他曾想学魔法，又受过儿时教育里宗教迷信的影响，但是在一个风和日暖的春天他却在思索人生的意义的时候突然醒悟了。这里有感情迸发的呼喊：

我长啸，双手紧握如发狂！

它预示了后来的名句：

呵，卷走我吧，像卷落叶、波浪、流云！

我跌在人生的刺树上，我血流遍体！

（《西风颂》）

呵，把我从草上扶起！

我在死去，昏迷，衰竭！

（《印度小夜曲》）

不仅是呼声急切，而且同诗人的身世相连，带有自传式的表白、倾诉性质，成为雪莱抒情诗的特点。遍阅拜伦和济慈的作品，虽然他们也是感情洋溢，但很少这类的自传式的呼喊。这表明雪莱的感情的强烈集中和尖锐的一面，像是吟咏到此，非突然高呼不可——古典主义的诗人决不这样做，后世的现代派文人也会以此为太露、太无层次——然而诗艺体现诗人的思想境界，当诗人确是胸中激荡、非吐不快的时候，这样的来自灵魂深处的呼喊也就长远地震撼了读者的灵魂。

诗的最后两节则是平静的，然而又是语重心长的：

我的眉宇从未有过喜色

除非出现希望，表明你能使
这个世界摆脱黑暗的奴役。

（第6节，第68—70行）

　　你的魔力使我
戒惧自己，而爱全体人类

（第7节，第83—84行）

原来这个“美的精神”，或“智美”，并非一般所理解的美，而是同世界的希望、人类的解放紧密结合的，这又正是雪莱的本色，而最后两行则又透露了一个以后雪莱要加以强调的新看法，即：个人须改造自己而爱全人类。

1817年，雪莱写了一首叙事长诗，即《伊斯兰的起义》（1818）。它原名《莱昂与茜丝娜，或金城的革命：十九世纪的一瞥》，后来诗经过修改，题目也变成现在这样。雪莱自称这首长诗是他“向公众作的第一个严肃的呼吁”（前言）。严肃何在？呼吁的目的又是什么？简单的回答是：这首诗是法国大革命思想的辩护和引申，目的是“在读者胸中燃起对自由和正义的学说的正当的热情”（前言）。

但是它不是说教诗，而是叙事诗，而且像雪莱的其他叙事诗一样，有浓厚的抒情气氛——诗中的主角一男一女，言谈举止，似乎是《阿拉斯特》里的青年和女诗人再现了，而自然景物的描写也是出之以雪莱向有的清幽之笔，多的是月夜、溪谷、海上的孤舟……

然而气魄要大得多——《阿拉斯特》只是孤独的追求历程，《伊斯兰的起义》则是起义与镇压的血泪故事，是失败、成功、再失败而达到最后的信心的几经起伏的壮阔戏剧，其中甚至有拜伦在《东方叙事诗》里写的那类场面，如茜丝娜之被掠、发疯、洞中幽居、海上航行等等，特别是写她骑一匹大黑马挥剑而来：

忽地里敌群大骇，
　四散逃奔——瞧！一匹高大的
鞑靼黑马风一样疾驰而来，
　践踏了路上的死尸，活的人
　也在这大马的铁蹄下流血，

马背上端坐一个白衣人，宛如天使，
　却挥舞着长剑……

（第6章，第19节）

在这些地方，诗写得很有气势。战斗场面也写得激烈，然而又不过实；也许更为感人的，是写战斗间隙中莱昂为了替茜丝娜觅食而进入劫后金城的情景：

不见任何活人，除了一个女的
　在街上游荡……

她说："我名叫瘟疫——我干瘪的乳房
曾经喂过两个孩子——一男一女——
等我到家一看，一个已经倒在血泊，
三处刀伤，另一个被火焰吞没了……"

（第6章，第48—49节）

这也是写得有虚有实。不仅如此，雪莱还寻求大的象征即神话。本诗的第一章，就叙述鹰与蛇的大搏斗，以蛇的失败告终；接着叙述者看见一女子坐在小舟上，怀抱受伤的蛇，用她的胸口温暖着它；而且一反旧说，雪莱以鹰象征恶，蛇象征善。恶代表专制，善代表革命。全诗写的是革命与专制的大搏斗。革命者有男有女，而在雪莱诗里，女性从来不是玩物，而是有理想有志气的人（这一点拜伦固不及，济慈也逊色）。茜丝娜就曾慨叹：

> 人类的一半被关在笼里，成了
> 淫欲和仇恨的牺牲品，是奴隶的奴隶。
>
> （第2章，第36节）

她又尖锐地提问：

> 如果女人是奴隶，男人能够自由么？
>
> （第2章，第43节）

这样的问题，过去哪个诗人涉及过？这是又一个例子，说明雪莱的思想的先进性。

然而，这首长诗也显示出雪莱的幻想——尽管是富于理想主义的幻想。例如群众的起义，全因受到茜丝娜的言词的影响，诗中并有警句说：

言词的力量是伟大的。

（第4章，第18节）

接着叙述者描写茜丝娜能够单靠言词，就使得对她执行酷刑的人流着泪替她松绑。而当起义的大军涌进王宫，发现只有暴君同他的小女孩相依为命的时候，莱昂挡住了前来杀他的群众，说：

如果你们的心受过
真正的自由之爱的考验，
那就不会再怕
这个孤单的可怜人了

（第5章，第33节）

他的理由是：

什么是你们所称的正义？有谁

一次也没有私下对别人怀过恶意?
你们都纯洁么?要是谁听了这话而不战栗,
让他站出来!……有道德的人
如果意志受过磨练,就会看清:
正义是闪着光辉的
爱,而不是复仇,恐怖和憎恨。

(第5章,第34节)

如我们在上文所已提到,雪莱在《智美颂》之末,就已泄露了泛爱人类的思想。在《伊斯兰的起义》里,这思想变成了突出因素。因此在这故事的关键处出现了这突然的怜悯,结果暴君活了下来。后来风云突变,起义失败,莱昂和茜丝娜被烧死了,而他们的灵魂获得了真正的恬静,犹如船只在经历暴风雨后寻到了港湾和归宿。这个结局的要旨是和平;全诗名为"起义",实则意在和平与爱。

然而雪莱也告诉我们:这突然的怜悯造成了严重的后果。人民不杀暴君,但是暴君一旦得到外面的援助,立刻就血洗全城。教会和议院又出来帮他的忙。僧侣上街到处咒骂起义者,议员则散布这样的论调:

雅典的灿烂文明失败了，
　只因她的子弟获得了自由。
（第9章，第14节）

等到血腥的屠杀造成了瘟疫，一个伊比利亚僧侣又向暴君献策，要他把莱昂和茜丝娜在众目睽睽之下烧死作为对瘟神的献祭，这样可以一来处死起义的领袖，二来平息金城居民的不安。雪莱虽是相信群众的力量的，却也写了他们容易受欺骗的一面。金城人民被瘟疫骇怕了，急于看伊比利亚的僧侣的计策付诸实施。

恐惧杀死了
每人胸里一切天生的虔诚，
这前所未有的恐惧烧灼着内心，
使他们狂奔，如困在山火里的野兽。
（第10章，第40节）

同时，雪莱也写到暴君之所以得救，是因为其他国家的暴君派遣军队来援：

他们知道他的事业
就是他们的事业，因此狼与蛇
举行鬼域的仪式，宣誓不再互斗。

（第10章，第7节）

其结果是，从四面八方袭来了马队，把起义打了下去。这血的教训是有当时欧洲历史做根据的。诗写在1815年维也纳会议之后两年，那时法国大革命刚被全欧洲的反动势力联合起来暂时压下去了。在安排这些情节的时候，幻想者雪莱身上的现实感醒来了。

《伊斯兰的起义》就是这样一部混合着神话、幻想与现实感的瑰奇作品，而现实感是主要的。诗引起了各种不同的反响，雪莱却充满了自信，因为他感到“它在许多方面是我自己心灵的真实图画”[1]。而他的心灵之所以值得画下，首先是因为它对欧洲的现实有印象，有反应。当时的最大现实就是法国革命的起伏和所引起的波动。在绅士们纷纷责难法国革命人民的“过火行为”的时候，雪莱却替他们辩护。他问道：“一个昨天还受践踏的奴隶能够忽然变得开明、有节制、有独立精神

1　雪莱致葛德文书，见玛丽·雪莱对此诗的注。

么？”[1]他又指出：“过火行为”是过去多少世纪的暴君统治逼出来的，需要“坚决的韧性、不懈的希望、长期受苦而始终保持信念的勇气，和若干世代有智慧又有道德的人的系统努力”才能超越“短暂的无知与错误”而取得“天才和道德”的持久存在。换言之，雪莱写这首诗是为了驳斥反动派，鼓舞革命者，并揭示一个更加高尚的理想。他实现了大部分目标，只在他的现实感过分薄弱的地方，他的诗也变得空泛起来。

要救空泛之弊，除了思想上的充实，也有一个语言上的问题。雪莱的诗歌语言是优美的，富于音乐性的，但是他有时似乎过雅，过美，我们希望他能更接近土壤，写些词简意深的白文，写得口语化一些。

像是意识到了这一点，在下一首长诗里，他有意要“尝试用另一种风格写，一种sermo pedestris（普通白话式）的风格，不过我对此还无自信”[2]。这里，雪莱是过谦了，因为他的

1 见本诗前言。本段其他引语同此。

2 1820年5月14日致出版商查理士·奥利埃书（转引自《诺顿英国文学选》，第2卷，第4版，1979年，第692页注）。

新风格在这篇作品里取得了完全的成功。

这首诗即《朱理安与马达罗：一次谈话》。它是在拜伦的影响之下写成的；事实上，诗里的马达罗即是拜伦，朱理安则是雪莱自己。雪莱在1816年二次去瑞士时遇上了拜伦，从此两人成为莫逆之交。诗记载了他们两人在1818年在意大利威尼斯附近共游时的一次谈话。时间是一天傍晚，地点是海边沙岸上，两人先是骑马，后来又乘船。他们饱餐了海边落日的景色（此诗的风景描写着墨不多，但却比雪莱在别处所写更实在，更有意味），最饶神韵的是两人的谈话。这是思想与智慧的交流，然而并不抽象，而是写得跌宕生动。两人各有所见，马达罗是悲观主义者，认定人斗不过命运，曾指着途中所见的疯人院发感慨说：

> 这就是人的命运！
>
> （第120行）

朱理安（即诗中第一人称的叙述者）则是理想主义者，他在第二天再去访问马达罗，继续第一天的讨论。他指着马达罗的小女儿说：

　　“瞧这孩子多可爱，
多么天真、自由、愉快，
她幸福地生活，无虑无忧，
我们却听命于病态的念头！
昨夜它就附上了你的身子。
束缚我们的原是自己的意志，
如不自找心病，早实现了全部理想，
我们也早就快乐、高尚、大方！
何处去寻求爱、美和真理，
如不是在我们自己心里？
只要我们不示弱，难道我们会
想做而做不成？”马达罗立即反对，
“好个不示弱！——可是有谁成了强者？
这是乌托邦之谈！”我答道：“难说，
等你真去看锁心的链子有多粗，
说不定只见脆弱的稻草一股！……”

（第166—182行）

这一段把两人的谈话神态和思想差别都表达出来了，雪莱似乎从来没有写得这样平易而又活泼。

接着两人再度乘船去到疯人院，进入一个不幸者的房间，听他作了大段独白。疯人的吐露当然不很清楚也不够连贯，大致的内容是：他曾经恋爱，后来他的爱人弃他而走，造成了他的心灵创伤。值得注意的是，疯人谈到了肉体接触所引起的憎恶：

难道是我来求你贴紧我的胸口，
取得温暖，而你对我的报答
却是拿毒汁喷我一身？

（第398—400行）

但愿你从未见过我，听过我的声音，
更愿你从未忍受过我的拥抱，
让那可憎的接触深深污染了你！

（第420—422行）

这一类词句和形象是雪莱通常少用的，而近乎17世纪英国剧作家如韦伯斯特、顿纳的作品中所见。这也是本诗不同寻常的一点。马达罗对此的感想则是：

多数不幸的人
只因胸有不平才写诗，
吟的是他们苦难的身世。

（第544—546行）

这也透露了浪漫主义诗人的本色，倒是很符合拜伦的性格的。

诗的结语也颇有韵味：

经过许多年
许多变化之后我回到水城，
景物依旧，威尼斯也未改名，
马达罗却漫游远地，
出没在亚美尼亚的大山里。
他的狗死了。他的孩子已经成人，
一个大姑娘，世上少见的美人，
这人间原本缺乏超等的品质，
命运更使我从未结识
这类莎士比亚式的奇女子，她殷勤
接待父亲的老友，合礼而又热情，

等我问起疯人的下落，她想了一会，
才把她听到的事谈开。

（第583—596行）

她说的是：在朱理安离开两年之后，一位贵妇人来到威城，同疯人同住在马达罗的别墅里，但不久她又走了。等朱理安再问：

孩子，就只这些事么？

姑娘的回答是：

“如果您不愿老泪纵横，
让青年的感情湿润了脸上的皱纹，
请别问了，不如让无声的年代消逝，
把他们的往事用蜡封住，
犹如石棺把他们的身体盖住。”
我仍然紧问，于是她吐露了
全部经过——但冷酷的世界无须知道。

全诗就如此打住。真是余音袅袅，不绝如缕。口语体照样写出了浪漫情调，令人神往于当年两位青年浪漫主义者的诗酒风流，而弥漫一切的则是人世的苦难感，这确是一首完美的作品。

至此我们可以小结一下。1818年3月，雪莱与玛丽动身去意大利，从此再没有回到英国。他揭开了生活的新页，但是他的思想和诗艺的主要方面，已经形成一种格局。他用诗来阐释和引申法国革命思想，浪漫诗人之中没有谁比他更激进；他对人类社会的将来有所设想，没有谁比他更勤于探索或探索得更深；他主张力抗强暴，但他也露出了怜悯与泛爱的思想苗头。在诗艺上他已遍涉抒情、哲理、叙事、谈话各体，在每一体里都有建树，而最精抒情，正是浓厚的抒情气息弥漫了雪莱的一切作品，成为他的最大特色。

三

像拜伦一样，雪莱在居留意大利时期取得了创作上的全面丰收。仅仅在1819年里，他就写了三部大作品，即五幕诗剧《钦契一家》、时事讽刺诗《暴政的行列》和“抒情诗剧”《解放了的普罗米修斯》。此外，他还写了许多抒情诗，《西风颂》就是在这一年的秋天写的。

《钦契一家》有一个难以恰当表达——因此也就难以戏剧化——的题材，即16世纪末年意大利有一个名叫“钦契”的贵族，为人极为残暴，最后发展到强奸了亲生女儿彼亚屈里丝，结果为她派人杀死的历史故事。

雪莱写此剧时，正读着西班牙剧作家卡尔德隆的作品，同时他脑中有莎士比亚和韦伯斯特等17世纪英国剧作家的强烈印象，对于韦伯斯特的《马尔菲公爵夫人》一剧更是欣赏。[1]然而韦伯斯特等人虽也写乱伦、下毒、暴死等场面，他们剧中人物的行为动机是清楚的、可解的；而钦契对于自己家人的残暴，特别是对女儿的强奸，则完全是病态的、不可解的。因此，虽然雪莱把彼亚屈里丝刻画得很有气势，整个剧本仍然显得单薄。莎士比亚、韦伯斯特等人的不可及处，正在他们的戏剧绝不单薄，而是丰富而多层次的。

1　梅特温曾记雪莱的谈话云：“英国剧本中他十分欣赏（韦伯斯特的）《马尔菲公爵夫人》，认为此剧的牢房一场……足以同莎士比亚的任何作品相比。他一直在读那些古剧作家——弥特尔顿、韦伯斯特、马辛杰、鲍蒙特和弗莱彻，从他们作品的矿藏里他取得了那使《钦契一家》分外出色的纯净而有力的风格。”（汤玛斯·梅特温：《雪莱传》，H. B. 福曼编订本，1913年，第256页。）

从诗来讲，则剧本是出乎意外地成熟。雪莱自觉地要效法17世纪英国诗剧，用“一般人的真正语言”亦即“随常的语言”[1]来写。他在这里用的素体无韵诗，果然符合戏剧要求，诗句能与情节、人物性格紧密结合，用词也比较朴素，一扫从前的空泛与浮美，使人们读着，只注意剧情的进展，而不觉得是在读诗。只有成功的戏剧诗，亦即与剧化为一体的诗，才能产生这样的效果。缺点是：诗还没有能随着不同的人物性格而有所变化，几乎所有角色的谈吐都停留在同一水平上；只有彼亚屈里丝略为突出。她的台词不仅符合剧情的要求，而且能给剧情以更大的情感深度。她对几个因受刑不过而招供的人这样说：

　　你们这卑鄙的心！
这一点皮肉之痛，最痛也超不过
四肢还有生命的那会儿，为了它
就使几百年的灿烂光华化为尘土？

（第5幕，第3场）

1　见本剧前言。

当她明白自己死期在即，彼亚屈里丝发出了这样的感慨：

上帝呀！真要我这样突然死去么？
这样年轻就掉进黑沉沉的，
寒冷、发臭、充满了蛆虫的地下么？

（第5幕，第4场）

　　呵，要想求情，
宁求饥荒，求随风扩散的瘟疫，
求盲目的闪电、聋耳的大海，也别求人！
残暴、冷酷、装模作样的人，
说得多高贵！做得多毒辣！

（同上）

在剧的结尾，彼亚屈里丝同继母一齐走向刑场，最后说：

这儿，妈妈，请帮我
系好腰带，把我的头发随便打个结。
对，这样就成。我看您的头发

也散了。多年来我们娘儿俩
相依为命，今后不能了。大人，
我们准备好了。好，这样就好。

（第5幕，第4场）

这一结尾，使人想起韦伯斯特写的马尔菲夫人在临死前对侍女的嘱咐：

请你记得要给我那小儿子
吃糖浆治咳嗽，也别忘了告我那女孩
每晚临睡前要祷告。好，各位请吧，
要我怎么死法？

（《马尔菲公爵夫人》，1623，第5幕末）

两位女主人公在临刑之前都表现出了无畏、镇定，都记起了极富人情味的日常小事，这样也就更显出死的可憎，从而增加了悲剧感。雪莱并没有抄袭韦伯斯特，然而他也没有白读韦伯斯特，剧本的结尾表明他从那位17世纪的怪才学到了一些东西，只不过他们的诗路不一样，写诗剧的时代也不一样。

因此局部的成功并不能使《钦契一家》成为复兴英国诗剧的扛鼎之作。

《钦契一家》在1819年8月写成。就在同月16日，英国发生了死伤超过600人的曼彻斯特惨案，世称“比铁卢”事件。这是英普联军在“滑铁卢”战役中打败拿破仑以后的岁月里英国国内阶级斗争激化，统治阶层血腥镇压劳动人民的突出事件，引起了很大的震动。拜伦、雪莱、济慈三个年轻浪漫主义诗人对此都有强烈反应，[1]其中雪莱的反应见于诗作者尤多。他不仅在短诗里有所涉及，如：

田地荒芜，人民受饿又遭刀砍。

（《一八一九年的英国》）

1　例如：拜伦在《唐璜》第11章第85节写道：

我看过骑马的奴才践踏人民，
好似踢过了一片无言的平沙。

济慈在1819年9月18日给其弟乔治·济慈夫妇信中提到曼彻斯特惨案，对当时民主运动的高涨感到兴奋。

而且专门写了一首中等长度（372行）的政治谴责诗《暴政的行列》。

这诗有许多特别之处。雪莱利用了一些象征性名词："谋害""欺诈""伪善""毁灭""希望"，但底下都有具体的人，例如：

我路上遇到"谋害"——
他的面罩像卡色瑞——
看起来随和，但心狠，
七条警犬在后跟。

题目上的"暴政"是指国王乔治第三：

最后来了"暴政"，他胯下
一匹溅满人血的白马。
白的还有他的脸和嘴唇，
像世界末日出现的死神。

他头戴一顶王冠，

手持闪亮的节杖，
额角上刻有字句：
“我乃上帝，国王，法律！”

同拟人化的名词一样，“行列”也是一种文学“程式”，诗人也用得恰当。他让罪人们在行列里一一出现，把他们的嘴脸和罪行一一点出，起了“示众”的作用。而示众又是为了给英国爱好自由的人民大众以希望，所以诗的大部分写“希望”终于压倒“暴政”，发出了充满“欢乐和惧怕”的歌声，首先是号召人民起来：

英国人，往日光荣的继承者，
未来历史的创造者，
同一个伟大的母亲抚育你们，
同是她的希望，又是彼此的支撑。

起来，沉睡的狮子们，
醒了就浩浩荡荡，不可战胜！
梦中加身的铁链，

一抖就如朝露化烟。

你们人多——他们只几个！

这两段已是英国读者熟悉的名句，在劳动人民之间更是传诵已久。诗的战斗性是极为明显的。

然而雪莱还要追求另一种——他自己认为是更高的——理想。他对奴隶们的苦难是言之痛切的，而作为对照，他对于自由的真谛也发掘得深——随自由而来的是正义、智慧、爱、科学、诗歌、思想。他认为如果自由人团结起来，结成“广阔的集会”，那么即使暴君们重来，用大炮和刺刀威胁群众，群众仍然能对付他们：

站着，坚决而又沉静，

像无言的密林，

瞧着，双臂交叉而抱，

眼光胜过枪炮。

（第59段）

抱住双臂，坚定地瞧着，

没有恐惧，也不感惊诧，

让他们杀吧，紧瞧不放，
直到他们把疯劲耗光。

他们会羞愧地回返
他们所来的地方，
他们刀下的血会染红
他们恐惶的面容。

（第85—86段）

雪莱以为敌人也会像他自己一样高尚，会放下屠刀，会在大量的鲜血面前感到羞惭。毕竟他没有处身曼彻斯特的旷野，没有遭受马队践踏和砍杀的经验，因此他的思想深处，在最后的理想境界里，爱与和平总是最高目标。

然而这并非此诗的主要之点，主要的仍是它对暴政及其帮凶的严厉谴责。在这方面，雪莱所用的艺术手段是非常成功的。他采取了古朴的民谣形式，每段四行（偶然也五行），每行七音节，重读字不过二三个，每个字都显得很突出。韵律一反雪莱通常的流利、甜美，而是缓慢而沉痛的，像是诗人在咬着牙把字一个一个吐出来。这就增加了诗的坚决气氛。前面提过的

“行列”这一传统程式的使用使诗具有浓厚的民间色彩，表示罪人们在街上走着，受到路旁广大人民的注视和审查，而他们各顶一个罪名（“暴政”“谋害”“欺诈”“伪善”之类）既是这类行列中常有的挂牌办法，又使作品具有更普遍的象征意义。从语言来讲，也是明确、简洁的，而不是抽象、铺陈的，为了能容易为劳动人民中的读者所接受，[1]突破了雪莱向来的格局。总之，这首诗不仅谴责得有力，在艺术上也多所创新。

《解放了的普罗米修斯》是公认的雪莱的杰作。普罗米修斯是希腊神话里的巨人，关于他因把火盗给人类而触怒了主神宙斯，被锁在高加索山崖每天遭受神鹰啄食他的肝脏，最后为大力神海格立斯搭救的神话是世界文学里长远激动人心的故事之一，早在雪莱以前已经有古希腊的悲剧大师埃斯库罗斯用这题材写过一个剧本。剧本已经失传，但据说其中写的是宙斯最后同普罗米修斯和解了。雪莱认为这是埃斯库罗斯的败笔。他在自己剧本的前言中写道：“这样一种软弱无力

1 玛丽·雪莱在本诗的后记里说：“这首诗是为人民写的，因此语气比平常更通俗。”

的结局是我不能接受的，因为这是说人类的卫护者同人类的压迫者妥协了。”

雪莱笔下的普罗米修斯则是一个始终不屈的斗士。他经历了三千年不眠之夜的苦难，受尽了宙斯所能想出的各种酷刑，然而尽管

> 没有变化，没有休止，没有希望。但我坚持！

他同宙斯即上帝的斗争是完全不能调和的。但他又在这长久的磨炼里获得了另一种认识：

> 蔑视么？不，我可怜你。……
> ……我不再恨你，
> 苦难使我聪明了。连过去
> 我对你的诅咒我也收回。
>
> （第1幕，第53—59行）

这是他对宙斯的新态度，本剧幕开之处，他就从悬崖上自己被绑的所在，作了这样的宣告。

一场长达30世纪的大搏斗还在进行，而主要的角力者居然对最残忍的敌人表示不恨也不诅咒了！一个无比壮烈的主题，而作者竟处之以恬静！然而这也正是雪莱的用心所在。雪莱的思想的发展已经表明，他虽被当时社会目为玩火者，他的最高理想实是创造性的爱。在本剧里，普罗米修斯更是说得明白：

除了爱，一切希望都渺茫。

（第1幕，第824行）

葛德文的影响已经逐渐让位于柏拉图，就连他在《麦布女王》里那样激烈攻击的基督教也不再完全可憎了，至少耶稣的形象变得可敬起来：

埃翁尼：你有勇气看魔怪们如何折磨他么？
潘希亚：唉！我张眼瞧了两次，但再也瞧不下去了。
埃翁尼：你瞧到了什么？
潘希亚：　　　　　　　　可怕的景象！
　　一个青年被钉在十字架上，神色坚毅。

（第1幕，第582—585行）

这一段是两个海洋女神之间的对话，她们目睹了宙斯派来的魔怪们怎样又一次对普罗米修斯施以酷刑的情景。潘希亚的话是把缚在悬崖上的巨人看成了钉在十字架上的耶稣。本剧别的地方还提到过“痛苦的王冠”（第1幕，第290行），也是来源于耶稣的荆棘王冠。显然，基督教的某些东西对雪莱是有吸引力的。

然而本剧的中心思想却又是同基督教教义相反的。基督教主张“原罪论”，把人生看成是一个赎罪的过程；雪莱却认为人可以通过自我改造而达到完美。[1]正是从这一点出发，他在第三幕写在普罗米修斯得到解放之后，人类也随着经历了一场意义重大的变化。原来的情景是：世界上充满了爬虫、

1　对这一点英国著名学者路易斯（C. S. Lewis）持论相反。他在一篇重要论文《雪莱、德莱顿和艾略特先生》（收在《复原及其他论文集》，牛津，1939年）中写道：“说雪莱把人的灵魂看成生下来就天真无邪或圣洁美丽，只不过受到外界的暴君的干扰而已——这是根本不符事实的；正相反，没有另一个不信教的作家像雪莱那样接近于原罪论，他不仅说出了同样意思，而且说得十分透彻。”但所引例子只足以说明雪莱认识到人的本性里善恶并存，而且路易斯在其文章开始处早已指出：“由于他相信人天生有变得完美的可能性，信基督教的读者也就理所当然地感到这是愚妄之谈了。”可见雪莱虽对人的本性持辩证观点，对人的发展前途则采取了与“原罪论”相反的看法，而这正是他同基督教的分野所在。按路易斯此文驳斥艾略特等现代派批评家对雪莱的贬低，把雪莱诗作的优点谈得很中肯，是一篇力作。

癞蛤蟆、毒蛇、恶兽、吃不得的苦果，以及

> 面貌凶狠的人，眼光骄傲，满脸怒气，
> 冷冷地踱着方步，或者虚假地微笑，
> 或者笨拙地嘲笑，以无知为乐……

但是后来：

> 那些丑恶的人形和人脸，
> 曾经给我痛苦的种种，
> 都掠空而过，消失在那扫荡一切的
> 　　大风里……
>
> 所有的东西都脱去了邪恶的天性

而等“时间的精灵”出现，更是景象一新：

> 瞧，宝座上再无王侯，人们昂首阔步，
> 像神仙般自由结伴，没有谄媚，

没有践踏，人的额角上再不刻写仇恨、
轻蔑、恐惧，既不自怜也不自鄙……
女人也洒脱、美丽、仁慈，一如
那向大地洒下光和露水的蓝天，
体态轻盈，光彩夺目，再没有
旧风俗打下的污渍，完全纯洁；
谈吐生智，而过去她们不敢思想，
真情坦露，而过去她们不敢感觉，
她们变了，过去不敢做的全实现了，
这一变使人世成了天堂；再没有骄傲、
猜疑、妒忌、恶意中伤，再也不胸藏
怨恨，让它那最毒的毒汁
破坏爱情的疗治创伤的甜味。

这一伟大的变化使得“御座、祭坛、法官的席位、监狱”全都空无一人了，宗教虽然曾是“黑暗和有力的，其权力之广阔一如其所毁坏的世界”，现在却同“国王和僧侣的骄傲”一样，只引起人们的“诧异”。过去人的生活像是蒙着一层纱巾，现在把那虚假的、可憎的面罩揭去了，人露出了应有的真面目：

自由，不受管辖，不受限制，真正的
人，平等，没有阶级、种族、国家，
没有恐惧、迷信、等级，每人都是
自己的王，公正，温和，聪明……

这就是雪莱的理想社会。他借“时间的精灵”之口，说出了他追求的大同世界——这一追求是他从记事之时就开始的，然而经历了发展，到现在加上了一个重要的思想，即人必须改造自己。紧接上面几行的是这样的结语：

可是人
就没有热情？——有的，但无内疚，
无悲痛，这些本是人的意志所造成；
也超脱不了机缘、死亡、变化，
但能驾驭它们，使它们不能再阻碍
人心飞越天上最高的星，
进入那隐约可见的无限空间。

从法国大革命的自由、平等、博爱思想到无限空间的最高境界，雪莱是作了怎样有力的一跳呵！全部英国诗史的骄傲正在于没有几个别的国家、别的时代的诗人跳得像雪莱这样高，这样远！

在这过程里，雪莱写下了他最好的诗。这一次，他是完全自信的："我以为我在写这首诗时自己的实践比过去任何一次都好。"[1]他做了一件极难的事：有这样多高远的、几乎难以说清的思想，包括当时的科学思想[2]，要把它们用诗写出来，其中不许有说教——"说教式的诗是我讨厌的"[3]——其难已可想而知，而这些诗又不只是若干片断，而能合起来形成一个完整的"抒情诗剧"（雪莱自己加的名称），其功力也就更加惊人了。他利用了古神话，然而场景的安排则出自他自己的匠心。普罗米修斯被绑在悬崖上，不能动弹，这种静态的场面本是对剧本不利的，雪莱却能化不利为有利，利用这个

1　雪莱一封信里的话。引见玛丽·雪莱写在《解放了的普罗米修斯》后面的附言。

2　关于本剧中的科学思想，有卡尔·格拉布的专著《诗人中的牛顿——雪莱在〈解放了的普罗米修斯〉中对于科学的运用》（1930）论述颇详。

3　见本诗前言。

场面让普罗米修斯作了长篇独白，一上来诗句就是沉郁、雄迈的，同时又济之以海洋女神、大地母亲的悲哀然而甜美的歌声，剧本就有了高低和层次，而等水星率领施酷刑的鬼怪来到，戏剧性也就更加浓厚。如果说这是别的有才能的诗人也能做的，那么第二幕第四场亚细亚同德莫高根的对话则完全是雪莱的匠心独运。这是一个令人神驰的场面：对话者一个是命运大神，他将取父亲宙斯而代之，就如宙斯取他的父亲撒顿而代之一样，他代表了事物发展的必然性（我们记得，在《麦布女王》里，初出茅庐的雪莱就写下了：

> 必然性！你是世界的母亲！

而且写了一条长注大谈“必然性的理论”）。另一个是海洋女神，普罗米修斯的爱妻，为了他，她也被放逐到远处山谷里，而始终坚信丈夫的正义和伟大，她代表了宇宙中女性的温柔、爱情和生命力。请看下面的对话：

> 德莫高根：你想知道什么，就问什么吧。
>
> 亚细亚：你能回答什么？

德莫高根：一切你敢于提出的问题。

亚细亚：谁制造了有生命的世界？

德莫高根：　　　　　　　　　　上帝。

亚细亚：　　　　　　　　　　　谁制造了

世界包含的一切：思想、热情、理智、意

志、想象力？

德莫高根：上帝，威力无边的上帝。

（第2幕，第8—12行）

接着，我们听到：

亚细亚：谁制造了恐怖、疯狂、罪恶、懊丧？

它们拖住了事物变化的大链，

使它难以运转，压抑了人心的每个思想，

使人人都如背负重物，

只能踉跄地奔向死亡的黑坑！

谁制造了失望，把爱转化为恨，

使人自鄙，这比血还难吞咽的苦汁！

痛苦的号叫，叫惯了也就无人理睬，

还有尖声的嘶喊，天天在耳边，
还有地狱，和对地狱的深刻恐惧？
德莫高根：他在统治。
亚细亚：说出他的名字。——整个痛苦的世界在问
他的名字。诅咒就会把他咒倒。
德莫高根：他在统治。
亚细亚：我明白，我感得到；但他是谁？
德莫高根：　　　　　他在统治。
亚细亚：谁在统治？原来有天有地，
有光有爱；接着时间降落，
从撒顿的王座撤走……

（第2幕，第19—34行）

撒顿即宙斯的父亲。跟着而来的一大段是亚细亚对于太古历史的回溯，其中突出了她丈夫普罗米修斯同宙斯斗争的原因和经过，说得很有气势。她也指出了德莫高根所说的“统治”意味着什么：

不懂诺言，不懂爱，不懂法则，

无所不能，而无朋友，这就是统治。

最后她问道：

宙斯虽然威震九天，但是
铁链系身的对头一诅咒，
他就震撼如奴才。告诉我：
谁是他的主人？

德莫高根说他不愿透露“深渊中的秘密”，只是意味深长地答了一句：

真理之深者无形象。

换言之，最深刻的真理是不能用通常的诗歌手法——例如借重若干鲜明的形象——来表达的，更不必说用普通语言了。

这一场对话写得戏剧化，问答都扣人心弦，但又不落俗套，不用一般的舞台手法，因为亚细亚实际上提出了一个严重的问题，即：邪恶是怎样产生的？这问题不仅关系重大，而且含有对天神的权威的直接挑战，因此诗行也是咄咄逼人、锋芒毕露的，而它们又出于一向温柔的亚细亚之口，就更加突出而有力了。

雪莱原来写完第三幕就结束了剧本。但是几个月之后，他加上了一个第四幕。这是他的神来之笔。从情节上讲，三幕已经够了，但是这不是一个以情节见长的普通剧本，它的要素在剧的精神品质和思想深度，而两者又不能出之以抽象，因此需要一个情感上的高潮作结。雪莱提供了这样的一个高潮。他本来就长于抒情，这一幕更是写得笔酣墨饱，情景交融。一个新因素则是他更多地运用了音乐手法。为了增加音乐性，本幕大部分对白是有韵的歌，而不像前三幕主要是素体无韵诗，因此声调分外动人。场面的安排有如歌剧，诸神分别咏叹之外，还有歌队的多次合唱，此起彼落，形成诗同音乐的交响。歌队的进出和在台上的排列组合又如一种仪式，给人以视觉上的满足。就这样，利用了声音、颜色、形体组合等对感官的倾诉，利用了诗歌用词上的雅洁与高远，利用了诗人自己全部的热情和想象力，雪莱成功地写出了旧事物的消亡和人的复兴。

正是这个主题给了这里的诗句以坚实的思想核心，使它们不仅仅是优美动听。人在战胜暴政之后将何以自处？绝不仅仅是跳舞唱歌，在一片甜蜜中陶醉下去。还有艰苦的工作要做。雪莱在诗里提出：联合起来！利用心智的日渐清明，应该追求思想、智慧、艺术、诗歌、科学，追求爱：

超越我们的视界以外，
有着人类的爱，
它眼光到处就是天国所在。

（第126—128行）

还要使光明穿透“黑暗的土壤”，

让地球把心脏深处的秘密显露，
从无数的矿山开出钻石和金子，
和无价之宝的各色玉石，
还有水晶柱子所支撑的岩洞，
满布着真正的银子；
更有深井藏着难测的地火……

（第279—284行）

难道不能说这是雪莱看到了科学发展的未来，连石油开采都预见到了么？不少批评家们称道雪莱在此剧里所表现的诗才足以与但丁相比，这在西方是最高的赞誉了；[1]确实，同但丁一样，雪莱不但善于写地狱的黑暗，也会写天国的光明，而后者是更难形容的；但是，如果说但丁的人生经验更丰富，思想更深沉，那么雪莱对于未来世界的探索比但丁更勇敢，理想也更高远。要知道，他不是写一般的"黄金时代"，更不是写中古以来就有人怀念的"安乐乡"（land of Cockayne），他是从18世纪的启蒙主义和19世纪的科学思想里受到启发，要构筑一个真正先进的共产主义式的社会。他的艺术就是把这样的理想用诗写下来的艺术。我们在前面说了，他做了一件极难的事——现在我们可以看出，这难还不是通常意义的难，因为他做的是到那时为止的诗史和整个文学史上还无先例的

---

1 T. S. 艾略特在《但丁》一文中说：但丁《神曲》中《天堂篇》的最后一节是"诗所曾经达到和可能达到的最高点"，而雪莱"很了解但丁，在他死前几年开始受益于他对于但丁的知识；他是19世纪英国诗人中唯一有可能开始步但丁后尘的人"。（《论文选》，纽约版，1932年，第212页与第225页）C. S. 路易斯在前引文中说：雪莱以他的"净气和烈火"是半个但丁，"我要坚持说，他在《解放了的普罗米修斯》第四幕中达到了但丁的高度。"（见M. H. 爱勃兰姆斯编：《英国浪漫诗人论》，纽约，1960年，第263页。）

事，即用诗写共产主义式世界而使它具有艺术上的感染力。这是诗随着人上升所达到的最高点。

四

上述长诗——特别是《解放了的普罗米修斯》——的巨大成就是批评家和学者们公认的，然而对于一般读者，雪莱一生最后三年（1819—1822）的最大收获是他写了多首至今传诵的抒情短诗：《西风颂》《云》《致云雀》《悲歌》《哀歌》《致——》《“有一个被人经常亵渎的字”》《印度小夜曲》，写给琪恩·威廉斯的一些情诗等等。

英国诗史上自来有一个源流长、成就高的抒情诗传统，它在19世纪初年达到了更高的峰顶。雪莱对此作出了突出贡献。如我们在前面所已说到，在他一切的诗作里，弥漫着浓厚的抒情气氛。抒情性是雪莱诗才的最大特色。同时，我们也已看到，雪莱的抒情不是吟风弄月，而是掺和着人世的苦难感和对未来的理想，不是轻飘飘的，而是有着思想的重量的。

他的短诗用更精练更动人的方式表现了这一特色。

说精练，首先是因为有时他只短短几行，就表达出一个人生处境或一种情调，例如《悲歌》(1821)：

呵，世界！呵，人生！呵，时间！
登上了岁月最后一重山！
　回顾来路心已碎，
繁华盛景几时还？
　呵，难追——永难追！

日夜流逝中，
有种欢情去无踪。
　阳春隆冬一样悲，
唯独乐事不再逢。
　呵，难追——永难追！

首行的三声呼喊突如其来，这类呼喊正是雪莱的典型抒情笔法；所喊的“世界”和“人生”则表明所宣泄的不只是“青春不再”之类的时间的流逝感，而仍然是人世的苦难感（下节的“一样悲”证实了这一点）。诗的形式异常完整：五、十两行重复，互为呼应，加上音韵上的配合，使全诗更具慷慨悲歌的感人力量。

另一首《哀歌》（1822）更精练，这一次令人惊讶的是最后一行：

嚎啕大哭的粗鲁的风，
　悲痛得失去了声音；
横扫阴云的狂野的风，
　彻夜把丧钟打个不停；
暴风雨空把泪水流，
树林里枯枝摇个不休，
洞深，海冷，处处愁——
　号哭吧，来为天下鸣不平！

正是这意外的一笔把自然界的风声雨声同人间世的不平之鸣联在一起。

就在带儿女之情的小诗里，也有这样的联结：

离别时我听她声音发颤，

却不知她的话来自碎了的心。

我径自走了，

未曾留意她当时的叮咛。

苦难呵，苦难，

这广阔的世界里，处处碰到你！

（《悼芳妮·葛德文》，1817）

诗是更精练了，一共不过六行，然而情绪是完整的：一个小女子的不幸身世在一整个社会的苦难的背景面前，获得了深远的社会意义。

雪莱也写过一些十四行诗。十四行诗在19世纪初年的英国诗坛重新流行，浪漫诗人之中，上一代的华兹华斯和第二代的济慈都是此中高手。济慈主要用十四行歌颂爱情，雪莱也是多情种子，人们有理由期待他的诗风接近济慈。然而不，他倒是更接近华兹华斯。有意思的是，他最初的十四行诗之一就是以“致华兹华斯”为题，感叹这位“大自然的诗人”曾经

屹立如岩石建造的避难处，

超越盲目而互斗的人群；
贫穷而尊贵，你的声音曾唱出
真理和自由是何等神圣！
如今你离弃了它们，令我悲苦，
你竟把自己的过去这般断送！

也许正因为雪莱要拾起华兹华斯写十四行的雄迈之笔，他不用这本来颇带脂粉气的诗体来写爱情，而用它写对拿破仑败亡的感想，对埃及古法劳王的谴责（即有名的《奥西曼底斯》），对“政治上的伟大”的剖析，或者写英国当时状况和未来展望，如那首包罗甚广的《一八一九年的英国》：

垂死的老王又疯又瞎，国家之耻！
孽子孽孙的公侯是世人的笑料，
笑他们来自污水又归于污泥。
大臣们不开眼，不动心，不用脑，
只蚂蟥般叮住英国的衰弱身体，
吸饱了血，才昏昏然不打自掉。
田地荒芜，人民受饿又遭刀砍。

军队乃两刃的剑，一刃劈死自由，
另一刃又威胁着挥剑的好汉。
法律嗜血而拜金，为绞杀先引诱。
宗教无耶稣，无上帝，有经而不看。
议会维护着历史上最残暴的法案——
把这些埋葬了，将有神灵跳出坟头，
一身光芒，来照耀这暴风雨的时候！

这有力的结语就比以前的嗟叹和不平之鸣进了一步。[1]1819年英国国内阶级斗争尖锐，雪莱对人民革命的期待也特别迫切，因此这“暴风雨的时候”就绝不是一个通常的诗歌比喻，而有着青年诗人对于人民大众起来采取暴烈的政治行动的全部希望在内了。

换言之，就十四行诗而论，雪莱不是“婉约派”，而是

1 现代英国批评家F. R. 利维斯认为此诗全诗异常有力，但最后两行则有“病态的弱点”。语见其《雪莱》一文（收在《重新估价》一书，伦敦，1949年）。按利维斯主编有影响的文学评论刊物《细阅》多年，是现代派贬低雪莱运动中的主将之一。但其反对雪莱的主要论点已受到后来的批评家和学者的反驳，可参阅F. A. 博特尔的《雪莱的实情》（*PMLA*，LXVII，1952）一文。

“豪放派”，而且从他少年时最初之作（如《致一个装满知识的气球》《咏顺流向勃里斯托尔湾放送若干填满知识的瓶子》）起就是这样。这又一次证明雪莱的抒情天才是同他的政治理想结合的。

总的说来，他所写的十四行诗虽然数量不大，不过十几首，但其中也颇有佳作。

然而十四行这个诗体毕竟束缚太多，典型的雪莱的抒情诗则是更加自由的天马行空的一类，如《云》《致云雀》和《西风颂》。

这三首诗各有特色。在《云》中，诗人以云的代言人自居，用比较徐缓的节奏叙述云的各种动作：

我为干渴的花朵
　从江海带来清新的阵雨；
我为午睡的叶子
　提供遮阳的布幕。……

情调轻快而自信，甚至骄傲：

我用燃烧的光轮围住太阳，
　又让月亮带上一圈珍珠；
每当暴风把我的旗帜张开，
　火山就失色，群星也乱舞。

诗句明亮、美丽，把云的自豪表达得很有力。云并且进一步宣告：

我变化，但我不死。

永远在变化，永远不会衰竭。但诗人写的，难道真的只是云么？难道不是在同时写诗人的想象力的不朽？

《致云雀》用的诗体可以称为“长短句”：每段五行，前四行甚短（五或六个音节一行），第五行奇长（十二或十三音节）。前面往往是短促的呼喊、表白，最后一行则是叙述或铺陈，节奏急时真如云雀腾地而起，而音调之美，又宛若它的歌声从天而降。诗人不再是代言人，而是一个倾诉者：

问候你，愉快的精灵！

…………

而且这一次，诗人明确地把他的诗才同云雀相比，感到大为不如，而所以不如，是因为云雀是纯粹欢乐的化身，它能够愉快地放开嗓门唱出天堂的颂歌，而人则相反：

我们前看后瞧，

　渴求人世所无，

最真诚的笑

　也含一点痛苦；

最甜的歌唱出最悲的情绪。

这也就点出人间世是充满苦难的。

《西风颂》也有自怨自艾，但是情绪不同了：

如果我能是一片落叶随你飘腾，

如果我能是一朵流云伴你飞行，

或是一个浪头在你的威力下翻滚，

如果我能有你的锐势和冲劲，
即使比不上你那不羁的奔放，
但只要能拾回我当年的童心，

我就能陪着你遨游天上，
那时候追上你未必是梦呓，
又何至沦落成这等颓丧，

祈求你来救我之急！
呵，卷走我吧，像卷落叶、波浪、流云！
我跌在人生的刺树上，我血流遍体！

岁月沉重如铁链，压着的灵魂
原本同你一样：高傲，飘逸，不驯。

诗人所祈求的，是西风的威力，不只是它摧枯拉朽亦即破坏旧世界的力量（这是人们都认识的），而增加了一个新的力量（这是雪莱的慧眼独具）：

豪迈的精灵，化为我吧，借你的锋芒，

把我的腐朽思想扫出宇宙，
扫走了枯叶好把新生来激发，
凭着我这诗韵做符咒，

犹如从未灭的炉头吹出火花，
把我的话散布在人群之中！
对那沉睡的大地，拿我的嘴当喇叭，

吹响一个预言！呵，西风，
如果冬天已到，难道春天还用久等？

春天意味着新生、重振、复兴；从雪莱的一生理想来看，它也象征着革命。后世的革命者在暂时处于逆境的时候，经常是从这句名言汲取勇气的。雪莱找到了恰当的诗歌语言——任何人一听就懂的来自大自然的比喻——和恰当的诗歌手法——直接、尖锐的对照——写出了1819年处于激烈斗争中的英国人民的信心，从而也对世界文学和世界革命事业作出了持久的贡献。

而他之能够做到这一点，是由于这首诗还有其他优点。它采用了恰当的诗体：脚韵是连锁式的，有呼应，有推进，造成了突出主题的声势。它的结构于严整中显力量：前三节分别写地、空、海中西风的猛烈扫荡，后二节一变而由诗人自己出来向西风倾诉，最后则是上引的用问题形式提出的预言。它的写法和用语也比较实在、具体，虽然仍有“魔怪”“精灵”“流云”“电火”“火花”之类雪莱惯用的词儿，却无雪莱常有的散焦点、不精确或重复过多的现象，中心的线索是清楚而硬朗的。它也没有过多的声明式的语句，主题是通过形象和形象的变化和对照表达出来的。“西风”本身就是一大形象。有理想的诗人总是寄望于摧旧立新，但把这希望、这信心形象地、艺术地表现出来，历一世纪而不减其魅力的，似乎只有雪莱此作。

除了上述各诗，还有另一类作品——比短诗略长，比单纯抒情略为复杂——使人们不能不感到惊讶：原来雪莱的抒情天才是这样博大精深！他的优秀作品远比一般所预料的要多！

这当中有《阿特拉斯的女巫》（1820年写成）。这部作品有两个特点：一、用意大利八行体写成，这是拜伦用来写《唐璜》的口语诗体，雪莱也运用得颇为挥洒自如；二、充满了轻快、开玩笑的情调，写的是阿波罗的女儿——一个美丽、好心的女巫——怎样驯服野兽，乘仙舟航行云天之间，祝福所见的最美的人，而对不甚美的人则给以奇幻的梦，而又挫折他们的愿望，使他们在扑朔迷离中闹出各种笑话。总之，颇有点仙气，有点莎士比亚《仲夏夜之梦》的味道，但又纯然是雪莱本色，仍有天上的飞车、明亮的星月、清幽的花木和美丽的女郎等必有之笔，仍有对于爱的歌颂，也不忘对国王和僧侣的讽刺，只不过写得比以前轻松，只见想象力更加自由驰骋，诗句中更多热烈的颜色，例如对火的描写：

> 人们还不知火有多么美丽。
> 　每一炷火焰是一颗宝石
> 熔化在永远闪耀的光里，
> 　让每个注视者分享它那神姿。
>
> （第127段，第259—262行）

雪莱的美学思想是更成熟了。原来玛丽劝他不要再写这类

“抽象的、梦境般的”诗，而应该着力于争取更多的一般读者，但是雪莱没有接受她的意见，仍把这首诗写完了。有意思的是，后世不少不易取悦的批评家，对《阿特拉斯的女巫》却颇说了一些好话。[1]

也是在1820年写的《敏感木》可以称为寓言叙情诗。第一部分写一个美丽的花园里千花争妍，然而有一株植物寂寞独处，它就是诗题上所说的“敏感木”：

敏感木不开艳丽的花，
它既无香味也不神光焕发，
只有一片深挚的爱心，
把它本身所缺的美追寻。

（第1部分，第74—76行）

1　例如当代诗人兼批评家D. 台维认为《阿特拉斯的女巫》（还有《敏感木》）表现了雪莱的成熟和文雅（urbanity），是雪莱的“最大的成就”之一（见其《英国诗中用词的纯正》一书，伦敦，1953年，第133—159页）。C. S. 路易斯也在前引文中说《阿特拉斯的女巫》一诗的“轻快与流畅（liquidity）”是任何其他的诗所难及，其效果只有莫扎特的音乐可比。

第二部分写一位美丽姑娘来到花园，她爱护花木，扶弱培幼，为它们驱逐害虫，却让蜜蜂和蝴蝶做了她和花的侍从。然而只过了春夏两个季度，

树叶还未发黄——而她已死亡！

第三部分写姑娘死后，景物大变，一切美丽的花朵都被死亡的阴雾所袭击，等到冬去春来，敏感木叶子全落，成为枯木，只有

曼德拉木、毒蕈、酸模和毒麦，
像复生的死者爬向停尸场外。

这里仍然有生机。于是在最后的"结束语"部分，诗人点出了他的主题：

我们的生命
充满了错误，无知和纷争，
没有一物实在，所见皆是虚幻，

我们自身也是一场梦的影像。

因此连“死亡也是假的”，明丽的花园和美好的姑娘实际并未消逝，只不过我们自己有了改变而已。最后的结论是：

对于爱、美和欣喜，
没有死亡和交易。

换言之，人生是虚幻而不真实的，只有美才是永存的。这种柏拉图式的哲学未必是后世人们所能接受的，然而在当时，雪莱却是身体力行的。他向来写得美，这首诗写得更美，对园中花朵的逐个描绘，其形象之明丽和声韵的优美丰富了从16世纪的莎士比亚到19世纪的济慈的花鸟诗传统；而用一往情深的笔触写出来的护花女郎就在美女如云的雪莱的世界里也显得突出，因为她身上结合了美丽的外貌、良善的灵魂和夭折的命运这三个浪漫主义因素。

《灵中灵》(*Episychidion*，1821年写）是一首哲理诗，主题是：爱。雪莱把它献给意大利姑娘艾米莉亚·维文安娜。雪莱虽然已有妻子，却认为艾米莉亚才是他理想的爱人，因为只在她身上他才找到同他完全和谐一致的灵魂。他也知道这是一个世所不容的三角关系，他的解决办法是：

> 但愿我俩是同母的孪生兄弟！
> 或将我的心已给另一位的名义
> 变成你同她结成姊妹的誓约，
> 把两束光合为同一永恒的火柱！

他认为基督教所规定的一夫一妻制是不合理的，因为那使得人

> 从一而终，友伴也锈链，仇敌更互妒，
> 走上了人生最长最无味的旅途。

这是苦刑，而反过来：

> 真正的爱情不同于金珠或陶土，
> 分享并非掠夺。

这是雪莱关于恋爱自由的名句。[1]接着他说出了一番理论，大意是爱情如人的理解力，正因探索过多种真理而更明彻；又如人的想象力，由于吸收了各类光泽而成为宇宙的火柱，足以消灭错误。当人固执于一物一体的时候，人是在建造单一的永恒的坟墓；而当人肯互相分享，则会发现苦难之类的坏东西虽然越分越少，乐趣、爱情、思想之类的好东西则越分越多，部分会超过全体，这就是真理，这也是希望所在。

接着诗人追溯他怎样从小就追求心灵上的伴侣，怎样几经沧桑，最后才发现她就是艾米莉亚。她是从他的"灵魂出来的灵魂"。诗的后半是诗人对她的倾诉：他要求她终能突破修道院的高墙，出来与他同航海上，到希腊一个幽静美丽的岛上去，在那里他有书和乐器，他们两人可以同居，精神与身体都结合为一：

两个意志里一个希望，两个心灵下
一个意志，一个生，一个死，

1 C. S. 路易斯在前引文中说，这两行的思想很可能来自"但丁《地狱篇》第15章第49节，因而最终来自亚里士多德的《伦理学》1169A"，并说柏拉图有同样思想。

一个天堂，一个地狱，一个不朽，

一个永灭。

这是达到情感的最高点了，诗人又突然感到要进入这样一个爱情的最高境界，人间的语言就变成铅样沉重的锁链了，于是迸发出几声呼喊：

我气喘，我沉落，我战栗，我消亡！

最后，诗人恢复平静，自慰地说：爱情纵使痛苦也是甜蜜的。他嘱咐芸芸众生要互爱，因为有了爱即是得到了祝福。

这首诗在英国诗史上的独特性在于它既是对一个姑娘的倾诉，又是对于爱情本身的理论探讨。过去歌颂爱情的诗并不少，然而对于爱情进行这样详细的哲学探讨的却不多见——除非是17世纪初年多恩的某些作品。但是多恩虽然号称玄学派诗人，他在那些诗里所关心的是爱人能否忠贞如一的问题，他的口气是嘲讽的，方式是诡辩的。雪莱则全然不同，他的爱情哲学的出发点是灵魂与灵魂的和谐一致，他主张爱情可以分享，而始终如一则宛如戴着锁链“走上了人生最长最无味的旅途”。

在他的爱情观后面还有他那一分为二、二又合一的根本哲学。然而如果我们以为雪莱只是生活在云雾之中，完全不切实际，那么我们又没有真正了解他的为人了。因为他不仅态度完全严肃，他提出真正的“爱情不同于金珠或陶土，分享并非掠夺”不是说说而已，在这方面他也是身体力行的。

正是在居留意大利的几年里，他同玛丽的感情有过波折，两个小儿女的早死在他们夫妇生活上投下了阴影。另一方面，他就在玛丽身边公然不讳地写出他对别的女子的爱慕。这篇《灵中灵》是献给艾米莉亚·维文安娜的，另外还有一些诗表达了他对一个朋友的妻子琪恩·威廉斯的倾心。

给琪恩的诗是用心写的，其证据是雪莱对其中一首的初稿作了大的修改。原来这首诗以《比萨附近的松树林》为题，后来雪莱把它拆开成为两首，即《致琪恩——邀请书》和《致琪恩——忆游》。原诗的首句是：

最亲爱的，最好的和最明朗的，
走出去吧，
到树林和田野里去！

在修改后的《致琪恩——邀请书》里，这句变成：

最好的和最明朗的，走出去吧！

你比这美丽的日子更美丽……

显然，他是要把自己对琪恩的情感表达得比较含蓄一些，因此第一稿上的“最亲爱的”删掉了。含蓄而又要保持对琪恩的赞美，他于是借助于传统的文学手法，在第二稿里加上了这样一节：

我在门上留下一条，

向每个常客通报：

我已经去到田野，

享受美好日子的滋味；

沉思，请你明天再来，

那时炉边会守着悲哀；

绝望，你这逼债的账房，

还有忧虑，你这讨厌的吟诗狂……

他运用了拟人化的手法，使得诗句略显抽象，避免过深的感情流露；同时，用词口语化，又显得比较轻快。总起来说，他力求把自己对琪恩的倾慕放在文雅含蓄之内，所以加了这样与琪恩似不相干的一节。其结果是，这首修改后的诗比初稿的相应部分要成熟得多，也耐读得多。

在另一首写给这位朋友之妻的情诗里，雪莱运用了另一种文学手法，类似中国古诗中所用的“赋比兴”里的“比”。这首诗题为《致琪恩，随赠六弦琴一架》。诗人一上来就声明：

爱丽儿致米兰达：……

得到你的王子费迪南的恩准，
并奉了他亲自的命令，
可怜的爱丽儿献这无言的薄礼，
它代表有言也说不出的心意……

这是借用了莎士比亚《暴风雨》一剧中的人物，表明自己只是为别人奔走的小精灵爱丽儿，而琪恩是已有爱人的姑娘，如剧中已许身于费迪南王子的米兰达。他对于琪恩别无所求，只不过希望：

报答他的服务和忧郁，

今天赐一笑，明天歌一曲。

他赠她的六弦琴也不寻常，而是一度囚禁爱丽儿的大树的树身所制成，对于会使用它的聪明人能有求必应地发出美妙的音乐：

Whispering in enamoured tone
Sweet oracles of woods and dells,
And summer winds in sylvan cells;
For it had learned all harmonies
Of the plains and of the skies,
Of the forests and the mountains,
And the many-voiced fountains;
The clearest echoes of the hills,
The softest notes of falling rills,
The melodies of birds and bees,

The murmuring of summer seas,
And pattering rain, and breathing dew,
And airs of evening; and it knew
That seldom-heard mysterious sound,
Which, driven on its diurnal round,
As it floats through boundless day,
Our world enkindles on its way.
用多情的声调轻唱:
山林的美好预兆,
幽谷的夏天风涛;
它学到了所有乐曲,
不论来自天空或泥土,
来自森林或山岗,
还有喷泉的流响,
山峰的清脆回声,
溪水的柔和清音,
鸟和蜜蜂的旋律,
夏天海洋的低语,
雨的拍打和露水的呼吸,

以及黄昏的歌；它熟悉
那难得听到的神秘声音
在作着日常的巡行，
飘过无边际的白天，
一路把我们的世界点燃。

这一节也许是雪莱全部作品中最富于音乐美的诗，它成功地用英雄双韵体表达了六弦琴的铿锵和变化。

然而诗人所强调的是琴只为知音而鸣，在诗的最后他点出了最大的知音是谁：

遇有高手来弹弄，
琴儿发出甜美的乐声；
但把最高最圣洁的绝唱，
留给我们亲爱的琪恩独赏。

这首诗风流蕴藉，但又异常得体。雪莱表达了他对琪恩的爱，但由于借用了《暴风雨》一剧的典故，又写得并不露骨。这是雪莱善于运用文学手法的一例，无怪乎华兹华斯说："雪莱是我们当中最好的艺术家，我指的是他在风格上的功力。"[1]这也是雪莱诗艺更趋成熟的标志；他不再是一个直抒胸臆的自然流露派，而是在文雅、节制、含蓄的路上走了一大步。

五

文雅也表现在另一作品《阿堂耐斯》（*Adonais*，1821）中。这是雪莱在1821年6月听到济慈死讯后写的挽诗。对于这位风格俊逸的诗人的早逝，雪莱是深感悲痛的；对于文坛上一些专门打击新生力量的论客，他也充满了义愤；然而等他来写挽诗，他却要解决一个问题：如何写出他的悲痛和义愤？显然，把赤裸裸的感情连同眼泪一齐泼向纸上是不成的；他又采取了文学手法，然又不为其所囿，在一个传统的文学体裁里面写出了真感情。

这个文学体裁就是田园式挽诗。公元前2世纪，希腊诗人比翁曾写《哀阿堂尼斯》一诗，悼念古神话中被野猪撞死

---

1 语见M. L. 皮考克:《威廉·华兹华斯的文评》(1950)中有关雪莱一节。

的美少年阿堂尼斯（Adonis），也就是维纳斯所爱的人。比翁死后，他的朋友摩司丘斯仿他之作写了挽诗《哀比翁》。这样就开创了一个诗人借用神话故事写诗哀悼另一诗人的传统。在英国文学中，斯宾塞写《阿斯屈洛非尔》（*Astrophel*，作于1586年）哀悼菲力浦·雪尼爵士，弥尔顿写《力息达斯》（*Lycidas*，作于1637年）哀悼他的大学同学爱德华·金，继承了这个传统，弥尔顿之作公认为优秀挽诗。现在雪莱发扬了这个传统。他诗中的阿堂耐斯与比翁所写的阿堂尼斯只有一音之差，实是同一人物，代表了被野猪般的文痞们伤害致死的天才青年诗人济慈。

诗里还有其他传统的“设计”：不同的神、人、精灵相继走向死去的诗人所躺之处，宛如葬礼中的行列，这当中有尤雷尼亚，她是缪斯之一，也是诗人的母亲；还有几个精灵，代表梦、欲望、悲哀、欢乐等等；还有几个活的诗人，第一个是拜伦，接着又出现雪莱自己。诗句边叙边议，不仅悲悼济慈的早逝，也诅咒尘世的毁谤。

诗共55节，到39节起了变化：

静，静！他没死，也没睡——

他已从生命之梦里醒来。

下面接着说：

他活着，醒着——死的是死亡，不是他。

他“与大自然合一”，他是“美的一部分”，他同“时间天河里的灿烂之光”一样，可能暂时消蚀，但不会熄灭；由于他出现在阴世，连早死的诗人——查特顿、雪尼、鲁肯——都重新站起来了。这就表明：天才诗人纵然死去，也会使阴世增光。这时候，出现了全诗最有名的一段：

一人独存而众生变幻离徙，
天堂之光永耀，地球之影消散，
人生宛如圆顶上的七色玻璃，
永恒的白光被它沾染，
直到死亡又把它踩烂。……

在这些美丽的诗行里雪莱写下了他的双重看法：人生把永恒

的白光沾染了，然而它又是充满色彩的；死亡踩烂了生命，但也恢复了纯净。因此在诗的末尾，他反问自己：

> 为何停留，为何回头，退缩，我的心？
> 希望落过空，人世的一切事物
> 都曾落空而消隐，如今你也该消隐！

于是他被带着飞向黑暗，飞向远处，而同时：

> 阿堂耐斯的灵魂，像一颗星，
> 从永恒的所在招手唤人。

诗结束了，雪莱完成了他情感上的转变：从哀悼始，以高昂终。然而我们读者却还在继续思索。这首诗为什么写得这样于悲痛、激昂中见沉郁？比起雪莱以前的作品来，它像是更多层次，那对于生与死的两重看法再度展现了雪莱的辩证思维。这里有一个大的主题，那就是敏感的诗人和无情的社会的矛盾。不只是济慈一人同《季刊》上的尖刻的批评家有这样的矛盾，雪莱也痛切地感到自己是一个几重意义的

“逐客”，而且多少诗人遭遇同样的命运！作者的思虑是深刻的，然而却并未寻到真正的解脱，因为把济慈放在“永恒的所在”，仍不过是表示通常所谓的“灵魂不朽”而已。

雪莱的最后的重要作品是抒情诗剧《希腊》和未完成的诗篇《生的胜利》。1821年秋，希腊人民终于起来用武力反对土耳其的统治，这消息使雪莱在兴奋中写下了一个诗剧，不仅题名《希腊》，写法也是古希腊式的，即剧中动作不多，主要情节是靠一二人物和歌队的长篇叙述来表达的。前一半的叙述者主要是土耳其苏丹手下的大臣哈桑；后一半出现了犹太老哲人阿哈苏哀勒斯（Ahasuerus，曾在雪莱的少作《麦布女王》里露过脸），他借为苏丹说梦的机会显示了土耳其首都司坦布尔（即君士坦丁堡）陷落的景象。但是希腊起义军并未在剧中出现，他们的活动是由登台向苏丹报告消息的报信人说出来的，这样利用报信人正是古希腊悲剧中常见的手法。运用歌队是另一种古希腊手法，雪莱在这个剧里让被土耳其人俘去的希腊妇女组成歌队，并且把他的最好的几段抒情诗交给她们去朗诵，例如放在全剧之尾的人类复兴颂：

伟大时代在世界重现，
　黄金岁月再来。
大地脱下冬衣，
　犹如蛇换旧蜕。
天笑了，帝国与宗教只剩微光，
像是梦已逝而影未亡。
…………
另一个雅典将兴起，
　像霞光照亮整个天空，
把那盛世的灿烂光华，
　传向辽远的后代子孙，
凡上天能给、人间能收的一切，
都将留存——只要光明不灭。

然而诗却不是只写光明，而还有阴影：

且住！难道恨和死定要重来？
　且住！难道定要人杀人？
且住！莫把那预言的苦酒

定要喝个一滴不剩。

世界已经对过去厌弃，

让它就从此休息！

这是全诗之末，也是全剧之末。这当中有多少人世沧桑之感，多少对于从古希腊以来的历史的沉思。雪莱是更加成熟了。他还在追寻和探索，不仅仍然向往于一个光明的、合理的社会，而且寄希望于人类的复兴；但是同时，他也对于人世的艰辛有了更深的体会，因此他也变得更加脚踏实地。他的诗句依然绚丽多彩，但增加了深度，增加了沉郁的成分，像是在他一生最后一年里，他思考得最用力也最辛苦。

《生的胜利》就是表现他最后的苦思的作品。西方评论家对于这首未完成的哲理寓言诗是颇多赞扬的[1]，原因之一是它再度显示了但丁对雪莱的影响：不仅所用诗体是但丁在《神曲》里用的意大利三行体，而且情调有如《神曲》里的炼狱。

1 举例说，C. S. 路易斯（见前引文）、T. S. 艾略特（《关于但丁的演讲》，《肯宁评论》XIV，1952年），甚至F. R. 利维斯（见前引文），都认为它是出色作品。当代美国学者兼批评家H. 勃鲁姆更称它为“雪莱最后也是最精心雕琢的诗篇”，是“他的悲剧性的一生和诗歌创作历程中的顶峰”（《幻象的友伴》，伦敦，1962年，第343页）。

诗篇一开始就写诗人梦见一大群人在狂奔：

> 有的逃避他们惧怕的东西，
>
> 有的却追求别人惧怕的对象。……

忽然人群更乱，一车飞来，上坐驭者有四张脸朝向四方，但他却把八只眼睛都用布包了起来，因此他的驾驶是盲目的；车后用铁链牵着一大队俘虏，其中有各色人物：

> 一切在掌权或受苦中
>
> 变老了的人……

一切在行动或遭难中缩短了年华的人，在欢乐或不幸中熬到最后时刻的人，有愈来愈大的荣誉或恶名的人——总之，一切被生命征服了的人，因为这辆车实是生命之车，它的行进是凯旋，大群俘虏是它取得的战果。只有“神圣的少数人”（耶稣和苏格拉底）才逃脱了被它践踏的命运，没有别的例外。诗人看到这一切，正在惊愕，碰上了一个形容枯槁、白发如草的老人，原来是卢梭，他自称：

我怕过，爱过，恨过，苦过，干过，死过。

经过他指点，诗人才知道车后的俘虏是“智者、伟人、未被忘却的人”，他也看清了其中有拿破仑、伏尔泰、弗烈德里克大帝、沙皇保罗一世和他的母亲叶凯杰林娜女皇、神圣罗马帝国皇帝利奥波特二世，还有更古老的哲人柏拉图、亚里士多德和他的学生亚历山大、罗马帝国的创始者凯撒和他的子孙，以及历代的教皇和主教等等。卢梭仍然不失启蒙主义者的本色，他把上面这群人同自己比较，结论是：

他们被赋予权力，
却只用权力来毁灭。……而我
有过创造的经历，

尽管只创造了一世界的苦果。

然而就以他的开创精神和不羁的性格，他也终究为“生命”所征服。在诗的后半，卢梭叙述了他被征服的经过。他原来有过“比普通阳光更为神圣的光”（第338行），后来一个光度更强的女性形体向他进逼了，她把每一个思想的火星都踏灭在脚下，使之归于“死亡的灰尘”之中。几经波折，身处幻象之中而又另见幻象，卢梭发现自己被卷在人群之中，而疯狂的人群也终于精疲力竭了，美者变丑，青年平滑的额角上出现了忧虑的皱纹，眼里却失去了希望的光，最后纷纷跌倒在路旁，卢梭也跟着跌倒，但还挣扎着喊问：“那么，什么是生命？”

诗人在苦思生命的意义时想起卢梭是值得我们沉吟的。欧洲浪漫主义的兴起，卢梭是最重要的开路人。是他打开了情感上的一切束缚，让眼泪横流成灾；是他反对社会上的一切限制，要求回到自然人的状态。雪莱以他为本诗的主角，是深知他的重要性的。但是雪莱却写出了卢梭也被生命所摧毁。“生命”战胜了卢梭的“自然”，所谓生的胜利实是死的胜利。这一情绪离雪莱多数作品的乐观主义太远了。为什么他要写这样一个作品？他的用意究竟何在？

我们白问了，因为诗到此中断了，没等诗人来得及阐明，大海夺去了他的生命。

六

然而就雪莱而言，死亡却不是永灭。他留下了诗，其中的优秀作品比一般所估计的要多得多。在人生意义和社会理想上，他都是一个勇敢的探索者，激进的程度超过一般想象，而他从头就有和平泛爱主义，其根深蒂固的程度也超过一般想象。他的诗艺的发展是有轨迹可寻的，他所掌握的诗体之多——特别是在随常口语体上的成就——也超过一般估计。他既是直抒胸臆的抒情诗人，又是一个读书多、考虑深的学者。他不只写得优美，而且写得有深度，有一个坚实的思想核心。

他也是浪漫主义诗歌的一个重要理论家。1821年所写的《诗辩》一文集中表达了他对于诗的作用和诗人的地位的崇高看法。他认为诗能在我们眼前撕去包在事物上的“熟悉的外膜”，这样我们就能重新看出“我们生命的神奇”，因此“诗重新创造了宇宙”。同时，诗也荡涤旧物，“播下社会革命的种子”；诗人是预言家，又是“世界上还未被承认的立法者”。回想一下在不久以前，诗人还被看作贵族家里的清客，讲故事或唱曲子的人，诗艺还只是雕虫小技，雪莱的这番话又表示何等的自信，何等的骄傲！

他从头就受到一些同时代人的赞赏，但也从头受到另一些人的攻击，由于他的私生活，也由于他那主张自由恋爱和向往共产主义式社会的新思想。几辈诗人热烈拥护他、学习他，从爱伦·坡、布朗宁、斯温伯恩直到哈代和叶芝；也有作家反对他，包括海什力特、卡莱尔、马克·吐温。[1]这当中措词最巧妙，影响也最大的是诗人兼批评家M. 阿诺德的一段话。他把雪莱看作

> 一个美丽而不起作用的安琪儿，在真空中徒然拍打着他那闪着星光的银色翅膀。[2]

雪莱的全部作品，以它们的深刻性和坚实的思想核心，驳斥了阿诺德的论断。对于旧的社会制度来说，他不仅不是"不起作用"的，而是危险的，富于颠覆性的，他所遭遇的激烈反对就证明了这一点。他也不是生活在真空中，而是脚

1　关于雪莱的文学声誉，请参阅怀特的《雪莱传》(1940)，特别是第2卷，第389—418页。

2　阿诺德：《评论文集》，第2集中有关雪莱部分。

踏实地的，我们在前面已经几次论证了这一点。他的晚年的作品还表明：他虽利用了文学传统里的种种手法，包括神话、历史，但是他所苦思的是当代重大问题；正因为他感到19世纪20、30年代政治和社会形势的重大压力，他写的诗也包含更多更深刻的矛盾、冲突，他的沉郁表明在这位浪漫主义诗人身上现实主义的因素在增长。在诗歌语言方面，他也有相应的变化：他逐渐写得更硬朗，更实在，用词更平易，口语成分更浓厚——而同时保持了他原有的瑰丽和音乐性。阿诺德不了解他的深刻与现实性，正同后来攻击他的现代派不了解他的复杂和丰富一样。

20世纪初年，美国大学中白璧德和莫尔等“新人文主义者”[1]对整个浪漫主义思潮发起了攻击，雪莱又是首当其冲。他们是从文化思想的角度来反对雪莱的。既从文化思想，又从诗艺角度来反对雪莱的则是艾略特等现代派，特别是现代派的理论之翼“新批评派”，这当中利维斯的《雪莱》一文全面否定了雪莱的诗艺，认为他浅薄、混乱，用的比喻无内在的一致性，只是纵容自己感情的泛滥，等等。他分析了《西

1 参阅白璧德：《卢梭与浪漫主义》（1919）和莫尔：论文《雪莱》（1910）。

风颂》等诗，结论是雪莱只是一个斯温伯恩那样的次要诗人。似乎是有了定论了，可是50年代之初，就有美国教授博特尔（F. A. Pottle）写了我们在前面引过的《雪莱的真相》一文，证明恰恰是利维斯自己没有读懂雪莱的原诗，所谓混乱只是批评者本人的混乱。

文学风尚此起彼落，“新批评派”已不行时，而经过这一段插曲，雪莱的地位反而更加巩固了。人们看清：浪漫主义诗歌是英国文学中一大高峰，其思想上的锐进、深刻与艺术上的新鲜、精湛都是令人惊奇的，而这当中，雪莱是极为活跃的主要诗人。尽管雪莱难于恰当地译成别的文字，仍然对世界文学投下了影响。就在我们遥远的中国，当白话新诗兴起之际，雪莱是许多诗人喜爱和师法的对象，而他的《西风颂》的结语，经过诗人郭沫若的翻译，更是传诵至今，形成一种超文学的思想力量。

雪莱自己，是充分意识到他所处的时代的重要和这一时代中诗歌成就之高的。他在《诗辩》中写道：

英格兰文学再度升起，宛如获得了一次新生。每当我们的民族意志有一次伟大、自由的发展，必

> 伴随以一次文学上的有力发展。不管思想低劣的人怎样从妒忌出发贬低当代的优点，我们这个时代必将成为一个以智慧上的成就著称的可纪念的时代。我们身边的哲学家和诗人的成就之高，是上一次（按指17世纪）为人身和宗教自由进行了全国性斗争以后所出现的任何人不能比拟的。一个觉醒中的伟大民族在舆论和制度上实现有益的转变时，最可靠的先驱、伙伴和追随者就是诗。在这样的时代里，人们接受和传达强烈的、激动的观念的能力都大为增加。

短短几句话里包含了雪莱对于文化与革命的关系、诗与社会变革的关系、诗对于增进人的敏感的作用的认识。没有一个前人说过这样的话。这话里有年轻一代浪漫诗人对于他们的成就的自豪感——这成就中有雪莱的一份，拜伦的一份，也有济慈的一份。这第三位青年天才诗人的出现是英国诗史上另一件大事，我们将看到他如何在增进人的敏感方面作出独特贡献。

第十章 济慈

一

济慈是一个伦敦诗人。除了最后在罗马的几个月，他一生都在伦敦度过，而伦敦在他在世年间（1795—1821）已是一个迅速发展的国际大都市。他出生在伦敦北郊一个中下层的家庭，父母经营着一个马厩。他八岁丧父，当年母亲再嫁，他们兄妹四人跟外祖父过活，尝到了没有自己家庭的凄凉滋味。15岁他做一位外科医生的学徒，19岁进入盖氏医院继续学习，一年后通过药剂师考试。医院所在是伦敦闹市区，就在伦敦桥南边，整个区域是“一个肮脏的鬼地方，有许多弯弯曲曲的街巷”[1]。当时的外科手术是野蛮的，没有麻醉剂，病

1　1816年10月9日，济慈致考登·克拉克信（罗林斯编：《济慈书信集》，Ⅰ，第114页）。

人被按在手术桌上，医生在他大哭大喊声中下刀。济慈最初的工作是清洗和包扎伤口，而当时伤口几乎无一不受感染，因此他终日与脓血打交道，干了一年多，就坚决离开了。

在最易感受事物的少年时期，在如此的环境中过如此的生活，这就使济慈从头起不同于拜伦、雪莱和大部分其他诗人。他的境遇艰苦得多，他对人世的忧患有着比他们更实际更具体的体验。

也是从很小的时候起，他就喜欢诗，喜欢大自然，神往于美丽的东西。没有上过大学，不懂古典语言，完全是靠读别人的诗文去了解古代和异域。但是好学和敏感却使他能深入探索，而探索到了的东西则迅速地、牢固地变成了他诗歌的一部分，并且发展开去，使他进入更高的想象世界。对于诗艺的探索之深，与他同时的作家之中，没有一人超越过他。

然而他又不只是一个梦幻者。他开朗，热心，喜欢交游。在家庭里他是一个好长兄，关心弟妹，二弟汤姆生了肺病，是他一直照顾到最后，从而影响了他自己的健康。他似乎比拜伦、雪莱更多知心朋友，在生命垂危的最后日子里他是完全靠几个朋友看护的。因为他赤诚待人，所以才有那样多的写给朋友的热情、坦白的信，它们表明了他对于世界、时局、人物等等的看法，披露了他对于文学和诗歌创作的独到见解，不是像别的诗人那样三言两语就过去，而是大段大段的推心置腹的倾吐，往往是越说越兴奋，下笔越来越快，连拼法和标点都顾不上了。

与传说中的脆弱诗人相反，济慈有足够的理智的韧性使他能够恰当地估量自己的得失，对付旁人的褒贬。雪莱、拜伦都曾以为济慈是给《勃腊克武特》《季刊》等保守刊物上的恶毒批评气死的，实际上它们所攻击的《恩狄米昂》一诗，正是济慈本人也不满意的。他之所以写这首诗，是因为他要考验自己，看自己是否能有足够的想象力和创造力来写一首4000行的叙事长诗，“使诗歌爱好者能够有一个回旋的处所，可以任意挑选，其中意象多到这种程度，即许多读后就忘，再读时才又感到新鲜，足够夏天一星期漫步的消耗……何况一首长诗还可以考验创造力，而我认为创造力是诗歌的北极星，犹如幻想是它的帆，想象是它的舵一样——近年来人们已经忘记创造力是诗歌的一个优点了。”[1]然而此诗本身并不令

1　1817年春致其弟乔治函。原函已失传，但部分词句曾在济慈1817年10月8日致班杰明·贝莱函中引用，此处引文据后者（《书信集》，Ⅰ，第169—170页）。

他满意。不仅在诗的序言里他提到它的“无经验，不成熟，还有足以显示它是在狂热中草成的每一个毛病”，而且后来针对刊物上的批评，他写信给一个朋友说：

> 赞美或责备对于一个爱好抽象的美因而对自己作品采取严厉的批评态度的人只有短暂的影响。我自己内心的批评给我的痛苦，根本不是《勃腊克武特》或《季刊》所能比的。……这次我是没用判断力而独立地写了，以后我将用判断力去独立地写。……在《恩狄米昂》中，我一头扎进海里，因而知道了海水深浅，何处有流沙，何处有岩石，而如果我呆在绿色的岸上，抽一锅可笑的烟斗，喝茶，听取明智的意见，那我就什么也不会懂了。我从来不怕失败，我宁可失败，也要进入最伟大的人的行列。[1]

从这信的坚定口气和最后宣告的决心，更可看出济慈绝不是

1 1818年10月8日致J. A. 赫西函（《书信集》，Ⅰ，第373—374页）。

像拜伦所说那样，是能够“被一篇文章吹灭生命”的。

更值得注意的，是济慈的自我批评精神。如上引信中所说，他是一个“爱好抽象的美因而对自己作品采取严厉的批评态度”的人。试问在当时的诗人之中，谁对自己作品采取了严厉的批评态度？华兹华斯、柯尔律治都曾严厉地批评别人的作品，但似乎没有对自己作品作过严肃、诚挚的自我批评。拜伦和雪莱似乎也没有。只有济慈不讳言自己的失败，而且进行分析。由于这样，他能一步一步超越缺点，登达诗歌之山的下一个高峰。这些分析之所以可贵，还在于它们结合了济慈对曾经影响他的前辈诗人的清醒的评价。他爱好他们，但又不受他们的束缚。他的成长正表现于他能逐个脱出他们的影响，从斯宾塞进到弥尔顿，又从弥尔顿进到他自己的成熟期。

以弥尔顿为例，济慈崇拜他，有一个时期还用弥尔顿的壮美风格写诗，写出了《海披里安》与《海披里安之亡》两部未完成的作品。但是接着他却决定不写下去了：

我已经放弃了《海披里安》——这诗里弥尔顿式的颠倒句太多了——弥尔顿式的诗只能用一种艺

> 术性的或艺术家的气质来写，而我愿承受其他的感觉。应当坚持用英文。[1]

所谓“用英文”，是指用英国本土的诗歌风格而不用弥尔顿的拉丁文风格——颠倒句即其征象之一——也就是归真返璞。能看出自己作品里弥尔顿的影响过分浓厚，体现了他对自己的客观估计；而能迅速地改弦更辙则说明了他有怎样坚强的意志和怎样巨大的诗歌潜力。正因如此，济慈诗艺的完善进程是明显的，戏剧性的。

惊人的是那速度。他写第一首诗是在1814年，当时他18岁；他写最后一首诗是1820年，他刚25岁。作为诗人，他起步并不特别早，但从1816年起，四年之间，他写了15，000行诗。特别是1819年的九个月里，他写出了包括五大颂歌在内的全部最优秀的诗——不仅在他自己作品里，而且在全部英文诗里也是最优秀的。单是这几个月的成绩就足以使任何诗人不朽了。他终于进入了他立志要进入的“最伟大的人的行列”。

1　1819年9月21日致约翰·汉弥尔顿·雷诺兹函（《书信集》，Ⅱ，第167页）。这里《海披里安》兼指《海披里安之亡》，写信之时，连后者也放弃了。

二

1814年写的第一首诗，题目叫作《仿斯宾塞》。这个题目也道出了济慈少作的一个特点，即他是在异常浓厚的前人的文学影响下开始写诗的。斯宾塞给了济慈许多东西：九行体的格式，优美的音调，神话，典故，通过文学想象力构筑起来的浪漫世界。16世纪的斯宾塞——长诗《仙后》的作者，近代英诗的开创者，“诗人的诗人”——对后来的影响通过济慈这一例子而更显，但济慈的不凡却在于他又有力量摆脱斯宾塞的影响，正同后来他又摆脱弥尔顿的影响，坚毅地走他自己发展的道路。

第二首《咏和平》和第三首《五月廿九日为查理士复辟周年，闻钟声而作》又使我们看到济慈的另一个特点，即他的民主意识。《咏和平》咏的是战胜拿破仑之后的欧洲和平，但是年轻诗人更寄望于“欧罗巴的自由”，他要求：

给国王们以法律，让伟人们有拘束。

而五月廿九日所作则是更明显地反对王朝的

糊涂的英国人，难道你们还要尊重

此人的记忆，你们最可怕最丑恶的耻辱；

接着他说，这钟声只使他想起那些由于反对查理士第二而被处死的志士，实际是在敲他们的丧钟，令他感到痛苦。

查理士复辟是在1660年，150年后，这位19岁的青年诗人还在这样强烈地谴责这一历史事件，也许会令人惊讶。其实民主意识正是济慈性格里的一个常在成分，他几乎是本能地反对国王专制和贵族压迫的。不只泛泛地反对，而结合着他对于英国作家的命运的感慨：

英国产生了世界上最优秀的作家……而英国人在他们生前加以虐待，在他们死后加以培育。……英国伟大作家之所以伟大是因为他们总是被践踏，被踢进人生的小径，看到了社会的腐烂面。[1]

真是慨乎言之！这番话出自济慈自己的深切感受：他正是受

1　致杰弗利小姐函，转引自罗伯特·吉廷斯：《活跃的一年》，1954年，第145页。

过践踏，看过社会的腐烂面的。

又是济慈自己，在诗里作了这样的宣告：

谁也达不到这个顶峰……
除了那些把世界的苦难
当作苦难，而且日夜不安的人。
（《海披里安之亡》，第147—149行）

这一名言，我们曾在前面引过的，也许会使那些认为济慈唯美甚至颓废的人们感到意外。实际上，这一苦难感同他的抒情天才的结合，是他的诗艺里——而不仅仅是人生观世界观里——的一个关键因素。它使他的甜歌里有苦涩味，遐思里有现实感，使他的最高远的想象也不是轻飘飘，而是有实质和重量的。而促成这一结合的，正是他那朴质的、几乎是本能的民主意识。

在他写诗的最初阶段，也正是这民主意识使他乐于结识一位当代诗人，即李·亨特。

20世纪的学者们对于李·亨特的评价是不高的，但在19世纪初年的伦敦，亨特却是一个著名的文学家和民主斗士。

1813年，他由于被判毁谤摄政王罪入狱两年，1815年2月2日出狱，济慈写了一首十四行诗，诗题就是《作于李·亨特先生出狱之日》，大意是：豪华的奴才！你们的牢狱并未能关住亨特，他的精神是自由的，遨游于牢墙之外，

闯入了斯宾塞的殿堂和园林
　采摘着仙花，又同有胆略的弥尔顿
驰骋于太空之中，接着他的天才
　快乐地飞进他独自的境界。
谁能损害他的令誉，当你
　早已死去，连同你的爪牙一群？

这里济慈又提到了斯宾塞和弥尔顿。他对于亨特的钦慕是双重的，即既尊他为一个反抗暴政的斗士，又敬他为一位诗界前辈，而且不同于书本上的斯宾塞和弥尔顿，是一位活生生的诗歌引路人。

接着济慈由朋友介绍，登门去拜访亨特，拿诗请亨特指教；亨特也喜欢这位青年诗人，在自己所编的《审察者》周刊上发表了他的诗，又在自己写的关于诗界新秀的文章里将

他同雪莱并提，并介绍两人相识。

亨特对济慈的影响，总的说来，是健康的。通过亨特，济慈接触到了一些文坛上的名人，开阔了他的文学视野。从诗艺来说，亨特有两大建树，一是写了《雷米尼的故事》等诗，显示了他写叙事诗的本领；二是将双韵体这一诗体从18世纪蒲柏的深重影响下解放出来，使它显得自然流畅。做到这一点是极为不易的，因为蒲柏在双韵体中的成就极大，达到了诗艺的最高峰。但也正因如此，19世纪的诗人们面临的共同任务是：摆脱18世纪诗歌的深重影响，不仅在题材上而且在诗艺上也另走新路。浪漫主义诗歌正是在这种背景下兴起的，华兹华斯和柯尔律治的历史功绩正在于通过理论和实践推出了一类明显地不同于18世纪诗歌的新作品。但是文学上的变革很少能毕其功于一役，济慈这一代诗人还需要巩固和扩大浪漫派前人的战果。从济慈本人讲，由于他学习前人——首先是斯宾塞、弥尔顿两位诗艺大师——特别认真，所受书本影响之大本可以成为一个沉重的包袱，现在来了一个心胸开阔、重人生过于书本、神往于现实的意大利过于翻译文章中的希腊的亨特来施加另一种影响，也就有助于济慈的成长。

然而亨特的诗艺并不精湛。济慈很快就超越了他。1816年12月30日，两人有过一次比赛，即用同样的题目《蝈蝈和蟋蟀》写一首诗，时间限定一刻钟。结果济慈先交卷，而且两诗相比，济慈所作更新颖，也更深刻。

《蝈蝈和蟋蟀》用的是十四行诗形式。济慈的少作之中，十四行是主要形式之一。他用十四行体练笔，后来成绩斐然，英文中最优秀的若干首十四行诗就是他写的。就在写《蝈蝈和蟋蟀》之前，他已经写了另一首十四行诗，更为出色：

初读贾浦曼译荷马有感[1]

我游历了很多金色的国度，
　看过不少好的城邦和王国，
　还有多少西方的海岛，歌者
都已使它们向阿波罗臣服。
我常听到有一境域，广阔无垠，
　智慧的荷马在那里称王，

1　查良铮译文，选自《济慈诗选》，人民文学出版社，1958年。

我从未领略它的纯净、安详，
直到我听见贾浦曼的声音
无畏而高昂。于是，我的情感
有如观象家发现了新的星座，
或者像考蒂兹[1]，以鹰隼的眼
凝视着太平洋，而他的同伙
在惊讶的揣测中彼此观看，
尽站在达利安[2]高峰上，沉默。

这首传诵至今的名诗，充满了作者对古希腊文明的神奇之感，而我们后世读者又对此诗本身充满神奇之感。诗作于1816年10月，诗人还未到21岁。他在写本诗之前，曾同他的朋友查理士·考登·克拉克夜读16世纪诗人乔治·贾浦曼所译的《荷马史诗》，越读越兴奋，读了一个通夜，清晨才散，但等克拉克稍事休息，十点钟起来吃早饭的时候，桌上

1　考蒂兹（H. Cortéz，1485—1547），西班牙探险家。实则第一个发现太平洋的欧洲人不是他，而是巴尔波（Vasco Núñez Balboa，1475—1519，西班牙探险家）。

2　达利安（Darian），中美洲的海峡，在巴拿马与哥伦比亚两国之间。

放着一个信封，里面就是济慈刚刚写成的此诗。它传达了青年诗人的兴奋心情——由于发现了一个心智上（而不仅仅是文学上）的新领域。崇拜希腊古文明的人多得是，却要轮到这没有受过古典教育的医学生来给这种崇拜心情以最动人的表现！也许，这正是因为他不是一个学院人士，不是用做学问的方式来看待古文明，而是用了一个诗人的全部活力和全部敏感，因此才写得那样新鲜。同时，贾浦曼的“无畏而高昂”的声音也起了作用，使这诗的风格也是恢宏大度，充满了新海洋新天地的开朗气概，而没有局限于描写性与装饰性的细节之中。这后者是一个真正的危险，因为18世纪的诗歌遗风，甚至斯宾塞的优美传统，都在向这个刚在练笔的年轻诗人的头上压来，何况年轻人自然地趋向于美丽的词藻和浮泛的伤感；现在济慈却能在贾浦曼的雄迈风格的启发之下，跳出这些陷阱，挺立在一个台阶之上，向前纵览未来的诗歌局面，看到了弥尔顿在向他招手，在弥尔顿之后又闪现着莎士比亚的巨大身影……

当然，发展不是一帆风顺的，还将有许多起伏。就以眼前而论，一首十四行诗无论怎样成功，毕竟只是一首短诗，而济慈总觉得真正的考验在于写一首长诗。如上面引过的

1817年10月8日的信所吐露的，他的目的在于写一首4000行的叙事诗。

4000行非一蹴而就。他先写了几首中等长度的诗。

这当中有三首诗札，分别写给乔治·费尔登·马修、查理士·考登·克拉克和他的弟弟乔治。诗札是18世纪传下来的一种形式，典雅的蒲柏和土生土长的彭斯都曾写过，而且都写得出色。济慈利用这形式达到了几个目的：练笔有了开展，写得比较长比较放松了，运用英雄双韵体比较纯熟了，在内容上则是对于自己是否能成为诗人表达了希望和忧虑，其中有对于自己环境的感慨，例如：

　即使我把全部时间给了矜持的诗神，
她也不会愿意同我一起
住在这座黑暗的城市里，也不肯
陷入各种矛盾而还赐我愉快。

（致马修书，第31—34行）

因此济慈请求马修，帮他在大自然中找一个好地方，以便他能迎来诗神，一起坐下来吟诗，谈论过去的诗才：短命的查

特顿，“热心肠”的莎士比亚，失明的弥尔顿，进而

慨叹人们可怕地缺少慈心
对于那些力求用天才的明亮金翼
去扑掉无情的世界放出的
每一毒刺的人。然后我们可以谈论
那些在争取自由的事业里倒下的人：
我们自己的阿弗雷特，瑞士的退尔；
还有那位名字给人带来安慰的
高贵而永不屈膝的华莱士[1]。
每当我们的思绪转向粗犷的北方，
我们大可流一滴泪，为他，也为彭斯。

（致马修书，第62—71行）

这里又出现了人世的苦难感和民主意识，提到苏格兰的志士华莱士和彭斯显示了他的同情所在，而用“天才的明亮金翼/

1 威廉·华莱士（William Wallace，1272—1305），苏格兰民族英雄，曾大败英军，但后为奸人出卖，被处死。彭斯的名诗《苏格兰人》的起句：“跟华莱士流过血的苏格兰人”，即指这位志士。

去扑掉无情的世界放出的每一毒刺”等语像是早就预见到了自己以后的遭遇。同样的民主意识结合着诗的作用出现在另一封诗札里：

爱国志士将理会

我的严重的报警，而拔剑以待；

或者在议院里高诵我的诗行，

去震惊王爷们的安乐梦乡。

（致吾弟乔治，第73—76行）

但是同时他也写得活泼生动，除了叙友情，谈风月，还探讨诗艺：

…you first taught me all the sweets of song：

The grand, the sweet, the terse, the free, the fine；

What swell'd with pathos, and what right divine,

Spenserian vowels that elope with ease,

And float along like birds o'er summer seas;

Miltonian storms, and more, Miltonian tenderness;

Michael in arms, and more, mcek Eve's fair slenderness.

(To Charles Cowden Clarke, lines 53-59)

你首先教了我诗歌的一切乐趣：
堂皇，甜蜜，简洁，自由，美丽，
有的充满了哀伤，有的伸张了正义，
斯宾塞的元音圆润地滑翔，
像鸟儿贴着夏天的大海飞扬；
弥尔顿的雷鸣，还有弥尔顿的柔情，
迈可怒而拔剑，温和的夏娃却体态轻盈。

（致克拉克书，第53—59行）

这几行诗本身就体现了济慈自己诗艺的成长，宛似蒲柏《批评论》里谈音韵的一段，都是以音寓意；如果在圆熟上不及蒲柏，在优美上则过之。

接着，他写了两首更长的诗。

一首是《我踮脚站在小山之上》（242行）。此诗探讨了诗和自然的关系，例如把月亮称作"优美的诗人们的创造者"（第116行），然后说：

是什么使智者和诗人写作，
如不是自然之光的美丽天国？
从一句诗的从容大度，
我们看得出山上松树的摆舞，
听一个故事讲得圆满到底，
我们感到了山楂地的荫庇。

（第125—130行）

这样又把诗艺同景物联结了起来。他也谈到了神话在诗里的作用，举了四个神话典故为例，最后则归结到诗的灵感来自生活里的激情，而诗又反过来给生活以慰藉。不过又不能局限于生活，因为诗人常“被高举到世界之外”（第139行），“打破了我们人间的铁栏，/一进入到一个奇幻的境界”（第190—191行）。

另一首是《睡与诗》，共404行，是他初期作品里最长的诗。它对于睡与诗的关系谈得并不多，着重探讨的仍是济慈自己怎样才能成为一个像样的诗人。他徘徊在两种境界之间。一方面，他十分爱好优美、和谐的大自然，写景物、写神话的佳句已经涌现；但同时，他又问自己：

我能否终于同这些乐趣告别？
是的，我必须超越它们，进入更高贵的生活，
在那里我将寻到人心中的
痛苦和冲突。

（第121—125行）

然而等到真正寻到了“痛苦和冲突”，他又只体会到

对现实事物的感觉加倍强烈了，
它像一条浊流，要把我的灵魂
拖向虚无。

（第157—159行）

于是仍然只能寄望于能“自由翱翔”的“高度想象力”（第164行），并且认为正是这想象力决定英国诗歌的兴衰：有它，于是伊丽莎白朝的诗歌兴盛；没有它，于是18世纪的诗歌不振。然后纵论当代诗人，赞了“被天鹅的黑喙唤醒了／走出了湖中水晶房屋”的，贬了“以生命的荆棘和磨石为滋养”的。人们以为前者指华兹华斯，后者指拜伦。

济慈对于新古典主义的讥评——他甚至点了“一个什么波瓦洛”的名字——在当时就受到了拜伦的反对（我们记得，拜伦在诗艺上是崇拜18世纪的蒲柏的），在20世纪也被学者认为是在亨特影响下所作的轻率的判断。[1]然而这一段英国诗史的回顾却正是本诗的精彩之处，因为它写得具体、实在，有别于另外一些部分的吟风咏月；也因为它表达了新起的浪漫诗人对于前人的态度，即不愿再受站在身边的新古典主义者的束缚，而要超越他们去追踪文艺复兴时期的大手笔们。不论他立论还有多少不周到的地方，不论他自己以后的诗歌看法和实践还会有多少变化，在这刚登诗坛、踮足远望的时候，能够表现出这样的锐气有助于济慈的成长，也有助于英国诗歌局面的进一步翻新。

在这种气概之下，他撇开种种自我怀疑，看到了：

在我面前
总在翻腾着一个巨大的概念，
我从它取得自由；从而我也看出了

1　例如培特（Walter Jackson Bate），见其所作《济慈传》，1963年；伦敦却多与温徒斯版，1979年，第127页。

诗的结局和目标。

（第290—293行）

同时，他也完全清楚：要实现这样的理想，将需要难以想象的苦工，因此还得依靠友情，平心静气地从温和的、优美的十四行诗之类的作品做起。诗的后一百行（312—404）情调一变，主要成为济慈在李·亨特家过夜，看到他书房中的雕刻和图画的追忆。

最后的一景是：晨光惊起了一夜不眠的诗人，他站起身来感到疲倦全消，心里高兴，情绪愉快，决计当天把他一夜所思写成诗——

不论写成什么样子，
我留下它，就如父亲留下儿子。

（第403—404行）

这两行恐怕是这位俊逸诗人的叫人感到遗憾的败笔了，《睡与诗》是一篇力作，然而临到结句，凑韵的痕迹显然，意境也极平凡。

在完成此诗之后，济慈总算有了足够材料编出他第一本诗集。1817年3月，伦敦的出版商奥利埃（C. and J. Ollier）出版了《约翰·济慈：诗集》。我们上面所谈的诗篇，都包含在它里面。书是薄薄的一小本，当时的人们也不重视，然而我们后世的读者却知道：这里已有不少佳作，而这些佳作以及不能算佳作的其他诗篇的写作过程表明，诗人成长得迅速，在不到三年的时间里他吸收又脱出了许多人的影响，对于写什么诗和怎样写逐渐有了自己的主意。他充满了希望和信心，但还不成熟，还要在接着而来的几个月里遭受一场大的考验。

三

这个考验就是长诗《恩狄米昂》的写作。

从1817年4月起他一直在写这首诗，11月全稿完成，内分四卷，共4050行。1818年4月伦敦泰勒和赫西公司出版了这首长诗，书名即是《恩狄米昂》。

恩狄米昂（Endymion）是希腊神话中的人物，一个英俊的牧童，为月神所爱，众神之王的宙斯允许他永葆美貌，但他必须永远睡着。济慈在写《我踮脚站在小山之上》时就涉及了他——事实上，他原来是想用恩狄米昂这一名字作为那首诗的标题的。

现在出现在济慈笔下的恩狄米昂，却是一个忧郁的探索者。诗篇开始，他向他的妹妹比恩娜解释他之所以忧郁的原因。原来他刚做了一梦，梦见美丽的月神热爱他，他尝到了一种“与（宇宙）精质结成友伴”（第779行）的高度快乐，因此醒来感到人世种种作为——包括追逐荣名——太无聊了。他要寻回这个梦境，为此入地狱，下海底，最后遇到了一位印度女郎，但又无法爱她。正当他下决心放弃探索，甘于在人世过活的时候，印度女郎忽然变成了月神信希亚，他自己也在“精神上”成熟了，于是两人挽手而去，再无踪迹了。

以上只是故事的骨架。济慈在叙述过程里不仅铺陈了大量细节——入地狱与下海底就各占整整一卷——还加上了几个其他神话人物，例如维纳斯与阿堂尼斯，格劳克斯与色拉，阿尔菲峨斯与阿丽苏撒。诗主要用双韵体写成，但也掺有其他诗体，如第一卷卷首的“牧人之神颂”和第四卷的“悲哀回旋曲”就是，而这两者恰是全诗中的精彩的部分。

济慈曾说，一首长诗可以“考验创造力，而我认为创造力是诗歌的北极星，犹如幻想是它的帆，想象是它的舵一样”[1]。《恩狄米昂》能从一个十分简单的故事骨架出发，居然写到了4000行以上，就是靠充分运用创造力的结果。从这点说，它是达到了作者的要求的。

长诗一开始就是一句名言：

美丽的东西是永恒的欢乐，
它的美随时而增，它永远不会
化为无物。

这在一定程度上可以应用于本诗，因为它是美的，充满了梦幻之美，爱情之美，青年男女之美。它有不少动人的段落，除了上述“牧人之神颂”“悲哀回旋曲”之外，还有其他例子：

希洛的银色泪珠，
伊莫琴的晕厥，派司多里拉[2]

1 1817年致其弟乔治函，已在上面引过，见第307页。
2 希洛、伊莫琴、派司多里拉都是古典作品中的女主人公，分别出现于马洛的《希洛与里安德》、莎士比亚的《辛白林》、斯宾塞的《仙后》（Ⅵ. 11）。

在匪巢里的心情
值得用更大的热情去思索，
超过帝国的灭亡。

（Ⅱ，第30—34行）

说什么悲愁，年轻的陌生人！当心今夜
冰凉的蜗牛会把污泥涂上玫瑰花。

（Ⅳ，第132—133行）

　　　　我没有抓住什么，
爱过什么，见过什么，碰过什么，
只做了一场大梦！呵，我妄自尊大，
冒犯了爱情，上天，一切元素，
人与人之间的联系，冒犯了盛开的花，
涌流的江河，冒犯了死去英雄的坟墓！

（Ⅳ，第636—643行）

在这些段落里，济慈的诗笔带上了伊丽莎白朝戏剧的雄迈和深刻，已不是“美”或“艳”所能范围的了。

但是济慈自己也承认，这首长诗是“狂热中草成的”[1]。他写得太快、太多，他的“创造力”所提供的大量细节常有浓得化不开的时候，而整首诗则又显得散漫、冗长。同雪莱的几乎同时的作品《阿拉斯特》（1816）相比，显然不如。[2]在双韵体的运用方面，也常有草率、凑韵的毛病，例如：

…His poor temples beat
To the very tune of love—how sweet, sweet, sweet.
（Ⅱ, 765–766）

…a bunch of blooming plums
Ready to melt between an infant's gums：
（Ⅱ, 450–451）

拿plums（梅子）来同gums（牙床，齿龈）押韵除了韵律上的笨拙外，还显示了用词上的俗气。

---

1 《恩狄米昂》序言。

2 《阿拉斯特》的情况，请参阅前文雪莱部分。两诗相似在于同样处理了一个神话题材，同样有一个追求理想的主人公；但是两诗又很不同：雪莱的主题清楚，诗也紧凑，只720行，济慈的主题则至今有各种解释，诗也过分铺张。

这些毛病被几家保守刊物抓住了。它们攻击的主要目标，原是李·亨特，而把接近亨特的出身低微的作者们统斥为说东区土腔的“伦敦佬派”（the Cockney School）。攻击早已开始，不过济慈的这本诗集给了它们以新的题目。

三篇评论分别出现在《勃腊克武特》（1818年8月号）、《季刊》（同年4月号）和《英国批评家》（同年6月号）。它们的态度和口气可以从下面引文[1]看出：

> 做一个挨饿的药剂师比做一个挨饿的诗人要强得多，明智得多。所以，约翰先生，还是回到你的药店去吧，回到膏药、药丸和油膏盒去吧。只不过，看在上帝面上，下药时可不要像写诗那样大用其止痛剂和催眠药。
>
> （《勃腊克武特》，作者署名为K[2]）

> 作者是一个新的诗派的徒弟，有人称这派为

1 转引自培特《济慈传》，1963年；伦敦，1979年，第367、369、370页。

2 后人考证，K即是约翰·吉卜生·洛克哈特和约翰·威尔逊。见上引培特书，第224、366页。

"伦敦佬诗人"，其特点为用最不雅的文字写最不协调的思想。……作者模仿亨特先生，但更不可解，粗粝如之，噜苏加倍，而令人生厌与荒诞不经则十倍于其原型。

（《季刊》，作者为约翰·威尔逊·克罗柯）

为了不使我们的读者作呕，我们不准备传播作者所用的种种不道德的修饰手法了。他以一些词句作幌子——"滑溜的至乐，闪亮的眼睛，柔和圆满的人脸，极度光滑的手"等等——暗中使天真、无戒心的读者们想入非非，想到一些更适合于妓院的东西。

（《英国批评家》）

160年后重读这些段落，犹感当年伦敦文坛上人身攻击的恶毒！但是这些攻击者却没有料到：这位敏感的年轻诗人在短期的苦恼和气愤之后，就又扬起头来，继续在诗坛上快步前进了。

四

济慈毕竟没有回到他的“膏药、药丸和油膏盒”去。他倒是增加了经验，不仅写成了一首很长的诗，而且通过这诗的写作深切地知道了自己的缺点和长处，在诗艺的探讨上也是收获异常丰富。

这后者表现在他同朋友、弟妹的谈话和书信里。单拿书信来说，正是在《恩狄米昂》完稿（1817年11月）之后的几个月里，他在信里连续发表了若干成为他的诗歌理论中心的重要创见。[1]

其一是“想象力的可靠性”：

> 我深知心灵中真情的神圣性和想象力的真理性——由想象力捕捉到的美的也就是真的，不管以前有过没有——我对人们所有的激情和爱情都持这个看法，它们在达到崇高的境界时都能创造出本质

1 各信译文引自《十九世纪英国诗人论诗》（刘若端编，人民文学出版社，1984年）中的济慈部分，译者周珏良。个别地方略有改动。

的美。……想象力可以比作亚当的梦[1]——他醒来后发现梦境成了现实。我对这点特别关切，因为我向来不能靠逐步推理来了解一件事是否真实。……不管怎样，要能够靠感觉而不是靠理智来过活，那该多好！

（1817年11月22日致贝莱）

当然，不久他又发现，“理智”是重要的，特别是在写史诗类作品的时候。他后期的进展也就是理智感的加强。

其二是艺术须“强烈动人”：

第二天早晨去看“灰色马上的死神”那张画，考虑到威斯特[2]的时代，可算是幅好画；但是没有强烈动人之处；没有使人发狂到想和她亲嘴的女人；没有一张充满生气的脸。任何一种艺术的高超

1 亚当梦见夏娃，醒来果见她在身旁。事见弥尔顿《失乐园》Ⅷ，第452—490行。

2 班杰明·威斯特（1738—1820），美国画家，后居英国，为皇家艺术院院长。《灰色马上的死神》是他所作的历史画。

> 之处就在于强烈动人，能动人就会与真和美紧密联系而使一切令人不快的成分烟消云散。你们仔细研究一下《李尔王》，在那里从头到尾都可以感到这一点。
>
> (1817年12月21日致乔治和汤姆·济慈)

其三是“消极感受力”：

> 我和戴尔克讨论了一些问题，没有争辩；有好几样东西在我的思想里忽然合拢了，使我立刻感到是什么品质能使人有所成就，特别是在文学上，莎士比亚多的就是这种品质。我指的是“消极感受力”，即有能力经得起不安、迷惘、怀疑而不是烦躁地要去弄清事实，找出道理。……对一个大诗人说来，美感超过其他一切考虑，或者说消灭了其他一切考虑。
>
> (同上)

这是济慈文学见解里最引人注意的一段话，“消极感受力”（negative capability）是他所创的极少数名词之一，至今有各种不同解释，但是其主旨所在又是清楚的，特别是联系起莎士比亚来看，即诗人要能在感觉上深入各种事物、情境、人心，细致地体会其差别，了解其幽微难言之处，同情各种遭遇，承认事物有曲折，有过程，人也不是能透彻地懂得一切，等等，而不是企图靠逻辑推理去飞快地取得答案、结论。

因此，这样的感受力是“消极的”，而有这种能力的诗人是没有“自我”的：

> 关于诗才本身（我是指我所属的那种，如果我还算个诗人的话，而不是华兹华斯的即自我崇高派的那种，后者自成一格，与众不同），我要说它没有个本身——它一切都是又什么都不是——它没有特性——它喜爱光明与黑暗；它总要做到淋漓尽致，不管牵涉到的是美是丑，是高贵是低下，是穷是富，是卑贱还是显贵——它塑造一个雅古[1]得到同塑造一个伊莫琴[2]一样的乐趣。使讲道德的哲学家看了吃惊的却使变色龙似的诗人狂喜。玩索事

1　雅古，莎士比亚《奥赛罗》一剧中的恶人。

2　伊莫琴，莎士比亚《辛白林》一剧中的女主角。

物的黑暗面和玩索事物的光明面一样无害，因为二者都止于冥想。诗人在生活中最无诗意，因为他没有一个自我，他总在不断提供内情，充实别人。太阳、月亮、大海、有感情的男人女人都是有诗意的，都是有不变的特点的——诗人可没有，没有个自我——他的确是上帝创造的最没有诗意的动物。

(1818年10月27日致理查·伍德豪斯)

既然这样，济慈也就势所必然地反对另外一类诗，即对读者“别有用心”的诗：

我们讨厌那种看得出来是有意要影响我们的诗——你要不同意，它就好像要把两手往裤子口袋里一插，做出鄙夷不屑的样子来。诗应当是伟大而又不突出自己，它应能深入人的灵魂，以它的内容而不是外表来打动或激动人。甘于寂寞的花多么动人！如果它们挤到大道上，高声喊道：“羡慕我吧，我是紫罗兰！爱我吧，我是报春花！”那还会有什么美呢？现代诗人和伊丽莎白时代诗人的区别就在这里，现代诗人就像汉诺威的侯爷一样每人管辖小小一个国家，他知道在他的领域内每天要在大道上扫出去多少稻草，并且经常忍不住要去管管每家的主妇，看她们是否把家用铜器都擦得放光发亮了；而古代诗人却是拥有广大行省的皇帝，对边远地区他们只听说有那么些地方，而很少想去看看的。

（1818年2月3日致雷诺兹）

济慈也在这里说出了他对伊丽莎白朝诗歌同19世纪初期诗歌的不同评价，认为后者无前者的恢宏的气度，正同他在别的信里又将莎士比亚和弥尔顿、弥尔顿和华兹华斯、华兹华斯和他自己清楚地区别开来，也都是慧眼独具，看出了英国诗歌演变中的几个分水岭。

此外还有他对诗的信条：

关于诗我有不多几条信条……首先，我认为诗应当写得有点恰到好处的过分，以此来使读者惊讶，而不是靠标奇立异。要使读者觉得是说出了他自己的最崇高的思想，有一种似曾相识之感。第

> 二，诗的美要写到十分，要使读者心满意足而不只是屏息瞠目：形象的产生、发展、结束应当自然得和太阳一样，先是照耀着读者，然后肃穆庄严地降落了，使读者沐浴于灿烂的夕照之中。当然，想想怎样写诗要比动手写诗容易得多，这就引到了我的第三个信条：如果诗来得不像树长叶子那么自然，那还不如干脆不来。
>
> （1818年2月27日致约翰·泰勒）

应该说，他关于诗和人生的许多独特见解也是来得“像树长叶子那么自然”，在他那些奋笔疾书的书信里不断涌现：

> 落日总使我舒畅。一只麻雀落在我的窗前，我也分享它的生活，和它一起啄食。
>
> （1817年11月22日致贝莱）

> 除非在我们的脉搏上得到证实，哲学上的定理不能算是定理。
>
> （1818年5月3日致雷诺兹）

拜伦勋爵名气很大——但他对别人没有比喻性意义——莎士比亚的一生就是个象征，而他的作品是注脚。

（1819年2月14日至5月3日致弟妹）

我毫不怀疑有成千上万从未听说过的人能在心里达到完全忘去利害的境界。但我只想起两个人：苏格拉底和耶稣。……可叹的是耶稣的事迹是由对宗教虔诚的骗局有兴趣的人记载并加以修改的。但是我们仍然可以透过这一切来看到他的光辉。

（同上）

我把人生比作一幢有许多房间的宅邸，其中两间我可以描述一下，其余的门还关着，我进不去。我们首先迈步进去的那间叫作“幼年之室”或者“无思之室”，只要我们不会思维，我们就得在那里老待下去，会待很久，虽然第二间房门已经敞开，露示出一片光亮，我们却无心进去。等到我们的内在思维能力醒来了，我们才不知不觉地被驱使而前进了，一走进这个我将称之为“初觉之室”的第二间房，我们就将为那里的光线和空气所陶醉，到处是新奇事物，使人心旷神怡，乐而忘返，想要终老斯乡了。但是呼吸了这种空气的后果之一，就是使人对人类的心灵和本性敏感起来，使我们觉得世界上充满了悲惨，伤心，痛苦，疾病和压迫。这一来“初觉之室”的光明就逐渐消失，同时四边的门都开了——都是黑黢黢的，都通向黑暗的过道——我们看不到善恶的平衡。我们在迷雾里。——这就是你我当前的处境。我们感到了“人生之谜的负担”[1]。

（1818年5月3日致雷诺兹）

这些话使一个中国读者想到王国维的境界说，只是不同于王国维，济慈的第二个境界——“初觉之室”——里包含了对于“世界上充满了悲惨，伤心，痛苦，疾病和压迫”的敏感，也就是说是把诗同人生、诗同社会结合了起来的。

最后，是这样一段精彩文字，标志了济慈的觉醒和成熟：

1 语出华兹华斯《丁登寺旁》第38行。

《失乐园》虽好，但是损害了我们的语言——它应被保存下来，因为它是一个独特的现象，一桩新鲜事儿，一件美丽而伟大的新鲜事儿。它是世界上一个最特别的产品，是把一种北方方言纳进了希腊文和拉丁文的倒装句和特有的声律写成的。我认为最纯洁的，或者应当是最纯洁的英语是查特顿[1]的。我们的语言古老得没有被乔叟的法语影响所损害，原来的词汇仍在使用着。查特顿的语言纯粹是北方的。我喜爱查特顿诗中的本土音乐胜过弥尔顿。我最近才对弥尔顿有所警惕。他之生即是我之死。弥尔顿的诗要雕琢才能写出来，而我则宁愿追求另一种风格。

…………

(1819年9月21日致弟妹)

1 汤玛斯·查特顿（1752—1770），青年早卒的英国诗人。他冒充古人作诗，被人揭发，于贫病中自杀，年方十七。但其仿作显示了天才。济慈多次提到他，还写过一首悼他的诗，长诗《恩狄米昂》的卷首也写着："为纪念汤玛斯·查特顿而作。"

即使只看上面几条引文，我们就可以感到：这里展现的是一个异常的文学现象。这些是文论而又不是文论。是文论，因为它们表达了英国浪漫主义者的若干基本信念，如对于想象力的极度重视，而这是从布莱克到济慈都一贯的；如讲究“强烈”，而这是同18世纪新古典主义崇尚“文雅节制”针锋相对的；它们更表达了济慈的独特见解，如“美即真”，如“消极感受力”，如“诗人无自我”，如“人生如一多房间之屋”，等等，这些想法都已经或即将在济慈自己身上开花结果，产生不朽的杰作，又将在19世纪下半叶和更后的时期的诗坛造成大的影响，余波至今未绝。然而这些又不是文论，因为它们并非引自文学论文，而摘自私人信件。它们很少有文学术语，除了那个特别的“消极感受力”；它们不抄书，不引权威之言，没有一点儿书斋气，倒是充满了一个青年诗人的创作甘苦，充满了透彻的观察，新鲜的比喻，大胆的主张，掺和着对风景的感兴，有时滔滔不绝，有时闪电似的一语破的——“他之生即是我之死”——有点像中国古典诗话，但不似过去英国的文论，更不像后来的报刊评论或高头讲章，从内容到写法上都是创始性的，形成了英国浪漫主义另一个引起后人惊奇的特点。

五

经过了写《恩狄米昂》的痛苦而又激励的经验，经过了独特的文学反思，济慈的成长突然加快，以后出现了势如破竹的局面。

从1818年开始，佳作不断出现。

先说短诗。在十四行诗方面，有了新的收获。《再读“李尔王”有感》《每当我害怕》《灿烂的星》等等都是至今人们喜读的作品，特别是《灿烂的星》[1]：

灿烂的星！我祈求像你那样坚定——
　但我不愿意高悬夜空，独自
辉映，并且永恒地睁着眼睛，
　像自然间耐心的、不眠的隐士，
不断望着海涛，那大地的神父，
　用圣水冲洗人所卜居的岸沿，
或者注视飘飞的白雪，像面幕，

1　《济慈诗选》，查良铮译文，第49页，略有改。

灿烂、轻盈、覆盖着洼地和高山——
呵，不，——我只愿坚定不移地
以头枕在爱人酥软的胸脯上，
永远感到它舒缓的降落、升起；
而醒来，心里充满甜蜜的激荡，
不断、不断听着她细腻的呼吸，
就这样永生——或昏迷地死去。[1]

这首诗是写给芳妮·勃朗（Fanny Brawne）的，济慈同这位姑娘的爱情，历来是人们喜欢谈论的题目。简单的事实是：济慈于1818年秋天遇见芳妮，当时她18岁，比他小5岁；1819年12月两人订婚；1820年9月济慈离英去意，从此永别。所以两人恋爱的时间不过两年。芳妮是一位活泼、聪明的女郎，但并不特别喜欢诗歌。济慈死后11年，她与路易士·林铎结婚。济慈对她的热爱是明显的，她也真心地爱济慈，然而因

1 此诗一度被看作济慈“绝笔”，由于他于1820年9月底赴意途中将它抄在同行者塞文的一本莎士比亚诗集的空页上，但后来发现济慈的朋友勃朗有同诗另一抄稿，后面日期写明“1819年”。目下多数研究者认为作于1819年。

为济慈的经济情况不够好，后来又害了肺病，短期内无法同她结婚，这就使敏感的诗人感到痛苦。

《灿烂的星》就是一首既有爱情理想又有肉体痛苦的诗。前八行是纯洁的、神圣的理想：坚定，宁做长夜不眠的隐士，宁用圣水冲洗人世的红尘，所用的形象是高贵的，但又显得辽远，甚至带上梦境情调（飘飞的白雪有如轻盈的面幕）；后六行则是实在的，是一个充满情欲的人间世，触到的是酥软的胸脯，闻到的是细腻的呼吸，感到的是甜蜜的激荡，于是急转直下，尽情享受这一切——或者就死掉，但是死也是一种昏迷，一种沉醉。这两种境界，前者类似“碧海青天夜夜心”，圣洁而寒冷；后者则是温暖、芬芳的闺情，但又可望而不可即，还有死亡的威胁投下了巨大的黑影——这两者互相对照，互为层次，使得这首小诗复杂，耐读，充满了奇异的吸引力。

在韵律上，《灿烂的星》也有变化。过去，济慈写的十四行诗是彼屈拉克型，即意大利型，其脚韵的排列是abbacddcefefef。现在则他用了莎士比亚型，即英国型，其脚韵的排列是ababcdcdefefgg，最后的两行互相押韵，形成一种小结性的末尾。

但是很快他对莎士比亚型也不满意了，又想进一步改变。他写信给弟妹说：

> 我在努力寻找一种比现有各类更好的十四行体诗段。法定的意大利型不甚适合我们的语言，由于它的脚韵太跳跳蹦蹦；另外的一型（莎士比亚型）则又太像挽歌，而最后两行押韵又总是不易讨好。[1]

于是又创立了另一型，其脚韵排列是abcabdcabcdede，其目的在使十四行诗中有更流畅的运动，可以下诗为例：

If by dull rhymes our English must be chained

If by dull rhymes our English must be chained,
And, like Andromeda, the Sonnet sweet
Fettered, in spite of pained loveliness,
Let us find out, if we must be constrained,

1　1819年5月3日致弟妹书（《书信集》，Ⅱ，第104页）。

Sandals more interwoven and complete
To fit the naked foot of Poesy:
Let us inspect the lyre, and weigh the stress
Of every chord, and see what may be gained
By ear industrious, and attention meet;
Misers of sound and syllable, no less
Than Midas of his coinage, let us be
Jealous of dead leaves in the bay wreath crown;
So, if we may not let the Muse be free,
She will be bound with garlands of her own.

假如英诗[1]

假如英诗必须被呆板的韵式
束缚住，而甜蜜的十四行
不管受多少苦，也得戴上锁链；
假如我们必须受一种节制，

1 《济慈诗选》，查良铮译文，第46页。

那就让我们给诗底赤脚穿上
编得更精细的草鞋，处处合宜。
让我们把竖琴检查一下，弹弹
每根弦的重音，不断地尝试，
看怎样能找出更适切的音响。
让我们像米达斯吝惜金钱
那样地珍惜声韵吧，要精于
使用每片枯叶去编织桂冠；
这样吧，假如缪斯必须受制，
至少受制于她自己的花环。

这首诗说明了济慈改革的用意，诗本身就是按照新型十四行的韵律写的。

这一再的变化说明济慈是一个不疲倦地进行试验、追求完美的艺术家，他永远在寻找最适合于表达他的特殊内容的最好形式，对诗艺研讨的细致深入在浪漫主义诗人中无第二人，因此而赢得了许多讲究诗艺的后来人的钦慕：丁尼生，先拉斐尔派，斯温伯恩，以至20世纪的意象派。就眼前说，他在十四行诗体里的试验还得到了另外一个收获，即摸索出了一种诗段形式，十行或十一行一段，既整齐有致，又有回旋余地，容得下更复杂、更丰富的内容。这就是他后来用来写那几个最出色的颂歌的诗段。

但是在写颂歌之前，他还取得了别的经验。

首先，他写的短诗不限于十四行体，还有别的类型，例如《歌唱“情欲”和“欢乐”的诗人》《咏“美人鱼”酒店》《罗宾汉》。这几首诗也是佳作，写出了济慈对恢宏大度的古诗人的钦慕，用了一些朴质的短词，在韵律上则试验了七音节一行的短行，节奏是轻快的：

> No! Those days are gone away,
> And their hours are old and grey,
>
> (*Robin Hood*)
>
> 是的！那个时代消逝了，
> 它的时刻已经苍老，
>
> （《罗宾汉》[1]）

1　《济慈诗选》，查良铮译文，第88页。

更大的成就见于他写的一首民谣:《无情的妖女》。济慈用了这一类型的短诗常有的一套:简洁而动听的诗段(每段四行，前三行每行八音节，第四行缩短为四或五音节)，简单而古朴的词，简单的情节，其开始是一问[1]:

骑士呵，是什么苦恼你，
　独自沮丧地游荡?
湖中的芦苇已经枯了，
　也没有鸟儿歌唱!

这位骑士不是赳赳武夫，他“憔悴而悲伤”，面容也异乎寻常，带着阴柔之美，带着病态:

你的额角白似百合
　垂挂着热病的露珠，
你的面颊像是玫瑰，
　正在很快地凋枯。

1　《济慈诗选》，查良铮译文，第105—107页。

而他对所提问题的回答是：

我在草坪上遇见了
　一个妖女，美似天仙，
她轻捷，长发，而眼里
　野性的光芒闪闪。

接着他让她骑在他的马上，随着她的指点，进入一个山洞。在洞中他做了一梦，梦见有国王和王子也在那里：

还有无数的骑士，
　都苍白得像是骷髅；
他们叫道：无情的妖女
　已把你作了俘囚！

这一喊惊心动魄，他被吵醒了，看见自己躺在冰冷的山坡：

因此，我就留在这儿，
　独自沮丧地游荡；

虽然湖中的芦苇已枯，
也没有鸟儿歌唱。

这样，骑士回到了原来的地方，诗在形式上完成了一个圆周，但是读者却想继续读下去，因为诗本身也像妖女一样，它的奇幻的美和诱惑性的音乐迷住了我们。究竟这诗有什么更深的意义？也许就是写了一个梦，而洞中之梦是梦中之梦，两者都带着浓厚的中世纪色彩——未必是真正的中世纪，只是诗人想象中的中世纪，因此而更富于浪漫情调。也许这里有济慈对于所爱的女人的痴情。诗写于1819年4月，这时他认识芳妮·勃朗已经大半年了。对于这位有诱惑力而又可望不可即的姑娘，济慈充满了爱，也不免有所怨。诗并没有直接写这些，然而诗人的热烈和迫切是诗的感情的一部分，只不过经过创作的净化，“热病的露珠”结晶而为艺术品罢了。

其次，他在完成《恩狄米昂》之后，写了更多的叙事诗：《以莎贝拉》《圣亚尼节前夕》《莱米亚》。

这当中，《以莎贝拉，或紫苏花盆》（作于1818年2至4月间）是根据薄伽丘的《十日谈》中第四日第五篇故事写的，主要情节是两兄弟发现他们的妹妹同一个他们所雇用的管事恋爱，将他秘密杀了，妹妹后来发现了他的尸体，将他的头取下埋在一个花盆里，上面种一株紫苏花，每天用眼泪灌溉它，但不久为她的哥哥们发现，花盆终被偷走，她也心碎而死。

这首诗写得流畅、生动，气氛的烘托也好，例如这样一段[1]：

从此，她忘了日月和星星，
　从此，她忘了树梢上的青天，
她忘了流水潺潺的山谷，
　也忘了冷峭的秋风飞旋；
她不再知道白天几时消逝，
　也看不见晨光升起：只不断
静静地望着她甜蜜的紫苏，
并且把泪水滴滴向它灌注。

还有这样引人注目的一节[2]：

1、2　《济慈诗选》，查良铮译文，第130页与第114—115页。后者略有改。

这美人和两个哥哥住在一起，
　祖先给他们留下了无数财产；
在火炬照耀的矿坑，在喧腾的工厂，
　多少疲劳的人为他们挥汗；
呵，多少一度佩挂箭筒的腰身
　为鞭子抽出了血，在血里软瘫；
多少人整天茫然地站在激流里，
为了把水中金银矿的沙石提取。

锡兰的潜水者为他们屏住呼吸，
　赤裸着全身游向饥饿的鲨鱼；
他的耳朵为他们涌着血；为他们，
　海豹死在冰层上，全身悲惨的
射满了箭；成千的人只为了他们
　而煎熬在幽暗无边的困苦里：
他们悠游着岁月，自己还不甚清楚：
他们是在开动绞盘，把人们剥皮割骨。

他们何必骄傲？因为有大理石喷泉

比可怜虫的眼泪流得更欢腾？
他何必骄傲？因为有美丽的橘架
比贫病者的台阶更易于攀登？
他们何必骄傲？可是因为有红格账本
比希腊时代的诗歌更动听？
他们何必骄傲？我们还要高声询问：
在荣誉的名下，他们有什么值得夸矜？

这一节与故事无甚关系，是薄伽丘原文所无，完全是济慈为了说明这两个商人哥哥的财富来源而加的，而且一加就是三段，在这首中等长度（504行）的诗里显得很突出。济慈用了触目惊心的形象和紧紧追问的修辞手段强调了一点，即两人是靠对矿坑、工厂和殖民地的劳动者“剥皮割骨”才发财的，而所提的问题之一是：

他们何必骄傲？可是因为有红格账本
比希腊时代的诗歌更动听？

不仅对照强烈，而且是只有钦慕古希腊文明的济慈才能想到的对照。在下一节里他又把这两个商人称为“算账的人们”（these same ledger-men），这就使“红格账本”得到进一步的强调。可见济慈还不仅仅是一个政治上的民主派，他对于资本主义剥削也是敏锐地看到了的；尽管他不知道这些政治经济学名词，他用了全部诗歌艺术手段来表达的却正是这个重要事实。

因此《以莎贝拉》仍是一首值得细读的好作品，虽然济慈本人对它并不满意[1]，历来的评论者也是多数对它没有好评[2]。

对于《圣亚尼节前夕》，则历来和今天的评论是一致的：它是完全成功的。

1 济慈不愿此诗出版，认为它显示“对生活无经验，对事物了解太简单”（1819年9月22日致伍德豪斯函）。

2 但有重要例外。当时的小品文大家查理士·兰姆在评论1820年出版的济慈新作时，认为此诗是“集中最好的作品”（《新时代》，1820年7月19日）。后来马修·阿诺德和先拉斐尔派诗人也盛赞它。20世纪则有肖伯纳指出上引有关商人兄弟的几段包含了《资本论》的道理。

它的根据是一个民间传说。圣亚尼是罗马少女，于14岁时以身殉基督教，为纪念她而有圣亚尼节，定在每年1月21日，传说在这个节日的前夕，少女在进行祷告后可以梦见未来的丈夫。

在济慈的诗里，这一传说是由一个老乳媪交代的：

乳媪说，在圣亚尼节的前夕，
姑娘们都能看到恋人的影像，
只要她们遵守正确的仪式，
在甜蜜的午夜，她们的情郎
就会在梦中对她们情话绵绵；
她们必须不吃晚餐就上床，
将百合似的玉体仰卧朝天，
不准斜视或后顾，只面对天堂，
只对上天默念她们的一切愿望。[1]

少女梅德琳也是在等待这一时刻的出现。她好容易脱离

---

1 《济慈诗选》，查良铮译文，以下所引各段也是，第135—154页。

舞会，急忙忙回到她的绣房：

> 她匆匆进来，烛火被风吹熄，
> 一缕清烟散入了银灰的月光；
> 她闭起房门，心跳得多么急，
> 呵，她已如此临近仙灵和幻象。

终于，晚祷完毕，她脱衣就寝：

> 只片刻，她已蒙眬不甚清醒，
> 微微抖颤在她寒冷的软巢里；
> 接着来了睡眠，以罂粟的温馨
> 抚慰了她的四肢，让神魂脱体
> 好似一缕柔思飞往夜空，
> 幸福地脱离了苦乐，紧紧闭住
> 像一本《圣经》在异教徒的手中；
> 不但忘却阳光，也不沾雨露，
> 仿佛玫瑰花瓣开了，又能收束。

应该说，诗行本身也是带有“罂粟的温馨”。但是梅德琳不知道自己已中了骗计。热恋她的青年波菲罗得到她的乳媪的帮助，已经秘密地藏在房中壁橱里。这时他走了出来，先是端详着月光下她的睡姿，后来拿起她的琵琶弹起了普罗旺斯的哀曲《无情的妖女》。梅德琳醒来了，由于梦中“纯净的欢愉”的消失而流泪叹息，但没有怪波菲罗，倒是央求他：

> 爱，别离开我，使我一生难过，
> 要是你死了，我岂不永远漂泊？

于是故事达到顶点：

> 听了这情意绵绵的话，他立刻
> 站起身，已经不是一个凡人，
> 而像是由云雾飘起，远远沉没
> 在那紫红的天际的一颗星。
> 他已融进了她的梦，好似玫瑰
> 把它的香味与紫罗兰交融；——
> 但这时，西北风在猛烈地吹，

刺骨的冰雪敲打窗户，给恋人
提出警告：节夕的月亮已经下沉。

男女间的大事，写得如此之美，真是显出了浪漫主义诗歌的光彩！这是济慈的修改稿，他有意要写出“玫瑰与紫罗兰交融”；但是他的朋友伍德豪斯和出版家泰勒都竭力反对这一改动，认为这样写情欲太露骨了，后者还说如这样改，他不愿出版济慈的第三本诗集了。诗人却不为所动，指出第一稿在这个节骨眼上不够明确，并说如果一个男人在那种情况下丢开一个有那样性格的姑娘不管，那他必是一个“感情上的太监”，只配受人鄙视。[1]后来，他在其他字句的修改上作了让步，但是坚持这一段必须维持第二稿。

此外，读者必然还会注意到闺房的温馨与外面天气的寒冷之间的对照，正是在两情最为融洽的时候突然地来了西北风猛吹、刺骨的冰雪敲打窗户的“警告”。其实，这一对照是从头就有的，诗的第一段就是写天气的寒冷：

---

1 济慈的话是由伍德豪斯在写给泰勒的信里提到的，见H. E. 罗林斯编：《济慈书信集》，Ⅱ，第163页。

圣亚尼的前夕——多么冷峭！

夜枭的羽毛虽厚，也深感严寒；

兔儿颤抖着瘸过冰地的草，

羊栏里的绵羊都噤若寒蝉；

…………

周围的人也是冷冰冰的，不是“苍白而清癯的”老僧老媪，就是“披着甲胄”的凶残而无情的骑士，而诗的最后一景是：

那一夜，男爵梦见不幸的事故，

他的勇武的宾客也都被噩梦

久久地纠缠，看见妖魔、鬼怪

和墓穴中蠕动的长条蛆虫。

老安吉拉瘫痪死去，早已不在；

而诵经老僧，诵过了千遍经文，

也寂然坐化在他冰冷的火灰中。

全诗以天气的寒冷始，以人世的死寂终。在这当中，只有这一对年轻人身上流着温暖的血液和赤热的情欲，无所畏惧地闯向命运的禁区：

于是他们逃了：呵，在那远古，
这一对情人逃奔到风雪中。

这种冷峭和赤热的对照也可以看作现实与想象的矛盾，诗的另一特点是现实的环境描写——厅堂、房子、过道，甚至“高大的三层弧形的窗棂”等等都有写实的细节——和梦一样的主题故事之间的矛盾。梅德琳一直恍恍惚惚，如在梦中行动：

她淡漠而茫然地和人舞蹈，
唇干舌燥，呼吸短促而迫急：
庄严的时辰快到了，她直心跳
既听不见鼓声，也无意拥挤
去与人愤慨地传语，或者说笑；
爱与恨、无礼与轻蔑的世相
都被幻想蔽住，不再使她看到……

后来，她在睡眠中也坠入幻境：

层层黑帷
遮起她的梦：是午夜的魔咒
像冰川一样裹住梅德琳沉睡。

这里用的字眼是“蔽住”“黑帷”“魔咒”“裹住”——换言之，她受到了蒙蔽。那么，她同波菲罗结合，是否也是受了蒙蔽？诗人会说：既是蒙蔽也是真实，因为有想象力在起作用，而对于他，我们记得，想象力是完全可靠的：

由想象力捕捉到的美的也就是真的，不管以前有过没有——我对人们所有的激情和爱情都持这个看法，它们在达到崇高的境界时都能创造出真正的美。……想象力可以比作亚当的梦——他醒来后发现梦境成了现实。[1]

1 1817年11月22日致贝莱函，前面引过。

同样，在作于1819年秋与1820年春之间的最后一首叙事诗《雷米亚》中，幻想和现实的矛盾再度出现，不过更进一步，变成了表相与真实的冲突。青年李修斯爱上了一位名叫雷米亚的美丽姑娘，但她却是蛇精所变（“雷米亚”一词在希腊神话里就是蛇妖的代名）。在盛大的婚宴席上，以新娘面目出现的蛇精终为一位老学者识破，于是她惨叫一声而消失了，青年也倒下身亡。

这首诗中等长度，共708行。在格律上，济慈采用了17世纪后半叶的德莱顿式的新古典主义双韵体，发挥了它因在行中有一顿而易于取得的对仗效果。诗的故事紧凑，但又有足够的气氛渲染。济慈再度施展了他的叙事能力。主题中表相与真实的矛盾不仅体现于雷米亚，也见于诗的风格上的变化和对照：一方面有容貌、习俗、服饰、器具、食物的浓艳描写，在这等地方诗行也是华丽的，例如：

柔和的音乐在柔和的空气上飘荡，
下面伴着希腊语的元音洪亮，
客人们在交谈，压低了声音，
因为酒还不过一巡；

等几杯下肚，酒上了头，
话声越来越响，忘了忧愁，
更响的是那乐队的急管哀弦。
大厅里五彩缤纷，织锦高悬，
屋顶富丽堂皇，下面一片醉歌，
美丽的女侍，还有雷米亚自个，
都出场了；酒也充分把魔力施展，
每个人的灵魂脱离了一切羁绊，
什么也不神奇，因为甜美的酒
使得极乐土也显不出神圣或风流。

而作为对照，则是写老学者的诗行的干脆、冷峻：

　　秃头的哲学老人
紧紧盯住，目不转睛，
全神看着惊恐的新娘，
镇住了她的玉姿和花颜。

他的言词也是异常严厉：

“蠢材！”哲学家切齿低语，
嘶哑中饱含鄙视。……
“蠢材！蠢材！”他说，眼睛仍然紧盯，
毫不放松。“我把你爱护至今，
使你不受邪恶的侵扰，
难道今天却要看你给蛇吞掉？”

对照是明显的。诗人本人也在叙述中直接指出了两种境界的尖锐冲突：

岂不是一切妩媚都消蚀，
只要碰上哲学冰冷的一触？
天上曾有彩虹动人心魂，
如今我们只知它是什么色线织成，
变成了平凡事物目录中的一条，
哲学把天使的翅膀也要剪掉，
用条理和公式去征服一切神秘，
天上再无仙子，地下也无魍魉，
把彩虹拆散，就如刚才

使娇嫩的雷米亚成了鬼怪。

这里有哲学和彩虹之间的巨大分野：前者是常理、学问、现实世界，一切是冷冰冰的；后者是感觉、想象力、创造性，如彩虹般动人心魂；前者是坚实的，可靠的；后者则像雷米亚一样，美丽，然而危险，不可捉摸。能看出这个分野未必是济慈的慧眼独具，虽然他早已说过："要能够靠感觉而不是靠理智来过活，那该多好！"[1]但是能用如此明亮、精粹然而又充满形象的语言通过一个诗歌故事把这分野突出起来，则是济慈诗歌天才的胜利。

1　1817年11月22日致贝莱函，前面引过，其上文就是涉及亚当的梦的几句。在写信之后不久，即在1817年12月28日，济慈曾在海登家吃饭，遇到小品文大家兰姆，两人谈得投机，共同认为"牛顿摧毁了霓虹的诗情，把它缩小为三色镜了"，后来祝酒时两人"为牛顿干了杯，但祝数学陷于混乱！"（W. B. 蒲普编：《B. R. 海登日记》，第2卷，1960年，第72页）。又济慈代其友雷诺兹写的一篇评论由名演员埃特蒙·基恩主演的莎剧的文章（发表于1817年12月21日《维护者》）有如下的结束语："基恩！基恩！请保重，珍惜你的天才，怜悯我们这些生在寒冷不振的时代的人！让我们这些末世之民有点温暖吧。现在只能在书本里找到罗曼斯了。野地里的精灵已被赶走，霓虹也被剥夺了它的神秘！"（转引自约翰·巴那德编：《济慈诗歌全集》，第2版，企鹅出版社，1977年，第529页。）

六

在谈到六大颂歌之前，我们还得略事停留，看一看济慈的另外两种诗歌试验。

一种是诗剧。济慈在1819年7、8两月中写了一个完整的五幕剧，名为《奥托大帝》，但他只是执笔者，人物、情节和分幕等等都是他的朋友查理士·勃朗设计的。只在第五幕里，济慈才出了更多的主意。勃朗原想靠这个剧本增加一点他们两人的收入，希望名演员埃特蒙·基恩（Edmund Kean）能扮演剧中的主角，但是事与愿违，伦敦的两家剧院都不肯接受。而就剧论剧，也确实并不出色。剧中吸引人的角色极少，奥托略有李尔王之风，但也缺乏深度。剧诗流利有余，有些地方现出伊丽莎白朝诗剧的影响，但并不给人以悲剧的震撼。

此后济慈独立构思，想以12世纪英国国王斯蒂芬的败亡为题，再试诗剧的创作。这一次，他写得比上一剧好，斯蒂芬一角表现得很有气势，但是还未写完一幕，他就搁笔了。这是1819年11月的事。

英国诗剧未能在19世纪之初复兴，有许多原因。当时，因为有埃特蒙·基恩等名演员的努力，莎士比亚剧本在舞台上演出频仍。又有海什力特、兰姆等批评家用浪漫主义的热情和文才阐明莎士比亚和整个17世纪英国诗剧的伟大。影响所及，几位青年浪漫主义诗人都有志于重振诗剧，上面已叙述过拜伦和雪莱两人所作的尝试和挫折。济慈不仅也有此意，而且还宣告："我的野心之一是要在戏剧创作上像基恩在演技上那样实现一场大革命。"[1]就在斯蒂芬一剧已经或快要中断的时候，他还说了这样一番话：

> 我还有的一点小小戏剧才能，不管在剧本上表现如何之差，也许足够用来写成一首诗——我想把圣亚尼的色彩溶化开来充溢一首诗，让它变成一幅背景式的挂毯，而以人物和感情作为上面的图案。这样的诗写了两三首之后——如果上帝假我以年——就可逐步向巴那斯山的高峰进发了。我的意思是，写这样的诗会使我有勇气去写几个好剧本——这是我最大的野心，如果我真感到有野心的话。[2]

---

1 1819年8月14日致贝莱书（《书信集》，Ⅱ，第139页）。

2 1819年11月17日致泰勒信（《书信集》，Ⅱ，第234页）。

这表示他作了反思。写剧仍是他最大的野心，但他对自己已写的剧本不满意，知道自己还缺乏准备，而准备的途径是用他的戏剧才能先来写好几首诗。

于是他转而致力于写史诗。史诗比抒情诗更需要戏剧才能，叙事诗虽也用得上戏剧才能，但要求不如史诗那样高。对于已在抒情和叙事两方面做出了成绩而又力求继续前进的济慈，史诗变成了一个必须征服的中途目标。写史诗——这就是他此时此刻所从事的第二种试验。

他找到了一个恰当的题材，那就是泰坦族巨人被奥林波斯山巨人所驱逐的故事。这是一次宇宙中的大变。经过一场激战，新的神代替了旧的神，把统治权夺了过来。诗开始时，旧神已经战败，他们的领袖色顿老人颓丧地坐在深谷中，白发蓬松，“像一块石头那样无声无息”。慢慢地来了一个女神，她是太阳神海披里安的妻子。在她的劝说之下，老色顿总算有了一点生气，站起身来随她走到另一个隐蔽的山谷，去找他昔日的部下。

旧神并不甘心退出，而事情也还有一线希望，那就是还剩下一个泰坦巨人，没有被新的巨人战败，这位巨人就是海披里安。他是太阳神，仍然是满身光辉，到一处照亮一处。

济慈把他写得行动敏捷，气概非凡，真是史诗式的英雄。但是此刻他充满了愤怒，因为眼见除了他的宫殿之外，处处黑暗，宇宙已为新的巨人族占领。因此他立在他正殿的圆顶之下，顿足高喊：

> 色顿已经倒下，难道我也要倒下？……
>
> …………
>
> 倒下！——不，我以泰勒斯[1]的名义起誓！
>
> 我将越过我的火焰奔腾的领土边境，
>
> 伸出我那威力无比的右拳，
>
> 镇住那个吃奶的小雷神，反叛的诺夫[2]，
>
> 请老色顿重登他的宝座！

他立即行动，用他的炽热的光焰去驱散四处袭来的阴云、迷雾、黑影，但是他却不能变动“神圣的季节”，因此黎明虽已喷薄欲出，仍然无法突破黑暗，而

1　泰勒斯，即大地女神，泰坦族巨人之母。

2　诺夫，Jove，即新的巨人神的领袖。

这位发光的泰坦，被新的哀愁急疯了，
从来不曲身的他现在也被大力所迫
在精神上向时代的悲哀曲了身；

于是他躺倒在一堆云上，在日与夜的边线上横卧着，心里充满愤慨，身上的光芒暗淡了。这时候天上传来了他父亲的声音，指出他这样懊丧，有辱天神身份，倒有点像世上那些逃不出死亡命运的凡人了；而他该做的，是振起精神，到地球上去，帮色顿复兴泰坦族的统治。海披里安没等他说完，已经一跃而起，双眼大开，环顾宇宙，接着就一头扎进沉沉黑夜之中。

第二章开始时，色顿已被女神带到了一处洞穴，在那里他看见了他的许多部下，战败了的泰坦族巨人。他们都在这场大战里受了严重打击，因此现在虽然姿势不同，神态各异，但都感到懊丧或者无可奈何。倒是色顿恢复了旧日雄风，鼓励了他的兄弟们，要求他们各抒所见，说说该如何对待目下局面，如何脱离绝境。

第一个发言的是海神，足智多谋、洞察宇宙变易之理的峨新纽斯，他说得直截了当：

我们倒下，是由于自然的法则，
不是由于雷击，或由于诺夫。

他认为这是“永恒的真理”，进而作了这样的阐明：

首先，你们不是第一批掌权者，
也不会是最后一批；不可能那样；
你们不是开始，也不是终结。
最初是混沌和黑暗，从中出现了
光明，此乃内部煎熬和暗中酝酿
多时的结果，为了神奇的目的，
逐渐有东西在成熟着。时间一到，
出现了光明，光明在自己的产生者身上
又生光明，立刻给整个庞大的物质
注入了生命。
在那一时刻，我们的父母，
天和地，显示了面目。

接着你这初生儿，和我们整个一族，
发现自己统治着美丽的新国土。
眼前的真理却使你们感到痛苦，
愚蠢呵！能够承受一切赤裸裸的真理，
预见环境的变化，而处之泰然，
这才是最高的权威！好生听着：
正同天与地比混沌与黑暗美丽，
美丽得多，尽管过去它们是统治者，
而我们又比天与地更美，
更完整，不论外形和姿态，
意志和行动都自由，还能和谐相处，
还有更纯净的生活的千万其他征象；
同样地，紧跟我们而进的是更新的完美，
更强大的力量，是我们所生，
但又命定胜过我们，就像
我们用新的荣光胜过了旧的黑暗；
以前我们征服乱糟糟的混沌，
现在他们征服我们，不过是
另一次征服。你说，迟钝的土壤

会同它所滋养的高傲的树林争吵么，
由于树林比它自己美？它能不承认
绿树林的统治么？树又能妒忌鸽子么，
由于鸽子会唱歌，有雪白的翅膀
能到处飞翔，寻找乐趣？
我们就是这样的树，我们美丽的枝干
造就了不只是寂寞的淡色鸽子，
还有金翼的鹰，它们飞在我们头上，
比我们美，因此也就有权
统治。因为永恒的法则是：
美居第一，强也居第一。
根据这法则，明天另一种族将迫使
我们的征服者像我们今天这样哀哭。

（Ⅱ，第188—231行）

海神说的话长达70行，是济慈在此诗中的有名的精彩部分。《海披里安》全诗有明显的弥尔顿的影响（例如跨越多行的诗段结构和济慈自己提到过的“颠倒句”），战败的色顿使人想到《失乐园》里战败的撒旦，而眼前这一场败将中的辩论又使人想到《失乐园》第二章里同样的场面；但是就海神这番话而论，读者又可以看出莎士比亚的影响，因为它使人想起《特洛伊罗斯与克瑞西达》一剧第一幕第三场中优力息斯的同样阐明宇宙和社会法则的大段台词。

然而虽有这些影响，主体仍是济慈自己的诗；而且他从来不是只受影响而不设法去超越它们的。很快，他就将全面放弃对弥尔顿的崇拜了，说出了“他之生即我之死”那样决绝的话；这诗里对莎士比亚的学步正说明他在另找师承；然而对于莎士比亚，他也不是盲目追随。这两段台词在精神上就很不相同：海神说的是旧的必将为新的所代替，是科学的进化论；优力息斯说的是社会必须有阶级、门第、名分，不许打乱或逾越，是中古的等级论。

事实上，这一长段也好，整个《海披里安》也好，都表现济慈的诗歌风格有了变化。他以前长于写得流利、艳丽，现在他却不用美丽的词藻和缠绵的韵律，力求写得强劲有力，为的是要符合史诗的体裁。另一个变化是：他现在写得更有思想深度，而不再仅仅依靠感情上的感染力，因此诗歌语言也带上了思辨的色彩，海神这段话就表现这一特色。当然，济慈曾说过：“要能够靠感觉而不是靠理智来过活，那该多好！”但那是1817年说的，在1818年他谈到人生如“一幢有许多间屋子的宅邸”时，已经意识到要从“无思之室”进到“初觉之室”，也就是意识到只靠感觉不能达到更高的境界。现在他选择了一个新与旧斗争的伟大主题，而不再是恩狄米昂那样的一个孤独的探索者的故事，这本身就说明济慈身上的“理智”成分在增加，诗歌语言也就相应地起了变化。

正是在这双重的进展中，他才写出了这样雄迈、有思辨深度的名句：

O folly! for to bear all naked truths
And to envisage circumstance, all calm,
That is the top of sovereignty.
愚蠢呵！能够承受一切赤裸裸的真理，
预见环境的变化，而处之泰然，
这才是最高的权威！

但是他并没有失去他昔日的优美。《海披里安》中有许多美丽的段落，如对于光的描写，开始处对于色顿老人身旁幽谷环境的描写，特别是“伟大森林中那些穿绿袍的元老院院士”

即高大的橡树的形容，第三章对于新的太阳神阿波罗的充满温情的描写，这些段落都是十分优美的。就在海神的话里，除了讲发展进化的道理，还有土壤与树木、树木与鸽子、鸽子与金翼的鹰的例子，使得思辨性的诗行受到了新鲜的、富于色彩和自然活力的文学比喻的滋润。而整段讲话中的主要论点之一：

……因为永恒的法则是：
美居第一，强也居第一。

也是只有济慈这样一个无论如何不放弃对于美的追求的青年浪漫诗人才会如此明白提出的。最美的就是最强的——而在《海披里安》一诗里，济慈全力以赴务求实现的正是美与强的结合。

然而海神的话并不能说服所有的泰坦巨人。他们当中最孔武有力的恩西莱达斯就坚决主战，而且提醒大家说：还有海披里安在，他是“我们最辉煌的兄弟，而且还没有蒙上耻辱”。而海披里安也果然就在此时出现。立刻有三位巨人上去同他站在一起，大声叫喊：色顿！别的巨人也跟着大喊：色顿！色顿却坐在众神的母亲身边，不声不响，“脸上无一点喜色”。

第二章就如此完结。

短短的第三章只有135行，并未写完。但这是一个十分值得玩味的片断。我们已经提到：在这里，济慈的诗笔是充满温情的，同前两章的雄迈不一样。前面一直写泰坦巨人，这里则掉转笔头专写阿波罗，即将取代海披里安而起的新的太阳神。但他一点儿也不好斗，只是一个喜欢音乐的青年，因为他不只是太阳神，还是司艺术之神，这是他同海披里安的巨大差别。此刻他充满了忧郁，独自在流泪。等到他看到一位女神出现，他才向她披露了自己的心曲：

……在我面前，一片黑，一片暗，
痛苦地可恨地遮住了我的眼睛：
我尽力寻找我悲哀的原因，
却只得到一阵忧郁使我的四肢僵冷，
于是我坐在草地上号哭起来，
像是一个失去了翅膀的人。呵，为什么我
感到被诅咒、被阻挡，而无主宰的空气
却对我前进的脚步闪开？为什么我

厌弃长草的土壤，认为它仇恨我的双足？
仁慈的女神，请为我指点未知的事物，
难道除了这个岛就没有其他地方？
群星在哪里？有太阳呵，有太阳！
还有月亮的最有耐心的光辉！
还有成千上万的星星！请为我指出
走向任何美丽的星的途径，
我将飞奔而往，带着我的七弦琴，
使它的银光因幸福而颤抖！
我听到了云中的雷鸣。力量何在？
谁的手，谁的精质，那位天神
造成了自然元素之间的大轰大闹，
而我坐在这里的海岸上，
不怕，但因不知真相而痛苦？
呵，告诉我，寂寞的女神，通过你那架
朝朝夕夕哀鸣的竖琴，告诉我
我为什么老在这里树林里胡言乱语？
你不说话——静默！可是我能从
你沉默的脸上看出奇妙的教训，

无尽的知识使我成了一个神：
人名，事迹，古老的传说，惨剧，叛乱，
伟人，君王，呼声，痛苦，
创造，毁灭，这一切一齐
灌进我头脑的宽大空隙里，
使我成神，像是我喝了美酒
或者珍奇的长生不老之药，
于是而永生！

（Ⅲ，第86—120行）

把这一长段的吐诉同第二章里海神的演讲对比一下，我们就可以看出明显的不同：海神很自信，能讲大道理，逻辑性强，说话斩钉截铁，到后来才有文学比喻带来了优美；阿波罗则多情，犹豫，怀疑自己，表白多于判断，倾诉多于说理，但又流露出他的朝气，无畏，聪明，于是诗的风格后来也出现了变化，即从忧郁的抒情曲转到了纵览世间沧桑的自豪之言：

无尽的知识使我成了一个神：

人名，事迹，古老的传说，惨剧，叛乱，
伟人，君王，呼声，痛苦，
创造，毁灭，这一切一齐
灌进我头脑的宽大空隙里，
使我成神……

这一风格上的改变也用语言本身的差异表达了阿波罗的成长，他正在经历一场身体和情感上的巨变，如生了一场重病，全身狂热地颤动，而最后

At length
Apollo shrieked—and lo, from all his limbs celestial…
阿波罗大叫一声——瞧吧，从他全身天神般的
四肢……

全诗到此就突然中断。

学者们照例要打破砂锅问到底，对于诗的未写部分作了种种猜测。济慈的朋友伍特豪斯曾说它将叙述阿波罗如何赶走海披里安，海神也换了新人，色顿终未复位，新神完全战

胜旧神种种，“恐怕都是诗人脑子的产物”。我们不必参加这些猜测。倒是有一种感觉，那就是：在这样一个紧要关头这样戏剧性地突然中断也是一个不坏的结束。两章多用新风格写成的诗完全成功，已经到了一种难以为继的地步，这样最后的一喊倒是留下了不尽的余音。

然而济慈自己并不这样看。《海披里安》是在1819年4月放弃的，两个月后，即在同年7月，他重起炉灶，开始了《海披里安之亡》的写作。

这首新作在结构上作了重大改动。它不是一上来就写色顿和泰坦巨人败后的惨状，而是把整个故事放在一个诗人的梦境里面。诗人即诗中的“我”，他在一处花木扶疏的幽胜地方发现一堆前人吃剩的果子和一缸酒，似是仙人盛宴所遗，就吃喝起来，但酒力强大，使他一下子就醉倒了。过了很久，他醒来了，发现站在一个高坡底下，坡上高处有一雕像，高大直伸云天；像下有一祭坛，可依石级爬登。诗人缓步上行，还未到达石级就看见祭坛旁边有一女神在照料香火，正迟疑间忽听她说话了：

如果你走不上石级，

那就要死在你所站的地上了。

果然，诗人感到浑身发冷、发麻，像是死亡已经临头。但他叫喊、挣扎，竭尽平生的力量举脚上爬——而等脚一碰石级，生命就立刻从脚趾流进全身。

他得救了，于是问了那女神一些话。女神在回答中指明了几点。一点是：

谁也达不到这个顶峰，
除了那些把世界的苦难
当作苦难，而且日夜不安的人。
所有别的人，在世上找到了栖身处，
无所用心，在昏睡中睡掉了一生，
如果碰巧来到这个神庙，
也在那叫你死了一半的石板上腐烂死去。

（Ⅰ，第147—153行）

这段话，特别前三行，是人们常引的。如我们在前文已说，人世的苦难感构成年轻一代的英国浪漫主义诗人的共同特点。就济慈而论，他不止一次地提到诗人要有成就，必须痛切地感到人世充满患难困苦，不仅在这里用诗句明白点出，还把这苦难感作为他的诗论里的一个重点，曾经说过诗人在从“无思之室”进入“初觉之室”时，“觉得世界上充满了悲惨，伤心，痛苦，疾病和压迫”[1]，这才达到了更高的境界。

另一点是：真正刚强的人无须来爬这座神山，他们留在世上为别人的幸福而斗争：

他们不是衰弱的梦幻者，
他们寻的神迹就是人脸，
音乐就是快乐的人声，
他们不来这里，也不想来。
而你在这里，是因为你比他们渺小，
你和你一类人能对这大世界
带来什么好处？你只是一个做梦的东西，
是你自己身上的一场热病。

（Ⅰ，第162—169行）

1 已引致雷诺兹信，1818年5月3日（《书信集》，Ⅰ，第280—281页）。

话说得够直率的了。对此，诗中的“我”并不全盘接受。他的回答是：我固无作为，但未必所有的诗人都像我一样无用：

未必所有
唱给世界听的乐歌都无用处；
难道诗人不是一个哲人，一个
人文主义者，一个医生，对所有的人？

（Ⅰ，第187—190行）

女神对此的回答则是：

诗人与梦幻者不同，
大有差别，是绝对相反的两极。
一个给世界以安慰的香膏，
另一个使世界烦恼。

（Ⅰ，第199—202行）

这一番关于诗的性质和诗人的作用的议论是重要的，代表了济慈的成熟的考虑，诗也写得出色，同《海披里安》比较，带有更多的口语色彩，弥尔顿的影响进一步减弱，莎士比亚的则更为加强，同时又出现了但丁的影响——这时济慈读了凯莱的译本，又倾倒于《神曲》的意境和风格。把一切情节都纳入一个梦——因此《海披里安之亡》有一个副标题，叫作《一个梦》——正是以但丁为最高代表的欧洲中古文学的一个惯用手法。

然而中古式的梦的框架里仍然藏着浪漫主义的思想感情，这首先见于女神蒙尼塔的脸的描绘：

　　接着我看见一张憔悴的脸，
不因人间哀愁而消瘦，白亮如水漂过，
由于一种病，它永远好不了但又不叫你死；
它引起不断的变，不会有幸福的死
来使它停止；这张脸向着死亡进发，
而终点并无死亡；它的白赛过了
百合花和冬天的雪。此外我还不能
多想；我一看到这张脸，
本要立刻逃走，却被她的眼睛
吸住了，那眼里有一种仁慈的光，

还有柔和、镇静的圣洁眼睑，
半开半闭，似乎完全看不见
外界事物——也看不见我，
只有白茫茫的一片清辉，柔和
如月亮，安慰了她看不见的人，而不知道
有多少眼睛在向她仰望。

（Ⅰ，第256—271行）

憔悴而又仁慈，白如僵尸而又永远不死，有眼而又看不见，这位女神是以前文学作品里罕见的神秘人物。使她更具吸引力的是她的头脑：

一看到蒙尼塔的额角
我恨不得立刻看清她那空荡荡的头脑里
蕴藏着什么；什么大悲剧
在她颅骨的秘密暗室里上演，
使她冰冷的嘴唇能有这样可怕的
强音，使她那行星般的眼睛能有
这样的光，使她的话声带上

这样的悲哀。

（Ⅰ，第275—282行）

这短短八行诗里，有着多少后来诗人——从先拉斐尔派到唯美派、象征派——珍视的东西：气氛、形象、对照、悲剧感……然而这里却没有“世纪末”的情调，因为女神是严厉的，她的秘密是宇宙秘密，她的爱是人类爱，韵律是高昂的，没有丽词和缠绵的低吟，正是济慈新风格的表现，而诗行的明澈与深刻又显示诗人已经从“无思之室”进到“初觉之室”，在思想的洞察力上大大地进了一步。

济慈诗艺的进展引起了新的更大的期待，然而时间已经迟了——《海披里安之亡》是济慈的最后作品之一，而且也终未完成。蒙尼塔之谜是耐人寻味的，但是我们不要忘了，在她颅骨里上演的毕竟是泰坦巨人被奥林波斯山巨人驱逐的大悲剧。以上关于诗和诗人作用的问答和蒙尼塔之脸的描写只是一个开场白，而开场白占了第一章的大半篇幅，从第294行起才又重新接上了色顿战败的故事。第一章止于第468行，只说到色顿和女神息亚出发去找战败的众巨人。

第二章不过写了61行，就又倏然中断。最后的几行是：

Anon rushed by the bright Hyperion;
His flaming robes streamed out beyond his heels,
And gave a roar, as if of earthly fire,
That scared away the meek ethereal Hours,
And made their dove-wings tremble. On he flared...
亮闪闪的海披里安立即冲了过来，
他的长袍如火焰在他的脚后飞腾，
他忽发一吼，声如人间大火在猛烧，
骇跑了天上柔顺的时间之神，
它们的白翅颤抖着。他闪烁而过……

仍然是好诗，有何等的气势！但是故事并未推进，还未达到《海披里安》所达到的阶段，连阿波罗也没有露过脸，而从结构讲，《海披里安》的轮廓是清楚的，发展的线索是干净利落的，而《海披里安之亡》则被罩进了一个大梦的迷雾，议论和描写多了，但史诗本身的情节未能开展。两部作品都是未完成的片断，以片断比片断，多数20世纪英美批评家是称许

《海披里安之亡》的[1]，但是笔者的结论却是：《海披里安》之未竟全功十分值得惋惜，而后来的改作虽然包含了许多动人的段落，却留下了更多的难决的问题，其中最大的一个是：英国诗发展到了19世纪，是否还需要召唤但丁的亡灵，用一场大梦来包罗一切？

七

《海披里安之亡》是济慈的最后的试验。史诗未完成，诗

1　19世纪的英国批评家大都赞扬《海披里安》，而20世纪的则相反。约翰·密特尔顿·墨莱称《海披里安之亡》为济慈诗中"最深刻最崇高的一首"（《济慈与莎士比亚》，1925年，第169页）。道格拉斯·布什认为《海披里安》虽能使我们理解它的有伦理和美学意义的主题，"诗的主要力量则来自它内含的形象、词句和韵律之美"，而《海披里安之亡》则"在一个新的高度上实现了济慈的某些中心矛盾的解决"，矛盾之一是经验多变而艺术的真理持久，为了解决这个矛盾，需要取得一种对人生的远见，它包括而又超越一切苦难，云云。见其所作《济慈与他的思想》一文，收在M. H. 艾勃兰姆斯编：《英国浪漫诗人：现代文学批评论文选》，纽约：牛津大学出版部，1960年，第333、338页。更近的批评家则对《海披里安之亡》中女神蒙尼塔的脸的描写——"憔悴……白亮如水漂过"——作了各种解释，认为那是济慈有深刻意义的一笔，展示了他的诗艺的高度成熟。参阅海伦·范特勒：《约翰·济慈的颂歌》，哈佛大学出版社，1983年，第210—226页。

剧也未在新的高度上重兴。但是在另一方面他取得了辉煌的成功，那就是在进行这场试验之前，他已经写了五个不朽的颂歌；之后他又写了《秋颂》，这更是他的顶峰之作。

这六个颂歌，按照构思的前后来排，第一个是《惰颂》。它大约是在1819年3月19日立意，5月间写完的。[1]

诗共60行。一开始，诗人平铺直叙地说：

一天早上，我看见面前有三个人像。

然而他没有看清，由于他处于懒洋洋的状态，正在昏昏欲眠。等到这三个人像第三次再现，他才看清原来都是他的熟人：

第一位是美丽姑娘，名叫爱情；
第二位是雄心，脸色苍白，

1　济慈写给弟妹的日记体长信（1819年2月14日至5月30日）中有一段话，属于3月19日部分，如下：

今天早上我感到懒洋洋的，什么也不关心……“诗歌”“雄心”“爱情”在我面前无精打采地走过，像是一个希腊花瓶上的图像，一男二女，装扮得像古希腊人，只有我才能认出他们。（《书信集》，Ⅱ，第78—79页）

这段话所写的情景同《惰颂》的第一节完全一样。

眼睛疲倦，却永在张望；
最后一位我最爱，人们越骂她
我越爱，一位不受管束的姑娘——
同我深交的诗歌之灵！

她们又消逝了。诗人想去追赶，却又感到不如安于惰逸：

甜蜜的昏沉的中午，
蜜样甜的夜晚里的懒惰时刻，
啊，但愿能有一整个时代不受打扰，
能让我永远不知道月亮的圆缺，
听不到多嘴的常理的声音！

然而人生和艺术的问题很少有能这样干脆解决的。诗的深度在于它还表现了诗人心里的矛盾。懒洋洋无所作为的消极状态是舒服的，但诗人又怎能忘记过去的辛勤努力，特别是在艺术园子里的耕耘！他越是赞美懒惰之乐，我们就越是感到他内心挣扎的剧烈；甚至当他说出了：

我决不愿让人用赞誉来喂养我，

　　使我变成一出轻薄闹剧里的玩物小羊羔！

我们也知道这既是感慨，又是气话，因为有他至今为止的全部诗作、全部遭遇证明他恰恰是关心名誉，追求爱情，更是不会忘情于诗歌的。

因此这诗最后两节里的吐诉虽然动人，我们却听得出后面有未曾道出的相反情绪，而结束处的喊叫：

消失吧，幻影们，离开我的闲适的心灵，

飞到云里去吧，永远不要回来！

也只是一时的告别，并非真正的决绝。

果然，在接着而来写于1819年4月下旬的《心灵颂》里，幻影们都回来了：诗歌、爱情、雄心，还有古代神话里的人物。“心灵”（Psyche）是女神，而且是远古时代的女神，属于奥林波斯山诸神一代。

因此，虽然诗的开始处是一种神仙间的爱情场面，即心灵女神同丘比特（爱神维纳斯之子）躺在深草里：

他们的手臂拥抱着，他们的翅膀也一样，
他们的嘴唇没有接触，但也没有彼此道别，

但诗人的用意却在接着而来的祷告：

呵，生在最后而又美压群神的幻象
来自奥林波斯山已经黯淡的众神之列！

可是这位无比重要的神灵现在却无人信奉，没有庙宇，没有供花，

没有童男女的唱诗班在午夜
　唱出甜美的哀歌，
没有声音，没有琵琶，没有风琴，没有香烟
　从金链挂着的香炉浓烈地播散；
没有祭坛，没有圣林，没有神谕，没有嘴唇

苍白的先知做着狂热的梦。

这情景引得诗人慨叹古昔神灵所代表的精神世界——“快乐的虔诚信念”——的消逝，但他看到了心灵女神的翅膀还在闪动，因此向她提出：

让我做你的唱诗班，在午夜
　唱出甜美的哀歌，
做你的声音，琵琶，风琴，你的香烟
　从摇晃的香炉里浓烈地播散；
你的祭坛，圣林，神谕，你的嘴唇苍白地
　做着狂热的梦的先知。

这一段话，离上面所引的一段相隔不过八行，字句几乎完全一样，出现在这首济慈自称用心写成的短诗里，[1]当然是

1　1819年4月30日他在写给弟妹的日记体长信中抄了此诗，前面有这样一段话：“下面这首诗是我最近所写，也是我多少花了一点工夫的——我多数的诗是一挥而就，唯有此诗写得从容，因此我觉得读起来内容也更丰富，我希望这将鼓励我能用一种更和谐、健康的精神去写其他作品。”（《书信集》，Ⅱ，第105页）

有特别意义的。重复是一种修辞手段，但修辞是受思想驱使的；济慈在这里的思想是：必须恢复基督教以前的精神世界，凡基督教所摧毁的必须重建，凡基督教得自信奉者的必须照样献给远古神灵，因此他才这样不厌其烦地一一列举，而在列举的时候又让我们看出浪漫主义诗人的本色——他所着重的更多是乐声、浓香之类诉诸感官的东西，连那位先知也不是基督教《圣经·旧约》中所写的严厉的大声疾呼的老者，而是一个“嘴唇苍白地做着狂热的梦”的多情人物。

这人其实就是诗人自己，因为他接着说：

是的，我将做你的教士，将为你建庙，
　建在我心里未经践踏的地方，
那里思绪如树枝，带着愉快的痛苦生长，
　代替了松树在风里低吟……

然而如何建庙呢？他已经说了庙将“建在我心里未经践踏的地方”，在下文他又说将以活跃的人脑作为“缀有花朵的棚架”，用“幻想”这位园丁所能想象出来的一切奇花异木来装饰这个圣殿，在那里

将有一切柔和的愉快等着你，
　一切飘忽的思想所能取得的愉快，
还有一柱明亮的火炬，一扇夜晚敞开的窗，
　让温暖的爱情可以进来！

诗完成了它的运动：以爱情的一瞥始，以爱情的期待终。诗人明知奥林波斯山的远古神灵是无法重来的，他仍然把希望寄托在爱情、美感，但是也加上了一个新的因素，即人的思想，因此他才一再提到“心里”“思绪”“活跃的人脑”“飘忽的思想”，而整个颂歌更是献给“心灵”女神的。我们在前面论述两部《海披里安》时提到过的理智成分的增加在这里又得到了明证。他从“无思之室”到“初觉之室”的进程还在继续，只不过在这里，由于他在幻想的绿林里看到了交颈而眠的心灵和丘比特，他渴望能有一个新的结合，即理智与爱的结合。

在六个颂歌之中，《惰颂》和《心灵颂》尽管有了新意，诗篇本身却还显得单薄，所用手法——如重复的罗列——也偏于浅显。但是更丰富的内容、更繁复的音乐很快就接踵而来——这速度使得1819年夏天成为真正名副其实的济慈的“神奇的时刻”——首先就是在5月初写成了《夜莺颂》。

《夜莺颂》的创作经过，济慈的朋友查理士·勃朗曾在20年后写过这样的回忆：

> 1819年春天，一只夜莺在我的屋子上筑了巢。它的歌声使济慈感到一种恬静而持久的喜悦。一天早上，他从餐桌旁边搬了一把椅子放在李树下的草地上，在那里坐了二三个小时。他回到屋子里来的时候，我看见他不声不响地把手里的几片纸塞在一些书后面。我走近去看了一下，发现有四五片纸，上面写的是那只夜莺的歌声引起的他的诗兴。他的字写得不清楚，要从这么多的纸片上整理出全诗来不容易，后来经他本人指点，我总算整理好了，结果就是他的《夜莺颂》，这是以后人人喜欢的作品。[1]

---

1 转引自约翰·巴那德编：《济慈诗歌全集》，第653页。事实上，济慈此诗的稿子只有两张纸，现存剑桥大学费兹威廉博物馆，并非四五小片。但学者们认为，勃朗的记忆大体上是准确的。

以上说的，也是一种常见的情况：一个年轻人听夜莺的歌声而有感，写下了一首诗。

然而诗却极不平常。在英国众多的抒情诗里，这是佳作中的佳作。一开始，诗笔就满蘸浓色，写出一种奇特的感觉：

我的心在痛，困盹和麻木
　刺进了感官，有如饮过毒鸩，
又像是刚刚把鸦片吞服，
　于是向着列斯忘川下沉
并不是我嫉妒你的好运，
　而是你的快乐使我太欢欣——
因为在林间嘹亮的天地里，
　你呵，轻翅的仙灵，
你躲进山毛榉的葱绿和荫影，
　放开了歌喉，歌唱着夏季。[1]

这里用了“心痛”“麻木”“毒鸩”“鸦片”等字样——有哪一

1　查良铮译文，下同。诗中提到的列斯，是西方传说中的地狱之河，鬼魂饮此河水，便忘了生前一切，故曰忘川。

个别的诗人听到夜莺唱歌而有这样的反应，不只是强烈，而像是中了魔？

接着而来的，是如饮醇酒的感觉：

唉，要是有一口酒！那冷藏
　在地下多年的清醇饮料，
一尝就令人想起绿色之邦，
　想起花神，恋歌，阳光和舞蹈！
要是有一杯南国的温暖
　充满了鲜红的灵感之泉，
　　杯沿明灭着珍珠的泡沫，
　　　给嘴唇染上紫斑；
　哦，我要一饮而悄然离开尘寰，
　　和你同去幽暗的林中隐没：

仍然有点昏沉，但是已经脱离染毒中魔的境地，至少那冷藏多年的凉酒使得头脑有点清醒，而南国的温暖则是人世的温暖，正如花神、恋歌、阳光和舞蹈是青年人的欢乐。但是一回到人间，忧患感又立刻重来：

远远地、远远隐没，让我忘掉
　你在树叶间从不知道的一切，
忘记这疲劳、热病和焦躁，
　这使人对坐而悲叹的世界；
在这里，青春苍白、消瘦、死亡，
　而“瘫痪”有几根白发在摇摆；
　　在这里，稍一思索就充满了
　　　忧伤和灰眼的绝望，
　而“美”保持不住明眸的光彩，
　　新生的爱情活不到明天就枯凋。

使人惊讶的，是诗人怎样强烈地表现了这种忧患感——词句、形象、韵律无不强烈，这是因为在这一切之后有强烈的真情实感，当中有他在盖氏医院外科病房里得到的全部印象和刺激。人生的不幸笼住了一切状况的人，从对坐而悲叹的病人、消瘦的青年、瘫痪的老人，直到绝望的男人和明天就要枯凋的姑娘。

我们也逐渐看出这首诗的格局：夜莺歌声引起他强烈的要求逃离人世的心情，而强烈的忧患感又把他拉回大地——

这两者之间的角力形成本诗最初的运动：一拖一拉，一来一往，两方都用大力，所以两种心情都写得强烈。

这运动还要继续，听夜莺歌声引起的情感激荡还要延伸，并在延伸的过程里逐渐减弱。诗人不再完全困惑了，他的诗歌意识醒来了：

去吧！去吧！我要朝你飞去，
　不用和酒神坐文豹的车驾，
我要展开诗歌底无形羽翼，
　尽管这头脑已经困顿、疲乏；
去了！呵，我已经和你同往！
　夜这般温柔，月后正登上宝座，
　　周围是侍卫她的一群星星；
　　　但这儿却不甚明亮，
　除了有一线天光，被微风带过
　　葱绿的幽暗和苔藓的曲径。

连酒的醉力都不愿利用，所寄望的仍是“诗歌底无形羽翼”，仍是艺术，而艺术毕竟是人的努力。他也无求于天神，虽然提到了月后，却不像在其他作品里那样大讲神话故事——整首诗里不见一个神话典故，只出现过一次酒神的名字（Bacchus），连月亮也不用神名，只称为“月后”（the Oueen-Moon），这在济慈是异乎寻常的。联想到前两个颂歌里还以神灵为主——《惰颂》里的三位女神，《心灵颂》里的心灵（Psyche）和丘比特——这个异常的变化只能表明济慈在这里是要重申诗歌亦即人世艺术的作用。

但是他又提到身处黑夜之中，这也是值得研究的一点。这诗明明是在一个早晨听了二三小时的夜莺歌声之后写成的，为什么诗里却要写成黑夜？当然，他听夜莺不止一次，也许某个晚上听的一次印象特深？但是黑夜也是上面提到的两种强烈情绪的角力的前进运动的必经之途：事情是复杂的，不是一下子就能看出分晓的，在出现结果之前还得经过一段混沌时期。这里的黑夜并不是漆黑一片，而是还有“一线天光”，因此诗人才能环顾左右，想要看出或至少猜出一点什么：

> 我看不出是哪种花草在脚旁，
>   什么清香的花挂在树枝上；
> 在温馨的幽暗里，我只能猜想

这个时令该把哪种芬芳
赋予这果树，林莽，和草丛，
这白枳花，和田野的玫瑰，
这绿叶堆中易谢的紫罗兰，
还有五月中旬的娇宠，
这缀满了露酒的麝香蔷薇，
它成了夏夜蚊蚋的嗡营的港湾。

这一段是许多人特别欣赏的，由于它写出了花草之美，音韵上也是异常迷人。它写的是一个想象中的好地方，但却并不是一个像弥尔顿的伊甸园那样的清风徐来的开阔乐园，而是幽暗，温馨，充满了浓重的香气——很美，但也有点浓艳——济慈的这一方面后来被先拉斐尔派和唯美派拿过去而加以发展了。

而在济慈本人，则是在花草丛中想到了死亡：

我在黑暗里倾听；呵，多少次
我几乎爱上了静谧的死亡，
我在诗里用尽了好的言词，
求他把我的一息散入空茫；

而现在，哦，死更是多么富丽：
在午夜里溘然魂离人间，
当你正倾泻着你的心怀
发出这般的狂喜！
你仍将歌唱，但我却不再听见——
你的葬歌只能唱给泥草一块。

要说英国浪漫主义诗歌的美丽动人，没有比这一诗段更好的例子了！多么温柔——诗人是用了对姑娘求爱的言词来向死神倾诉的；多么神往——死亡几乎是一种“狂喜”；又多么自悲身世——预感到夜莺所唱只是葬歌，而自己很快就将成为泥草一块。几种最易打动人的浪漫主义成分都集中在这里，而表现的方式——用词、形象、韵律——又是最本色的济慈！

然而济慈并不专注自我，而是又从己身扩展出去，又看到现实，同时历史和异域也进来了：

永生的鸟呵，你不会死去！
饥饿的世代无法将你蹂躏；
今夜，我偶然听到的歌曲

曾使古代的帝王和村夫喜悦
或许这同样的歌也曾激荡
露丝[1]忧郁的心，使她不禁落泪，
站在异邦的谷田里想着家；
就是这声音常常
在失掉了的仙域里引动窗扉：
一个美女望着大海险恶的浪花。

这一“饥饿的世代”就是现实，当时反拿破仑的战争结束不久，英国国内阶级斗争紧张，在济慈写此诗之后不过三个月，即在1819年8月，就发生了曼彻斯特军警屠杀开会群众的所谓“比铁卢”大惨案。济慈内心所听到的，则是从古以来的饥民在英国城乡行进的声音，这在迷醉于夜莺歌声的时候是一副清醒剂，尽管“蹂躏”两字又表明这一清醒是使他痛苦的。历史和异域则冲淡了痛苦，使他想到了时间长河里的芸芸众生，又使他想起身处异乡的受压迫的弱女子，最后夜莺歌声又带来了一个中世纪浪漫传奇中的场面：一个美

1　露丝，原籍莫艾伯，后随婆婆去到伯利恒，为富人波兹种田。事见《旧约》。

女被囚禁在石堡中，通过一扇小窗在日夜张望着外面，却只见波涛汹涌的大海——好个“险恶的浪花”！真是奇幻的一笔！把那期待、焦灼、害怕莫测的命运而又不惜到任何地方去漂流的心情都写出了。

这一切使得诗的内容扩大了，不再是诗人独自对夜莺倾诉死亡之思，而是出现了许多世代、许多地方、许多人物的回响，在它们组成的繁复、深沉的奏鸣中脱离和拉回大地的角力运动进一步发展了，诗篇开始处的那种中了魔的感觉终于消失了，于是诗的韵律和情调也急转直下：

呵，失掉了！这句话好比一声钟
　使我猛省到我站脚的地方！
别了！幻想，这骗人的妖童，
　不能老耍弄它盛传的伎俩。
别了！别了！你怨诉的歌声
　流过草坪，越过幽静的溪水，
　　溜上山坡；而此时，它正深深
　　　埋在附近的溪谷中：
　噫，这是个幻觉，还是梦寐？

那歌声去了：——我是睡？是醒？

我们只听到一个接一个的动作，几声“别了！”之后，夜莺的歌声在“流过草坪”，“越过”“溪水”，“溜上山坡”，直到“深深/埋在附近的溪谷中”。运动完成了，理智而不是幻想占了上风，然而最后并无斩钉截铁的断言，而是意味深长的一问：“是睡？是醒？”对于这美丽而又深刻的颂歌，不可能有更妙的结束了！

如果说写《夜莺颂》是由于自然界的乐声打开了诗人的心扉，那么《希腊古瓮颂》则是由于一件艺术品抓住了他的想象力。前者是音乐的感兴，后者是雕刻的沉思。

这件艺术品不是一般的雕刻，不是高大的青铜骑士之类，而是刻在一个石瓮上的浮雕。它既有瓮的圆形之美和大理石的洁白滑润，又有雕刻的图案之美和人物、情节的吸引力。它可以用手转动，容得诗人静静地长远地观赏。

颂歌一起，就托出了一个这样的古瓮：

你委身“寂静”的、完美的处子，

受过了“沉默”和“悠久”的抚育，
呵，田园的史家，你竟能铺叙
一个如花的故事，比诗还瑰丽：
在你的形体上，岂非缭绕着
古老的传说，以绿叶为其边缘，
讲着人，或神，敦陂或阿卡狄？[1]
呵，是怎样的人，或神！在舞乐前
多热烈的追求！少女怎样地逃躲！
怎样的风笛和鼓铙！怎样的狂喜！[2]

同《夜莺颂》比起来，我们发现在这里诗人的情绪是比较平静的。这是因为他面对的是一个希腊古瓮，而同当时另外两位青年浪漫诗人——拜伦和雪莱——一样，济慈是神往于古希腊的文明的，古希腊艺术成就更使他心醉。我们记得：他在《惰颂》里，已经写过初见一个古瓶上三个人像——“爱情”“雄心”“诗歌”——时的激动心情。现在他不提自己的

1　敦陂，古希腊西沙里的山谷，以风景优美著称。阿卡狄也是希腊的山谷，古牧歌中常歌颂为乐园。
2　查良铮译文，下同。

雄心了，爱情也只属于瓮上所雕的人物，甚至连他最爱的诗歌他也承认不及古瓮这“田园的史家”所铺叙的“如花的故事”那样的“瑰丽”。

作为这“故事”的第一个场面出现在瓮上的是一群神或人在舞乐声中如醉如狂地追逐着一些少女。这场面使诗人有点按捺不住了，他发出了一连串的问题，作为感叹，也作为铺叙，气氛热烈起来了。

但他又立刻压住了自己，语言也出现了变化：

听见的乐声虽好，但若听不见
　却更美；所以，吹吧，柔情的风笛；
不是奏给耳朵听，而是更甜，
　它给灵魂奏出无声的乐曲；
树下的美少年呵，你无法中断
　你的歌，那树木也落不了叶子；
　　鲁莽的恋人，你永远、永远吻不上，
虽然够接近了——但不必心酸；
　　她不会老，虽然你不能如愿以偿，
　你将永远爱下去，她也永远秀丽！

不再是问题，而是一句哲理性的名言，继之以对浮雕上乐器和人物的逐一嘱咐，而嘱咐实际又是铺述，使我们看清了另一个场面：一个乐师在吹风笛，一个青年在向一个姑娘求爱。这个场面里人物不像第一个场面那样多，但每个都是放大突出的。同样突出的是一个主题，即艺术的不朽。歌子永在咏唱，树叶永远不落，恋人永远处在想吻而吻不上的状态，但姑娘会永葆青春——艺术捕捉了一瞬，而一瞬就是永恒。

这一主题在下一段里得到引申：

呵，幸福的树木！你的枝叶
　不会剥落，从不曾离开春天；
幸福的吹笛人也不会停歇，
　他的歌曲永远是那么新鲜；
呵，更为幸福的、幸福的爱！
　永远热烈，正待情人宴飨，
　　永远热情地心跳，永远年轻；
幸福的是这一切超凡的情态：
　它不会使心灵餍足和悲伤，
　　没有炽热的头脑，焦渴的嘴唇。

在最后两行里，人间的烦恼又出现了，“悲伤”固难受，“餍足”也无欢，多情儿女往往只落得剩下“炽热的头脑”“焦渴的嘴唇”。虽说诗人点出：古瓮的艺术带来了一个“超凡的情态”，而它是无限幸福的（试看这“幸福”两字重复了多少次！），然而人世忧患感的重新袭来又是一种提醒，即这种艺术世界的幸福仍然是可望而不可即的，正同那“鲁莽的恋人”永远不能如愿一样。

诗人同古瓮的对话还未完结。他接着看到了瓮上雕的第三个场面：

这些人是谁呵，都去赴祭祀？
　这作牺牲的小牛，对天鸣叫，
你要牵它到哪儿，神秘的祭司？
　花环缀满着它光滑的身腰。
是从哪个傍河傍海的小镇，
　或哪个静静的堡寨的山村，
　　来了这些人，在这敬神的清早？
呵，小镇，你的街道永远恬静；
　再也不可能回来一个灵魂

告诉人你何以是这么寂寥。

这是一群人牵着牛去祭祀的节日景象。济慈对于这种古代的祭祀有什么看法？对于这条将作牺牲的牛有什么感情？还是将一切当作古代的民间风俗来观赏？可以断定的，是到了本段之末，一个新的念头出现了：寂寥，永恒的寂寥，即使喜欢这小镇景色，也不免感到那种艺术家制作的天地没有活动，没有生命，甚至没有灵魂。

因此，在艺术与现实之间，诗人仍然不能判别何者是完全或绝对优越的，两者的关系是既有对照又互相补足。到此矛盾显露，诗有了发展，从而进入了耐人寻味的最后一段：

哦，希腊的形状！唯美的观照！
　上面缀有石雕的男人和女人，
还有林木，和践踏过的青草；
　沉默的形体呵，你像是“永恒”
使人超越思想：呵，冰冷的牧歌！
　等暮年使这一世代都凋落，
　　只有你如旧；在另外的一些

忧伤中，你会抚慰后人说：
“美即是真，真即是美”，这就包括
你们所知道、和该知道的一切。

在这里，古瓮变成了“形状”“观照”[1]“形体”，部位之美，线条之美，也就是瓮的艺术性。艺术是可以“永恒”的，几乎可以使人“超越思想”[2]；但是实际上思想并未被超越，诗人向哲理化的进程并未停顿，因此他又叹了一声：“冰冷的牧歌！”这是上一段“寂寥”的回响。人间世种种尽管充满忧伤，却又是不能逃避的命运——“等暮年使这一世代都凋落，只有你如旧”，这是何等深长的感喟！然而艺术却又有抚慰的力量，对于脱不了苦难的后来世代的人是一个朋友，能够传达一个信息，那就是：

“美即是真，真即是美”，这就包括

1　观照，原文是attitude，现在词典解释为“态度”，着重心理状态，但那是19世纪下半叶以后才有的意义，济慈用此字的意思是雕像的身体姿势。

2　原文字面的意思是：要逗引我们脱离思想。

你们所知道、和该知道的一切。

对于这最后两行，历来有许多不同解释。首先一个问题是，“这就包括……”一语是谁对谁说的，是诗人自己对读者说的，还是瓮对什么人说的？这一点，现在多数学者的意见已经一致，即它是前面名言的继续，是瓮对后世的众人说的。[1]更关键的问题是：“美”和“真”在此何解？为什么济慈在它们之间画上了等号？由此又引到一个问题：这句名言有无道理？对不对？作为本诗的结束是好还是坏？颇有几个名

1 关于这句话是谁对谁说的，大致有下列解释：
（1）古瓮对众人说的；
（2）诗人对古瓮说的；
（3）诗人对瓮上所雕人物说的；
（4）诗人对读者说的。
经过长期争论，现在多数学者的看法是：（1）最为可能；（2）诗人不可能突然对瓮如此反唇相讥，而且“你们”不适用于瓮；（3）诗人一直站在瓮上人物一边，分享他们的感情，也不会这样说，更不会说他们只该知道这么多；（4）有可能，但为什么一直不提读者而最后要来教训读者几句，不似济慈为人。（1）之可能最大，还因为济慈的标点用法特殊，如有的当时抄稿、印本上这两行无引号，而用破折号“——”隔开。考虑了这一切因素，多数学者认为这两行都是瓮对众人（包括读者）说的，只是为了标明开始处是一句格言，所以另用引号隔开。最近的版本如企鹅出版社1977年出的《济慈诗歌全集》（编者约翰·巴那德）就将这最后两行都放在引号之内（见该书第346页）。

人是持反面看法的，如瑞恰慈（I. A. Richards）认为它是一个“伪说”（pseudo-statement）[1]，艾略特认为它在“语法上没有意义”，因而是“一首美丽的诗上的严重的瑕疵”[2]。

我们怎样看待这个问题？首先，这句格言有它的上文，其意义应从本诗整体来看，其应用范围也不出本诗；它不是在宣告一个永恒的、处处适用的真理。其次，所谓美是具体的美，亦即形体、线条的美，在这多灾多难、变幻无常的人世里，只有像古瓮所具有的美才是真实的，可靠的；所谓真就是实际经验，强烈的经验靠艺术捕捉下来，就变成了永恒的美——这正是济慈的中心信念。

在本诗的范围里，也就是在济慈的经验里，美与真是一致的。这就是为什么济慈要借古瓮的口，郑重地——一反寻常地郑重，几乎像在说教——声明：你们所知如此，也就到此为止，不必去追求最后的、终极的意义了。然而这首颂歌写得太好了，被它打动了的读者却要把这一有限制的概括扩大成为无限制的真理。也许读者是有权这样做的，而济慈的卓越的艺术也使这颂歌本身就证明了那条真理。

1　瑞恰慈：《实践批评》，1929年，第186页。

2　艾略特：《论文选》，1932年，第230—231页。

对于《忧郁颂》，人们的赞美和议论都少些，但也仍然是济慈的优秀作品。

它的结构清楚，一共三段（最初头上另有一段，在正式的印本上删去了），变化也明显，简单说就是一个反、正、合的格局。

所谓反，就是提出告诫，不要做某些事。这是第一段的内容[1]：

不，不要去到忘川吧，不要
　拧出附子草的毒汁当酒饮，
无须让普洛斯嫔[2]的红葡萄——
　龙葵，和你苍白的额角亲吻；
别用水松果壳当你的念珠，
　也别让甲虫或者飞蛾充作

1　查良铮译文，下同。第三段略有改。
2　普洛斯嫔，地狱之后，她的红葡萄由于长在地狱，也是有毒的。

哀怜你的赛姬[1]吧，更别让夜枭
作伴，把隐秘的悲哀诉给它听；
因为阴影不宜于找阴影结合，
那会使心痛得昏沉，不再清醒。

这一段文字特点是：神话人物重来（这一点与上面刚说的二颂不同），气氛有点浓重，有点像《夜莺颂》的开头，而所说的事物大都是可怕的——各种有毒的植物和爬虫，几乎像17世纪英国诗剧作家如韦伯斯特所写。济慈的用意大概是：提出这些死亡和哀愁的象征使人们知所避免，同时用这里浓厚的恐怖空气来衬托第二段里的不同情调，在那里出现了极美的抒情诗：

当忧郁的情绪突然袭来
像是啜泣的阴云，降自天空，
像是阵雨使小花昂起头来，
把青山遮在四月的白雾中，

1　赛姬，即心灵女神。她有时化作飞蛾。

你呵，该让你的悲哀滋养于
　早晨的玫瑰，锦簇团团的牡丹，
　　或者是海波上的一道彩虹；
或者，如若你的恋女生了气，
　拉住她的柔手吧，让她去胡言，
　　深深地啜饮她那美妙的眼睛。

这就是正。虽有忧郁、啜泣、悲哀，却都可以排遣，而且可以用美丽的景物来排遣。最后归结到一点：忧郁是一“恋女”，她的温柔和美丽足以抚慰人所受的创伤。

一反一正之后，来了合，这就是第三即最后一段的主旨：

和她同住的有“美”——生而必死；
　还有“喜悦”，永远在手吻自己嘴唇
同人告别；还有“欢笑”是邻居，
　呵，痛人的“欢笑”，只要蜜蜂来饮，
它就变成毒汁。隐蔽的“忧郁”
　原在“快乐”的殿堂中设有神坛，
　　虽然，只有以健全而知味的口

咀嚼“喜悦”之酸果的人才能看见；
他的心灵一旦碰到她的威力，
会立即被俘获，悬挂在云头。

“合”的里面既有“反”中的“毒汁”，又有“正”中的美丽女郎，但是多了两个新的因素：一个是生命的短促感，“美”难长存，而“喜悦”也总在告别；这是济慈等青年浪漫诗人表达得最充分也最有感染力的情绪。另一个是悲与乐是互通的，所以出现了“痛人的‘欢笑’”，“‘喜悦’之酸果”，而碰到蜜蜂来啜，“‘欢笑’……就变成毒汁”。能这样看清感情的复杂性，表示济慈人生经验更丰富了，诗里的理智的成分也更多了。

现在我们到达峰顶的峰顶——《秋颂》。

我们先把全诗抄下来[1]：

1　查良铮译文。译者自注：“本诗有些词句，参照了朱湘《番石榴集》的译文。”

雾气洋溢、果实圆熟的秋，
　你和成熟的太阳成为友伴；
你们密谋用累累的珠球
　缀满茅屋檐下的葡萄藤蔓；
使屋前的老树背负着苹果，
　让熟味透进果实的心中，
　　使葫芦胀大，鼓起了榛子壳，
　好塞进甜核；又为了蜜蜂
一次一次开放过迟的花朵，
使它们以为日子将永远暖和，
　　因为夏季早填满它们的粘巢。

谁不经常看见你伴着谷仓？
　在田野里也可以把你找到，
你有时随意坐在打麦场上，
　让发丝随着簸谷的风轻飘；
有时候，为罂粟花香所沉迷，
　你倒卧在收割一半的田垄，
　　让镰刀歇在下一畦的花旁；

或者，像拾穗人越过小溪，
　你昂首背着谷袋，投下倒影，
　　或者就在榨果架上坐几点钟，
　　　你耐心瞧着徐徐滴下的酒浆。

呵，春日的歌哪里去了？但不要
　想这些吧，你也有你的音乐——
当波状的云把将逝的一天映照，
　以胭红抹上残梗散碎的田野，
这时呵，河柳下的一群小飞虫
　就同奏哀音，它们忽而飞高，
　　忽而下落，随着微风的起灭；
篱下的蟋蟀在歌唱；在园中
　红胸的知更鸟就群起呼哨；
　而群羊在山圈里高声咩叫，
　　丛飞的燕子在天空呢喃不歇。

从诗段的结构说，人们首先会发现：过去几个颂歌是十行一段，这里变成了十一行。这十一行中，有连锁的脚韵，但到了最后三行，先出现互韵的两行，而以另一韵作结。过去济慈曾在谈英国式（莎士比亚型）十四行诗的时候，说过最后互韵的两行“总是不易讨好”。现在这一安排使得这诗段的末尾既有双韵体的整齐典雅，又因有最后一行的不同脚韵而避免了呆板，反而能应和前韵并且留下余音。这是济慈的诗艺的又一发展——一直到他诗歌生涯的最后日子还在发展。

这新诗段的叠音重奏，正好可以拿来写秋天的丰足。《秋颂》写于1819年9月19日左右。9月21日济慈在给雷诺兹的信里说：

> 这季节太美了——空气多好！有一种适度的冷劲。真的是，不开玩笑，贞净的天气——戴安娜[1]般的天空。我从未像现在这样喜欢残梗散碎的田野——真的，它比春天的那种冷冷的绿色好多了。不知怎的，残梗的田野给人以温暖感，就像有些绘画给人以温暖感一样。这一点在星期天早晨我散步

1　戴安娜，贞操之神。

时给了我强烈印象，于是我写了一首诗。[1]

所谓贞净的天气和戴安娜般的天空，就是没有男女间爱情的境界。济慈这位多情种子暂时忘掉了以范妮·勃朗为代表的众多美人，走在残梗散碎的金色田野里，得到了温暖和灵感。这个颂歌在济慈作品里是不同一般的，没有美女，没有爱情，没有哀愁的倾诉，也没有任何神话人物，只有秋天景物的描写——一切具体，实在，诗人控制住了所有细节，也控制住了自己，不让不相干的闲话、感慨进入诗篇。这也是一种纯洁，一种贞净。

但是在诗的内部，却有运动，有温暖的感情。

运动见于诗的情景的转移。第一段写秋景——但不是高天云树之类，而是农家丰收在即的秋景，以各种果子为描写对象。第二段进了一步，展露出收割刚完的情景，重点在写人，人在开仓、打麦、捡穗、运粮，在田垄边美美地打盹，在榨果机上看葡萄变成酒浆。这二段几乎全是写实，到了第三段才又来了抒情，美丽动人的抒情，但早晨的“雾气洋溢”

1　《书信集》，Ⅱ，第167页。

变成了这里的落日映照——这也是一种运动——而重点变成了秋声：小飞虫同奏的哀音，蟋蟀的歌唱，知更鸟的呼哨，羊的咩叫，燕子的呢喃，仍然是实在的虫鸟动物，但各有各的动听歌声，合起来成为秋天的交响乐。

温暖见于对于自然和人世的深情的观察。济慈的写实不是纯客观的，不是照相式的，而是充满了感情，他用的形容词和形象就是温暖的："果实圆熟的秋""成熟的太阳""甜核""永远暖和""为罂粟花香所沉迷"，等等。这当中还有幽默。济慈本是一个富于幽默感的人，虽然在诗里不常表露，但在这里，特别在第二段里，庄稼人在秋收之后的各种有趣姿态都写出来了。那一句"随意坐在打麦场上，/让发丝随着簸谷的风轻飘"，既写实，又使读者的心也随着"轻飘"，就是英国诗里以前少见的传神之笔!

这运动，这温暖，就使这颂歌特别耐读。一读再读，我们就发现：这首诗里细节之多，超过济慈前作，具体事物一个接着一个，异常紧凑，但又没有一点账单式的呆滞，因为充满了动作，洋溢着生气，在音韵上也是曲尽变化之妙。请看第一段的最后四行：

To set budding more,
And still more, later flowers for the bees,
Until they think warm days will never cease,
For summer has o'er-brimm'd their clammy cells.

这里的m一音的运用就把秋天的温暖、丰足和昏昏欲眠的情调传达过来了。

有早晨和中午的丰收的喜悦和迷醉，才显出傍晚的闲适心情，同时空间也扩大了，从累累果实的葡萄架下到了夕照的胭红所涂抹的田野、河流、河边的树、树后面高高的云天。人的精神也经历了一种清醒，一种解放。收割是人的最原始的行动之一，而收割的所得——特别是精神上的丰足——则是人的文化能有的最高成就。无怪乎《秋颂》是人人喜爱的诗篇，连轻易不作溢美之词的学者们也称它为"完美之作"。[1]

我们也更感到济慈在本诗最后一段开始处那一问的深意：

1 例如哈佛大学的W. J. 培特就说："由于《秋颂》是这样独一无二的精华，而且在许多不同层次上都是精华，所以每一代人都发现它是英文中最接近完美的作品之一。"（《济慈传》，第581页）

呵，春日的歌哪里去了？但不要
想这些吧，你也有你的音乐——

这“你”是秋天，但也是诗人自己——他已经谱出了超过任何春日的歌的圆熟而又新鲜的音乐。

八

可是济慈的诗歌生涯已到尽头，连同他生命本身也即将熄灭。以后的事是人们熟悉的：1820年9月，他遵医生之嘱，在画家塞汶的陪伴下，乘轮船去意大利，11月抵达罗马，1821年1月病势加剧，2月23日终于死去。

济慈对塞汶说过，他死后墓石上只需写下这样几字：

此地躺着一个人，他的名字是用水写的。

在肺结核的折磨下，他在不眠的夜里听着窗外喷泉的淙淙声，想起了17世纪费莱彻的诗剧《菲拉斯特》中的一句话：“所有你的好的行为/都将用水写下”。现在他把“用水写下”几字借来总结了自己的一生。

如果说“用水写下”是意味着“白白过去了”或“虚度一生”，那么这是最不符合实际的评语了。

事实是：他的名字不是用水而是用金汁写下的。

对于他留下了多少重要作品，它们又是怎样出色，我们已经在前面谈过了，无须在此重复。现在我们把济慈放在英国诗史的全局之内来看，有几点是清楚的：

1. 他的许多诗篇属于英国诗史上最辉煌的成品之列。

2. 他的发展异常迅速，无论在诗艺还是思想上都经历了许多变化，而且每个变化都是为了要刷新或加深人的敏感，而增进敏感最后又是为了出现一个更好的世界。一个诗人不可能不徘徊，不后退，但济慈似乎比任何别的浪漫诗人都更加严格要求自己，这就使得他的后退（如写《恩狄米昂》）也成为更好前进的激励。

3. 他的书信里蕴藏着对人生和文学的丰富见解，其中关于诗艺的见解属于英国最富于启发性的文论之列。

4. 他在1819年1至9月的创作收获将永远成为英国诗史上的“神奇岁月”。在这九个月里，他写下了几乎全部最优秀的作品，包括六大颂歌。这些作品表现出两大特点，即哲理化的加深和隐含的矛盾、冲突形成了戏剧性的运动。

5. 他在英国浪漫主义诗歌史上是一个承先启后的关键人物。华兹华斯和柯尔律治是浪漫主义的创始者，拜伦使浪漫主义的影响遍及全世界，雪莱透过浪漫主义前瞻大同世界，但他们在吸收前人精华和影响后人诗艺上，作用都不及济慈。济慈吸收了从斯宾塞到莎士比亚到弥尔顿的几乎一切好的影响，但又能顺应自己诗艺的发展，不断变法；就后人而论，从丁尼生、先拉斐尔派、斯温伯恩直到现代美国的华勒司·斯蒂文斯都蒙受他的重大影响，在我们中国也有徐志摩、闻一多等人是他的崇拜者。

6. 他一方面是浪漫主义众多特点的体现者，有明显的19世纪色彩；另一方面，由于他所面对的环境（工业化在侵蚀英国田园，处处有啼痕）和他所要解决的思想和创作问题（经验的复杂与内含的矛盾，诗人的处境，诗艺的多面性，语言的限制力与可能性，等等）都是属于现代世界的，他又是我们的同时代人。

第十一章　司各特；其他诗人

一

上面叙述的是这个时期的主要发展，从中看得出英国浪漫主义诗歌的主流。

主流之外，还有别的诗人，而且人数不少，其中有一些在当时颇有声誉，曾经使得我们的几位主要浪漫诗人也表钦佩。

例如彭斯的周围就有一群苏格兰诗人，其中一位拉布雷克（J. Lapraik）曾使他发誓“哪怕当掉犁头和鞍子，哪怕去外乡流浪死，尸骨不收野鸟食，我也愿出钱买杯酒，只要能听你谈诗”。能够激起彭斯如此热情的诗人绝非凡辈，特别是彭斯提到的那首吟咏“夫妻夜谈在小楼”的情诗是我们渴望一读的。

又如济慈曾写诗向克拉克（Charles Cowden Clarke）和麦修（George Felton Matthew）讨教。这两位也都是诗人，虽然现在已少人知。

济慈一度师事的李·亨特，是一位当时更有名的诗人，他在诗史上也起过作用，我们已在前面谈过。

在华兹华斯、柯尔律治等人已经光耀诗坛之时，拜伦称赞的是另外一些诗人：

至于你们想在世上独揽的声誉，
那可是个竞赛场：凡是能感到
　心灵之火的都能占有一席之地：
司各特、罗杰斯、甘培、穆尔、克莱布
将把这一争论交与后代去定夺。

（《唐璜》，献辞，七）

我们且来“定夺”一下。所谓“你们”，拜伦是指华兹华斯、柯尔律治和骚塞。骚塞曾被王室封为“桂冠诗人”，在当时是一位大人物。今天，人们也许还读他的散文作品《纳尔逊传》，但是他的大量诗作却只有《审判的幻象》还为人知——而原因只是因为它曾惹得拜伦写了同名而异趣的真正杰作。一位20世纪的英国文学史家这样说："骚塞的大量诗作，无须讨论，因为它们今天无人读，永远不会有人读，也不值得读。"[1]英国老一代学者说得如此斩钉截铁，是很少见的，这也说明骚塞的文学声誉处于何等低潮。

至于拜伦所推崇的几位，后代也自有看法。这当中有重要诗人，司各特和克莱布暂且不论，穆尔（Thomas Moore，1779—1852）也至今拥有读者，他的《爱尔兰乐曲》优美动听，他的长诗《拉拉·路克》(1817）则属于"东方浪漫故事"类型，曾在欧洲大陆流行。拜伦引他为同调和好友，把处理身后遗稿的事交给了他，他也写了一部出色的《拜伦传》(1830)。现在人们读的主要是他的爱情小唱，它们在意境上追踪17世纪的"骑士诗人"，在音乐性上则只有伊丽莎白朝的抒情诗可比，其中如《夏天最后的玫瑰》至今吟唱不绝。毫无疑问，他的这些作品增加了英国浪漫主义的光彩。

罗杰斯（Samuel Rogers，1763—1855）是著名长诗《意大利》(1822—1828）的作者，虽然今天几乎无人提起。甘

1　乔治·桑浦生：《简明剑桥英国文学史》，1941年，第586页。

培（Thomas Campbell，1777—1844）在当时以文字魅力著称，现在还有一些作品——如写得颇有气势的《英格兰的水手们》和《波罗的海之战》——存在于某些选本里。他编的七卷选本《英国诗人选段》（1819）继兰姆的《莎士比亚时期戏剧诗人选段》（1808）之后，唤起了19世纪读者对17世纪诗剧的兴趣。

除了这些诗人之外，当时还有一位有影响的诗歌译者，即亨利·弗兰西斯·凯莱（Henry Francis Cary，1772—1844）。他用素体无韵诗体译的但丁《神曲》于1805—1814年间出版，济慈就是通过它而了解但丁的。

可见这一时期有多方面的诗歌活动，写诗出名的人也不少。仅仅因为主流中的七位大诗人成就太显著，才给人以“余子不足道”的片面印象。这确实是一个巨人的时代，但巨人们是有后盾和支援的，他们同他们的友军一起，才能把浪漫主义推向前去，成为壮阔的诗歌潮流。

二

华兹华斯写《毁了的村屋》和《迈可》等农村题材的诗

是在1800年左右。在此之前20年，已经有人这样地描绘农村景象：

　文雅的人哪，田园之梦使你心安，
平静小溪、流畅的十四行诗使你悠然。
去吧！你既然歌颂茅屋农舍的安宁，
去吧！进去看看那里是否浪静风平。
看看他是否安宁——那位衰颓的老人，
再看看他们，围坐残弱火边的子孙；
或看看她，苍白的主妇伸出颤抖的手来，
在肮脏的炉火上翻动即将熄灭的燃柴。
　只依靠时间，还不能给他们送到手里
新近的生活享受、应得的尊重和安逸。
例如，你看那边那位须发皓白了的农民，
若非自己的过失，暮年本可不必伤心；
他拄着粗陋的拐杖，抬头仰望那枯树，
见那当年折断的秃枝，依然历历在目；
那时他年幼，在这树上一直向上爬攀，
当年的儿童乐事，却形成现在的疾残。

曾经一度，农村百业他行行都居首，
坚强的手臂，能够耕出最直的犁沟；
他曾多次荣获首奖，回想当时状貌，
年轻体壮、技艺超群，至今依然自豪。
一时瞬间欢喜，两眼闪耀，发出光芒，
他倾听、微笑，然后再度沉思、忧伤；
因为他现在正痛苦地走向自己的坟墓，
富人鄙视他，不，穷人对他蔑视不顾；
现在，指挥奴隶的主人常常换上新人，
督促他衰弱的双手，不断地拼死耕耘；
无奈年老体弱，想要干好而力不从心，
就无情无义、悍然骂他是懒惰的穷人。
在隆冬季节，放牧羊群是他的活计，
你可以经常见到，他在小山脚下哭泣；
经常听到他在迎面的风中喃喃自语，
寒风吹过，他一头白发被雪花埋起，
早晨，愤怒催他起床，一边咕噜自话，
扯来冰冻的荆棘，修补那破烂的篱笆：
“我愿意从生活、从没完没了的劳累

马上解脱，为什么还要活着受罪？
倒不如春天嫩叶，刚发芽就被风吹走，
避免了慢慢枯萎，长期苦恼烦愁。
我如今却像枯萎的树叶，仍留在树上，
冰霜中冻彻骨髓，寒风中战栗、摇荡；
我像枯叶一样，同辈农民都已离开，
我却仍赖着不走，要等新芽茁长出来；
然后，受到新生一代的推挤、顶冲，
我像枯叶一样，在无人注意时落入土中。
　“我看到的这些丰腴田土和无数羊群，
都是别人的财富，但却要我照管劳神；
我年轻时的儿童都成了我现在的主人，
他们神情冷淡，但是说起话来粗暴凶狠；
只有他们的需要才引起他们的关心，
谁会在自己需要的时候还去援助别人？
我是孤独、可怜的人，在痛苦中走开，
没人要我帮助，也没人帮我解除悲哀；
那么，就让我的骨头埋进这一块草地，
让人们把他们不肯帮助的可怜人忘记。”

老人们就这样呻吟着，直到疾病绵缠，

受过最后的痛苦之后，才撒手长眠。

（《村庄》，第172—227行[1]）

这位作者就是上引拜伦诗里提到的克莱布（George Crabbe，1754—1832）。他是一个穷教士，在当时名人埃德蒙·伯克和约翰逊博士的鼓励下写了一些诗，《村庄》是他的第二个集子，出版于1783年。

他采用的诗体是当时流行的英雄双韵体，在这点上他局限于18世纪的旧诗风，不如用素体无韵诗的华兹华斯那样洒脱。但是他的农村描写却又不同于当时的同类题材的作品，例如略早出版的哥尔德斯密斯的《荒村》（1770）。后者虽也叹息商业毁灭了农村，但是把过去的农民生活写得过于快乐安宁了；克莱布的《村庄》则是对它的抗议，因此一上来就说：

去吧！你既然歌颂茅屋农舍的安宁，

1　吕千飞译文。

去吧！进去看看那里是否浪静风平。

而看到的是一个有残疾的老人，由于贫穷而长年劳动，不断更换的主人“督促他衰弱的双手，不断地拼死耕耘”，就到天冷地冻也不得休息：

在隆冬季节，放牧羊群是他的活计，
你可以经常见到，他在小山脚下哭泣；

这就使我们想起了华兹华斯写的羊倌迈可。迈可也有他的伤心事，但他的身体没有受过同样的摧残，他的环境也没有这样的恶劣。恶劣的现实生活的描写，正是克莱布的用力所在，也是他在英国诗史上地位的保证，因为这使他越出18世纪同类诗的格局，驱除幻觉而走向真实。同时，这也使我们知道写农村人民生活——甚至强调那里穷人的不幸和痛苦——并非突如其来，也不是华兹华斯的独创，而是早有渊源，逐渐深化。华兹华斯的自然观使得景物和生活描写有了哲学的灵魂，但是当这一哲学变成新的幻觉的时候，人们回头一瞧，又发现克莱布的深沉有力是更加可信的了。

三

另一位重要作家是兰陀（Walter Savage Landor，1775—1864），他也是用一种表面上似乎相反的方式代表了英国浪漫主义的一个特点。

表面上，他是古典主义者，同浪漫主义的奔放相反，他写诗讲究含蓄、整洁，字字精雕细刻，在意境上追求宁静、隽永，总的效果如希腊警句诗，可以下面几首为例：

为什么

为什么欢乐总不停留，
而让忧愁占据心头？
我答不了。自然传下了话：
听话！人也就听了话。
我眼见了，却不懂为什么，
那玫瑰刺存而花落。

谈死亡

死亡高站我的身后，低下脸
　对我的耳朵念念有词，
它那奇特的语言我只懂一点：
　其中无一个怕字。

七五生辰有感

不与人争，也无人值得我争，
　爱的是自然，其次是艺术。
生命之火前我把双手烤烘，
　火焰低落了，我准备离去。

甚至他的卷帙繁富，写了多年的散文作品《幻想的会话》（1824—1829）也表现出他对希腊、罗马的古典文明的追求，特别是对当时风流人物的向往。

但这是一个浪漫主义者心目中的古典世界，在表面的宁静之下有着想象力的驰骋，还伴随着感情的狂飙。“不与人争”，像是豁脱大度之至，事实上则兰陀一生陷入过多次激烈争吵；“也无人值得我争”，这骄傲口气倒道出了他的真性情。

在向往古典文明这一点上，这位活到90岁的老作家是同几位青年早死的浪漫英才一致的。第二代浪漫主义诗人的一个特点是：爱好古希腊文明。拜伦、雪莱、济慈都在这样的心情下写出了他们一部分最好的作品：《哀希腊》《希腊》《希腊古瓮颂》就是典型的例子。

在另一点上，兰陀也同他们一致，即他是一个坚决的民主派，而且始终如一，到老都是反对暴政、争取民权的。

兰陀写诗时间长，作品多，不只是几首警句诗所能代表。在华兹华斯、柯尔律治两人的《抒情歌谣集》问世的同年（1789），兰陀也发表了他的长篇史诗《葛勃》（Gebir），其中写了伊比利亚王子葛勃率军进攻埃及，同埃及女皇恰罗巴相爱而中计丧身的情节，还掺杂着海中仙女的神话故事。可见在他的脑海里，早就燃起了历史想象力的火焰。

兰陀也好，几位青年浪漫天才也好，他们心目中的古希腊未必全然符合历史的真实，而主要是历史想象力的产物——各人想象的也不同，促使他们想象的原因、动机也不一致。但是他们都用最大的热情向往一个以希腊为名的黄金时代，则是英国浪漫主义诗歌的特点之一。

四

英国浪漫主义的另一特点，可以通过它对于神秘主义的态度看得出来，这当中既有神往、迷恋，又有戒惧、恐怖，往往二者是掺杂在一起的。

布莱克、柯尔律治、拜伦、雪莱、济慈都有这方面的诗。布莱克有他独特的神话系统。其余的人，大致说来，有几种意境：

一种是异域情调，特别是近东各国的情调，拜伦所作属此；柯尔律治则写中国的迷宫和海洋上的鬼火，神秘气味又浓了一重。

一种是欧洲中世纪的哥特式的意境，牵涉到对宗教和封建制度的情感和看法。这种“中古主义”，未必有历史根据，但长远存在于民间传说、谣曲或某些书本中，浪漫诗人拿了过来，加上文才和想象，也产生过十分美丽的诗篇，如济慈的《无情的妖女》和《圣亚尼节前夕》。

还有一种就是对死亡的凝思。没有哪一国哪一代的诗人能够不想到死亡，只是有的想得更深刻，表达得也更尖锐。

18世纪后半叶的墓地哀思有感染力，却不对读者的灵魂造成大的震撼；19世纪初年出现了这样一类的诗句：

反正我坟头的青草将悠久地
对夜风叹息，而我的歌早已沉寂。

（拜伦：《唐璜》，第4章，第99节）

你仍将歌唱，但我却不再听见——
你的葬歌只能唱给泥草一块。

（济慈：《夜莺颂》）

感染力加深了，因为不再泛谈众人的死亡，而紧密联系青年诗人自己的命运了，而表达方式则是典型的浪漫主义式的。还出现了另一类诗句，其中有新的对照，新的透视，新的痛苦的呼喊：

这一点皮肉之痛，最痛也超不过
四肢还有生命的那会儿，为了它
就使几百年的灿烂光华化为尘土？

上帝呀！真要我这样突然死去么？
这样年轻就掉进黑沉沉的，
寒冷、发臭、充满了蛆虫的地下么？

这两例都来自雪莱的诗剧《钦契一家》。它是浪漫主义诗人写的许多诗剧中比较成功的一个，其特点是接受了17世纪诗剧特别是韦伯斯特所作的影响。

17世纪诗剧的重新引起注意是浪漫主义时期的文学大事之一。这是经过许多人在几个方面的努力才出现的局面，两位大批评家——哈兹里特以他的评论与演讲，兰姆以他的选本和阐释——都作出了重大贡献。前面提到的甘培的多卷选本也起了作用。

但是影响不仅见于诗剧，也见于诗本身。常常有美和死的猝然相遇。

说什么悲哀，年轻的陌生人！当心
冰冷的蜗牛会把污泥涂上玫瑰花。
（济慈：《恩狄米昂》，第4章，第132—133行）

还有草木在腐烂，引起了奇怪的联想：

曼德拉木、毒蕈、酸模和毒麦，
像复生的死者爬向停尸场外。

（雪莱：《敏感木》）

甚至毒素进入了肉体的爱：

难道是我来求你贴紧我的胸口，
取得温暖，而你对我的报答
却是拿毒汁喷我一身？

（雪莱：《朱理安与马达罗》，第398—400行）

但愿你从未见过我，听过我的声音，
更愿你从未忍受过我的拥抱，
让那可憎的接触深深污染了你！

（同上，第420—422行）

这样的意境，这样的表达方式，已经接近后来的现代派了！

值得注意的是，当时还有别的诗人，也写病疫和死亡。

其一是克莱（John Clare，1793—1864）。他是一个无钱上学的农民之子，父亲是贫农，母亲不识字，他自己从小在田里劳动，像彭斯一样爱在劳动之余写诗，后来靠别人的帮助在伦敦出版了一本诗集，题为《农村生活写照》（1820），引起了一阵注意，但不久就被人遗忘了，慢慢神经失常，终于死于疯人院中。

身世如此悲惨的人当然是唱不出喜歌的。但我们也没有料到他会写出这样的诗：

热闹的地方我不去，受不了嘈杂，
我逃向无声的寂寞而感到甜美，
绿森森的黑暗里有花在开放又凋落，
但是牧羊人和爱花的姑娘们看不见，
连蜜蜂也只见了一下就飞走，
在那里让我活埋了自己，在无声中腐烂。

（《歌》）

这最后一行应该说是英语诗里最可怕的诗行之一。

然而他却又常常看见神景，向往不朽，这时候他的诗在文字上又纯净如布莱克，而难解则过之：

说吧，姑娘，可否引导你的生命
去把生者和死者联结起来
就请你同我一起上路
我们结缡了同一的不朽

（《邀往不朽》）

他也能写出魔术般奇幻的佳句：

我抓住太阳的永恒的光，
写呀写，直到大地只剩下一个空名。

（《一个神景》）

同喜爱坟墓的死寂的克莱相比，另一个凝思死亡的诗人贝陀斯（Thomas Lovell Beddoes，1803—1849）似乎要豪放一些。他在大学里学过医，在欧洲大陆游荡过，写过长诗和诗剧，几次自杀，最后用毒药结束了自己的生命。他的最有名的作品叫

《死亡的谑语，又名傻瓜的悲剧》，但写了20年仍未完成。

出现在他的诗里的，是另一种情景：

喂！夏娃，我的爱吃腐尸的白发老婆！
　咱们饱餐了国王的骨髓，
又去哪儿喝酒作乐？
克莉奥佩特拉[1]的头颅做了我们的家，
　它被砸过，砍过，
　裂了缝，开了口，
但还有蓝眼睛的泪水汪汪。
喝酒吧，我的开罗的乌鸦！
　那是风声么？呵，不，
　是两个魔鬼在猛吹
　一具杀人犯的尸骨，来回地吹，
　在那阴魂的月光下。

（《歌》）

1　埃及女皇。

他的头脑里就是充满了尸骨和骼颅的景象，而韵律的突兀和粗粝又使人感到他是带着狞笑下笔的。

如果说贝陀斯和克莱都是畸零人，那么当时另有一位乔治·达利（George Darley，1795—1846）却是过得比较正常的生活，而且学的是数学，但也用17世纪韦伯斯特、顿纳等人的方式写诗剧，写诗。他也仍然常被死亡之思吸引，但是境界不似前两人那样阴冷、凄厉，而是充满了奇异的色彩：

呵，有福的香火之树！你走出了传奇，
在阿拉伯胜地烧得辉煌！
喷香的红云高耸如圣杯，
大地再现生机，蓬勃如天堂！

她藏身在红火奔腾的叶丛，
明亮的树里安了巢，
照过一百个太阳的凤凰呵！到头来
她还得崩溃而烧焦。

她那豪华的临终之床！那丰厚的火葬木堆！
烧起来气味何等芬芳！
她的骨灰瓮，放在贪婪的人看不见的高处，
在那里她重生，靠自力再一度灿烂！

（《凤凰》）

这里仍然有骨灰瓮，但却成了重生之地，而诗里恣意泼洒色彩，明亮得宛如梵·高的画幅，这境界就大为开朗了。

其差别，在于达利有克莱和贝陀斯所缺乏的历史想象力。因为有历史想象力，达利还能发出这样的感慨：

红颜何物？不过如飘扬的大旗，
把热血青年引向战场的血污。
海伦的白胸即使再酥软，
又能对希腊和伊伦[1]有什么好处？

明眸闪处生灾难，

1　伊伦，即特洛伊。海伦被特洛伊王子引诱出走，引起希腊与特洛伊的十年战争。

昔日的香，今天的毒，

骨灰瓮操在玉手里，

男人的痴心都磨成了粉末。

（《美貌非我所求》）

这用词，这气氛，可以同17世纪的“骑士派”的爱情诗乱真。事实上，一位也是诗人的选家帕尔格雷夫（Palgrave）确曾把这首诗当作一位17世纪“无名氏”的作品收进他的著名选本《金库》（*The Golden Treasury*）里。

因此达利被后来的评论家看成为这一时期的“伊丽莎白朝文风复兴”的中坚人物之一。韦伯斯特、顿纳等诗剧作家的受到喜爱和模仿是这一“复兴”的一个方面。这一事实，对于我们了解英国浪漫主义是重要的，可以使我们看清它的内容是丰富的，伸向传统的根子也是深长的，后来现代派所提倡的某些事情——艾略特的成名作之一就是他推崇17世纪诗剧作家特别是韦伯斯特、顿纳等人的一系列论文——是在浪漫主义时期就开始了的。

五

促成英国浪漫主义的丰富并且扩大其影响于欧洲的，还有一位大作家，他就是司各特（Sir Walter Scott，1771—1832）。

我们曾经提到，他是由于拜伦的崛起而放弃诗作，改而写起历史小说来的。这一改变使他成了近代历史小说的鼻祖，创立了一整个新的文学品种。

但是在此之前，他已在诗歌领域内作出了巨大成绩。

首先，他在振兴民谣传统方面，取得了别人难比的成功。他在幼年时期见过彭斯，后来虽然学习法律并成了律师，但仍像彭斯一样到处搜集民间传说和歌谣，后来还翻译过德国的民谣和民谣式诗歌。彭斯的注意力放在农村，司各特的范围更广，农村之外，还进入古堡、城镇、边境上的关隘，同时也搜求历史记载和其他古文献。民谣传统是英国浪漫主义诗歌的形成因素之一，珀西的《英诗辑古》、麦克菲逊的《莪相》、查特顿的天才仿作都对后来的浪漫诗人有重大影响。司各特也发掘这个传统，但吸收的更多是英武铿锵的歌曲，特别是出自行吟诗人之口的一类。他的一本诗集就叫作《末代行吟者之歌》，那里有一个著名的片断，是通过一个行吟者之口来痛斥对祖国命运漠不关心的人：

世上可有这样死了灵魂的人，
　　他从未对自己说过一声：
　　这是我的祖国，我的故乡！
他的心从不沸腾，
当他的脚步走近家门，
　　尽管经历了异域的流浪。
如有这样的人，盯住他，
行吟者不因他而诗兴勃发，
不管他名气多大，官位多高，
又有多少世人稀罕的财宝；
名、位、金钱种种，
帮不了只顾自己的可怜虫，
他活着得不了荣光，
他死了身魂两丧，
本是尘土，回归尘土，
无人敬，无人歌，也无人哭！

（《末代行吟者之歌》）

行吟者是土生土长的普通人的代表，在他的激昂的歌词里鸣响着若干世代的苏格兰乡野小民对于上层的叛卖者的愤怒。

其次，他是一个卓越的叙事诗人。当时的几位大诗人，从彭斯到济慈，几乎没有不善于叙事的，但是司各特又自有特点，即他最擅长写两个部落交兵之类的紧张场面，用民谣的技巧烘托苏格兰的历史气氛。下面是一个可以单独成篇的片断：

洛钦瓦

呵，年轻的洛钦瓦来自西方，
整个边境数他的马壮，
除了宝刀他不带武器，
只身上路闯禁地，
他忠于爱情，不怕战争，
从未见过洛钦瓦这样的英俊。

他不为水停，不为山阻，
没有桥他就游渡，

但没等他到达芮堡的大门，
他的姑娘已经答应了别人，
那人轻爱情，怕战争，
却要娶走洛钦瓦的艾琳。

洛钦瓦径直进了芮堡的大厅，
只见聚集了新娘的一家和客人，
新娘的父亲开腔了，一手按着剑，
　　　　（而胆小的新郎不发一言）
“洛钦瓦爵爷此来是和还是战，
还是为了舞会和婚宴？”

“我久爱令爱遭你拒，
高涨的情潮今已枯，
此来非为叙旧欢，
只想饮一杯，舞一场，
苏格兰多的是神仙女，
谁不想做洛钦瓦的当家妇？”

新娘拿杯吻，勇士接过来，
一饮而尽把杯摔。
她羞脸先看地，长叹不胜悲，
口上露着笑，眼里含着泪，
老夫人正要阻拦，他已接过玉手，
说道：“来同洛钦瓦把舞步走走！”

呵，英武的他！呵，娇艳的她！
哪个大厅里见过这样的一对花！
老爵爷顿脚，老夫人叨唠，
呆立的新郎弄着缎带和呢帽，
底下伴娘们议论开来，
“只有洛钦瓦才把表姐配！”

偷捏一下手，暗传一句话，
等到跳近门口见有马，
他轻轻一下把姑娘向上送，
自己接着对鞍子飞腾，
“到手了！从此越过关山，

千骑也难把洛钦瓦追赶！”

芮堡里一片上马声，
亲戚朋友全出动，
山上谷里都寻遍，
丢失的姑娘再不见！
这样忠于爱情，不怕战争，
可有第二人像洛钦瓦英俊？

（《玛密安》）

诗人写戏剧性的动作十分成功，而且充分利用了民谣体的特点，例如叠句和平行结构，对话也写得恰到好处，几个转折也处理得巧妙。还有一点嘲讽，如对那怕事的新郎的写照。

第三，他有某些当时别的诗人所无的优点。我们不妨先从他的弱点说起，一般的看法是他缺乏深度，不够细腻，文字上保守，等等。其实他的诗艺正适合他那类题材。如果他经常停下来作人物的心理分析，或者追求新奇的意象，那么他的故事的速度和戏剧性就会受到损害。他所追求的是气势，因此要写得快速有力；是历史的魅力，因此要有英雄美人，要有大背景，大格局。他是真正深厚的，因为他有民间文学传统作依靠，在别的诗人寻觅神话和古典典故的时候，他讲民间小人物告诉他的掌故；他利用了修辞术，但也引进了民间方言；他不作小儿女语，但是在提供黄钟大吕之音方面没有另一个诗人及得了他。他在政治上是托雷党，但在深切地理解普通人民的爱恶上他又是真正的民粹派。

甚至他的转向历史小说最终也有利于浪漫主义诗歌，因为那是建立了一个浪漫主义的新桥头，扩大了英国浪漫主义在整个欧洲的影响，也使英国作家接触了更广大的思想和情感气候，使他们少一点岛国的窄狭，多一点明彻的思想和辉煌的想象，这就不只有利于当时的浪漫主义诗歌，也有利于以后世代的整个英国文学。在这样的大背景之前，司各特是英国浪漫主义中的英雄。

第十二章　浪漫主义时期的散文

综上所述，可见在英国19世纪初年是一个伟大的诗歌时期。那么，同时期的英国散文又处于什么情况？应该说，这也是英国散文的一个重要时期，也是名家辈出，而且在许多地方表现出相似的浪漫主义特征。

英国散文在18世纪达到了一种完美：理性主义的精神蕴藏在平衡、匀称的句子结构之中，其最后的大家是约翰逊和吉本。

但是到了世纪的最后十年，文风变了。随着在诗歌上出现了浪漫主义，散文也在变。进入19世纪，昔日人们赞美的约翰逊和吉本现在成了攻击的目标。例如，有这样的言论：

> 在1688年的革命以后，出现了一种风格，内

> 容平凡而在表现上故作惊人之语，意在满足无知者，讨好虚荣心。为了使最普通的头脑能够立刻了解，内容是小心地减到了最低限度，但是文字的外衣却精心编织，目的在使内容显得深刻。这种风格的要素是一种虚假的对仗，即简单声韵的对比，此外则热衷于拟人化，把抽象的变成了有生命的，加上牵强的比喻，奇特的短语，片断的韵文，总之什么都有，就是没有真正的散文。风格当然只是恰当地、清晰地表达意义（不论是什么意义）的艺术；对于它有一个衡量标准，就是不能翻译，一翻译意义就要受损。约翰逊的风格之所以得到不少人的欣赏，正在于它有一个毛病，即可以不断翻译下去。他造成一种假象，好像很聪明，方法就是从来不用普通方式说任何事情。……吉本的表现方式是最糟的，凡这种风格所有的毛病他全有。[1]

话是英国浪漫主义诗人、理论家柯尔律治说的。对于过分醉心

1　散缪尔·泰勒·柯尔律治：1818年第14次演讲，转引自《塘鹅英国散文选》，第4卷，1956年，第xix页。

18世纪散文艺术的人来说，这是一副很好的清醒剂，但是未必能令他们完全信服，因为他把约翰逊等人的优点完全抹杀了。

然而柯尔律治的斩钉截铁的论战口气却是有来源的。浪漫主义时期即是法国大革命震荡全欧时期。这时候，几位主要英国散文家卷入了激烈的政治争论，散文是论战的武器。

论战的武器

远在法国革命爆发之初，英国国内就对此事有赞成和反对两种意见，争论激烈。埃德蒙·伯克（1729—1797）就是下议院论战里的一个主要人物。他是以文章风格雄奇著称的文论家、政治家，曾经在爱尔兰、美洲殖民地问题上发言攻击保守党政府，也揭发过英国在印度的官吏横行，但在关于法国革命的争论上采取了维护旧制度的立场，写了《论法国革命》（1790）一书，其中有一段名文：

> 我在凡尔赛宫见到法兰西王后——当时她还是太子王妃——是十六七年前的事。地球上从未降临过更叫人赏心悦目的景象了。她似乎足不沾地，显

> 现在地平线上，正在进入一个上层仙境，为之增辉，使之挺发，闪耀如晨星，充满了活力，散发着华彩和欢乐。啊，何等的变化！那样的崇高，而又这样的下降，我该有何等的心肠，能眼看这变化而无动于衷！……我做梦也没想到，我会活着看到在一个仁侠的国家里，一个荣誉君子和骑士的国家里，竟会有这样的灾难落到她的头上！我以为只要有人胆敢轻侮地看她一眼，就会有一万支剑拔出鞘来执行惩罚！可是仁侠的时代过去了，接着来的是诡辩家、经济家、计算师的时代，欧罗巴的光荣已经永远熄灭了。

伯克并不只在悲叹玛丽·安东娃耐特由王后沦为囚人，他看得更远，看出了法国革命是真正的空前大变，它结束了一个封建主义时代，开始了一个资本主义时代。他极度厌恶后者，而把法国王后看作是前者的象征，因此运用了全部的修辞术来歌颂她。

这样的内容，这样的渲染，引起了汤姆·潘恩（1737—1809）的极大反感。潘恩是一个平民政治家，刚从胜利了的美国革命军的队伍里回到伦敦，就立刻参加了英国的民主活动。为了驳斥伯克的《论法国革命》，他写了《人的权利》（1791）一书，其中也有一段名文，就是对于上引伯克所言的直接回答。

> （伯克）并不为苦难的实际动心，而是被炫目的虚象打中了想象力。他爱怜美丽的羽毛，却忘了毛下垂死的鸟。

这羽毛和鸟的比喻是人人能懂的，而潘恩写文的目的正是要使“几乎无阅读能力的人也能看懂”，因而文章要写得“像字母那样简单明了”。

潘恩另有一些名言，也是至今人们还在引用的：

> 这是考验人们灵魂的日子。

> 夏季的士兵和晴天的爱国者会在这种危难时刻退缩，不再报效国家。

伯克先生的最后一幕是，正同他如火箭般上升，现在又像枯枝样下跌。

我的国家是世界，我的宗教是行善。

确实是平易、清楚、有力，而比喻则来自普通人的日常生活，但又常有意想不到的妙笔，例如“夏季的士兵”“晴天的爱国者”，只用两个简单的形容词就充分表达了这些人是顺利时的战友，逆境中的逃兵。

正同在17世纪英国革命时期一样，散文又成为革命斗争中的武器。

这里确实有两种散文风格在交战，而背后是两种敌对的政治哲学。

山水画，流民图

潘恩后来又去参加了法国革命，由于反对杀人过多而为雅各宾派监禁，几乎丧命，后来再去美国，又由于反对基督教而遭人攻击，晚景凄凉。他死后却有一位志士把他的尸骨运回他的英国故乡安葬。这人的名字是威廉·考拜特（1762—1835）。

这又是一位散文家，而且又是一位长于论战的平民政治家。同潘恩一样，他也写得平易、有力。不过他经历了一个从保守到激进的转变过程，始终如一的则是他的英国佬个性。他的政论主要发表在他自编的《政治纪闻》周刊上，用明快有力的平易语言揭露黑暗，攻击政府，拥有广大的城乡贫民读者。他也在这个刊物上发表游记，后来这些游记集成一书，称为《骑马乡行记》（1830）。后人最喜欢读的考拜特作品，就是这本游记。

然而这是一种奇怪的游记。它所展开的，与其说是山水画，不如说是流民画。

考拜特骑着马或坐着马车，从一个村子到一个村子，沿途看庄稼，查牛羊，问民生疾苦，作今昔对比，遇到大地主的庄园和有名无人的“烂选区”，则大声咒骂；看见秀丽山水和风流人物，又流连忘返。一到旅店，喘息未定，立刻动笔疾书，夹叙夹议，一气呵成。写出来的是这样的文字：

晨九时离欧卜赫斯班，坐马车来此，行程二十

> 哩。经过河谷，至离村六哩处又入丘陵地带，碧草如茵的坡地向正西及西南方翻滚而去，直达德怀士与索氏贝利二城。……路遇许多农妇在等人验收其所割的麦子，她们衣衫褴褛，穿得不如法南姆打草的乞丐，庄稼人在收获季节情况如此之惨，还是初次见到。其中不乏十分秀美的姑娘，也是满身补丁，脸如死灰。天冷，霜重，这些女孩子的手臂和嘴唇都冻得发紫，任何人见了都要心痛，只有那些卖官鬻爵、买空卖空之徒才会无动于衷。

而与流民图形成对照的，还有这样的温泉胜地：

> 华立克夏的爱望河在此处流入色纹河，两河沿岸若干哩水草丰美，前所未见。草地上牛羊成群，沿途不断。看着这景色，这牛羊，心想这些好肉可作多少用途，不禁感到神奇。但是再向前骑八九哩，这神奇之感就破灭了；原来我们已到达一个毒瘤似的害人地方，名叫却尔特能，所谓温泉胜地是也。这地方充满了东印度的劫掠者，西印度的奴隶

主，英国的税吏，吃客，酒鬼，淫棍，各色各样，男女俱全。他们听了一些窃窃暗笑的江湖郎中的鬼话，以为在做了多少丑事之后，一身孽障，可以到此一洗而净！我每次进入这等地方，总想用手指捏住自己鼻子。当然这话没有道理，但我一看见一个两腿畜生向我走来，实在觉得他们肮脏不堪，像是一有机会就要把他们的毒疮传染给我似的！来这等地方的都是最恶劣、最愚蠢、最下流的人：赌鬼，小偷，娼妓，一心想娶有钱的丑老婆子的年轻男子，一心想嫁有钱的满脸皱纹、半身入土的老头子的年轻女人，这些少夫幼妻为了便于承继产业，不惜一切手段，坚决要为这些老妇衰翁生男育女！

这等丑事，尽人皆知。然而威廉·司各特爵士在1802年演讲，明白主张牧师不必定居教区，而应携眷到温泉游览，据说这样反能得到他们教区子民的尊敬云云。查此人作此语时，官任代表牛津城的国会议员！

这样的文字完全不同于约翰逊、吉本和伯克笔下出现的，而是继续了斯威夫特的平易传统，但是比斯威夫特更质朴，句子更短，用字更普通，议论更直截了当，其前辈实是班扬和笛福，而其后人则是勃特勒、肖伯纳、普里斯特利、奥威尔。这一线平易散文作家共有的一个特点是：对他们所处的社会采取批判态度，大多长于讽刺，长于论战，而由于写得实在、真挚，又使人感到亲切。

浪漫派散文诸家

人们更加注意的，则是这时期的所谓浪漫派散文。它有几个重要的作家。

首先要提到兰姆。查理士·兰姆（1775—1834）在我们中国也颇有人知，其世界性的文学声誉却建在几本薄薄的小书上，即《伊利亚随笔》（一集1823，二集1833）和他同姊姊玛丽·兰姆合写的儿童读物《莎士比亚故事》（1807，即林纾译的《吟边燕语》）。当然，还有人欣赏他的书信和他的选本《莎士比亚时期英国戏剧诗人作品选段》（1808），其中都有重要的文学见解。然而人们最喜爱的还是他的随笔。在华兹华斯、柯尔律治等人咏唱大自然的年代里，兰姆却喜爱城市生活。有一次华兹华斯邀他去乡下同游，他回信说：

> 我的日子是全在伦敦过的，爱上了许多本地东西，爱得强烈，恐非你们这些山人同死的大自然的关系可比。河滨路和舰队街上铺子的灯火，各行各业的从业者和顾客，载客和运货的大小马车，戏园子，考文特花园一带的忙乱和邪恶，城中的风尘女；更夫，醉汉，怪声的拉拉鼓叫；你如不睡，就会发现城市也没睡，不管在夜晚什么时候；舰队街不会让你感到片刻沉闷；那人群，那尘土、泥浆，那照在屋子和人行道上的阳光，图片店，旧书店，在书摊上讨价还价的牧师，咖啡店，厨房里飘出来的汤味，演哑剧的人——伦敦本身是一大哑剧，一大化装舞会——所有这一切都深入我心，滋养了我，怎样也不会叫我厌腻。这些景物给我一种神奇感，使我夜行于拥挤的街道，站在河滨的人群里，由于感到有这样丰富的生活而流下泪来。这种感情可能会使你们感到奇怪，正同你们对乡野的感情使

我觉得奇怪。[1]

这是他的一段名文，其情感、其风格都有独特的兰姆味道。他本是伦敦东印度公司的一个普通职员，并不富裕，有一个常要发疯的姊姊（有一次她用刀刺死了老母亲），家庭多忧患，但却嗜书如命，喜欢同文人来往，其生活情趣则是伦敦市民的，因此他的随笔谈的也大多是城里的人、事、市声、街景、回忆、幻想，包括扫烟囱的小孩、乞丐、老演员、老律师、穷亲戚、靠养老金过活的人，等等，写法则是力求亲切，幽默中有伤感，嘲弄别人，更嘲弄自己，对不幸者则充满了同情，深通人情世故，但不怕说出自己的不受欢迎的独特见解，常有奇思怪想，常作文字游戏，爱好双关语、引语、典故，故意用些古词僻语，有时还效法17世纪汤玛斯·勃朗等人的巴罗克笔调，而把这些融合为一的则是一个19世纪初年的英国文人的敏感和个性。

兰姆的散文是地道的书面体英文，可以写得明白、具体：

1　1801年1月30日兰姆致华兹华斯函。

一听敲门，就知是他。你的心告诉你："那是某某先生"。一声轻敲，介乎亲昵与尊敬之间，似乎有权要求招待，但又——怕遭到拒绝。进门脸带微笑，但又——局促不安。伸手让你来握，但又——收了回去。说是偶然趁饭前来看看——不想已经满桌上菜。看见你有客人，他表示要走，但一劝也就留下。……

(《穷亲戚》)

这是写穷亲戚串门，把世态炎凉中这类人的窘态写得入木三分。但兰姆还有另一种写法，是留给情感激动的时刻的：

哪儿是芬立奇街？老明申巷的路石啊，我曾经每天来回走了三十六年之久，现在是哪个劳累的小职员在你那永恒的石板上响着脚步？……

(《领养老金的人》)

这是近乎诗的抒情散文，连节奏也不同了。

因此，兰姆的文章很耐读，越读越有味，但不可学。学的人往往得其怪诞，失其真挚，有其古僻与文字游戏，无其典雅与风趣，反而显得有点忸怩作态了。

兰姆也是一个重要的文论家，其主要功绩在于重新引起对16、17世纪英国诗剧的兴趣。他所编的《莎士比亚时期英国戏剧诗人作品选段》着重选"激情的场面，有时是触动情感最深的场面"，整个选本可说是若干次"感情危机"的汇集，这就给了19世纪初年的英国读者以一种纵览莎剧以外的英国古诗剧精华的好机会。他不仅选，还对所选加以评论，写法跌宕生动，即使不同意他的看法的人也往往为其文字所吸引。例如他认为韦伯斯特的天才仅次于莎士比亚；为了说明这一点，他把《白魔》和《马尔菲公爵夫人》两剧中的女主角形容得异常动人。别的评论家并不服膺其说，但又都承认兰姆这番评论的文字魅力。经过他的评点，韦伯斯特、顿纳、查普曼、德克等古诗剧作家又重新受到注意，读者群的文学趣味起了变化，显示出这种着重主观印象的浪漫派文学批评的力量。

第二个重要散文作家是海什力特。威廉·海什力特（1778—1830）写文很多，收集在《莎士比亚剧中人物论》

（1817）、《闲谈集》（1821—1822）、《时代的精神》（1825）等书中。他是兰姆的好友，但与兰姆文风不同。他主张平易风格，曾经以此为题专写一文；所作果然用字平易，句子也接近口语，但也有不平易处，如大量的典故和文学引语（有的并非常见的名言，有的字句还是他记错了的）；然而行文气势磅礴，一泻到底，其间有许多隽言妙句，令人应接不暇。大致一个读者刚读时，会嫌他噜苏，似乎话太多而无中心；但是读下去，就会发现他的论点鲜明，知识丰富，文章流畅中见犀利，能把平凡的道理说得很有吸引力。例如：

> 如果我们要知道人的天才的伟力，我们应该读莎士比亚；如果想看出人类学问的渺小，可以读莎学专家。

> 爱自由是爱别人；爱权势是爱自己。

> 荣誉之殿建在坟墓之上。

> 英国人（我们得承认）是一个嘴巴不干净的民族。

> 在所有的仆从当中，最低级的是文学仆从。

他也有十分抒情化的名句，例如：

> 给我头上一片晴朗的天，脚下一片青草地，面前一条弯曲的路，三小时的步行行程，接着是晚餐——然后是沉思的时刻！
>
> （《谈出行》）

他另有两个特点：一是通晓艺术，特别是绘画，因此他的文章也富于色彩和形象；另外他是一个激进的民主派，曾经写道：

> 我的生命同法国革命一起开始，而可叹的是，竟然活着看到革命终结。……从那时起，说实话，我就不再感到自己年轻了，我所有的希望也随之而灭。

因此他特别厌恶曾经高唱“生活在黎明里何等幸福”而后来转向的文人，而他自己则始终拥护法国革命的理想，死前还完成了大部头的《拿破仑传》(1828—1830)。

作为文论家，他的重要性超过兰姆。同兰姆一样，他也提倡读古诗剧，曾经作过一系列的演讲来说明它的特点。他还以古比今，认为拜伦的诗剧如《马琳诺·法里埃罗》不能同古诗剧如韦伯斯特的《马尔菲公爵夫人》相比，原因就在后者有活生生的人物，而前者则只是若干堂皇演讲词的串合。他的文论并无系统理论，注意的是作品是否把真实感情写得酣畅痛快，着重的是想象力，喜欢进行比较，不仅在英国文学内部，而是常同法、西等国文学相比(如拿莎士比亚同拉辛相比)，而且还突破文学范围，进而同其他艺术特别是他所熟悉的绘画相比，其方面之广与见解之敏锐都超过当时其他的浪漫主义文论家。

与海什力特的汪洋恣肆相对照的是兰陀的简洁隽永，人称为古希腊风的碑文风格。华尔特·萨维其·兰陀也是民主派，喜与人争，在写作上则追求一种宁静的古典风格，但又用历史想象力去活跃它，其著名的散文合集是《幻想的会话》(1824—1829)。会话共约150篇，都是历史上著名人物相对而谈的戏剧性场面，但并不依据史实，而是随作者兴之所至，将活在不同时期的人拉在一起，或虚拟根本不曾发生过的事情。15世纪的马基亚维里可以谈论16世纪的西班牙无敌舰队，哲学家培根可以同已死的神学家胡克进行对话。这些戏剧性场面往往不是感情达到最高潮的危机时刻，而是危机之前或略后，例如英王亨利八世在他的废后安·波琳处死刑的前夕去看望她，而俄后卡撒琳则在杀害了她的丈夫彼得三世之后才出场。有时兰陀写得并不宁静，例如上述卡撒琳一篇就写她站在门外听着刚被刺死的丈夫的血一滴一滴地落在地板上作响，又如写彼得大帝在杀了儿子之后食欲大增，都显得过火了，表现出兰陀虽然十分崇拜古希腊文明，实际上还是一个喜欢渲染的19世纪的浪漫派。他的散文风格尽管有许多崇拜者，毛病也不少，如雕琢过甚，其有名的特殊节奏也不堪久听。一百多篇会话并不都好，读多了使人感到单调。但是在他写得最好的时候，他确实写得动人，而且很耐玩味。

例如《里奥弗立克与戈狄华》。这是一对夫妻的谈话。事情发生在11世纪英国茂西亚郡。丈夫是当地领主，由于在大灾之年人民无力向他交租而要惩罚全城；妻子则充满了对不幸灾民的怜悯，央求丈夫赦免他们。丈夫说：如果人民不交租，我们又怎能有钱举行庄严的节日庆典呢？妻子反问道：在大批人民死于灾荒之后，喧哗一场，热闹一气，杀牛吃肉，狂歌乱舞，就算是过节么？难道一个行吟诗人能比我们的内心的声音更使我们向善么？

“啊，我亲爱的人！”她接着说，“让世上的一切都变成我们的快乐吧！只要我们愿意，一切就会这样。如果听了画眉在园子里歌唱，而我们毫不动心，那就真是悲哀的日子来临了，以后的日子也就更加悲哀了！里奥弗立克啊，上帝的仆人把最崇高的节日放在人的心灵里。”

对于这番呼吁，丈夫只冷冷地说：“你疯了！”

然而真正疯的正是这位丈夫自己。当戈狄华当着主教的面再度对丈夫说：“赦免全城吧！”他的回答是：

> “主教大人！真没想到让你看到了她现在这个样子。要我赦免全城？好，戈狄华，我凭十字架起誓，我一定赦免他们，只要你在中午不穿衣服骑马在城里街道转上一转！”

这一要求使她吃惊，她感到丈夫的心完全变黑了。然而为了全城人的生命，她又不顾对自己的无比羞辱，慨然答应照办。

连她的残酷的丈夫也感动了。他发现她比任何时候都可爱了：

“啊，我的美丽的夏娃！你的身旁就是天堂！你一走动，一呼吸，世界就重新有了生气！你所在之处，我看不见也想不到任何邪恶。我真想就在这里把你拥抱！可是对于我自己，我看不出有任何好兆头。阳光不因我而跳跃，没有责备，没有不满，同时也没有任何人对我感兴趣。”

文章以戈狄华对自己说的一番话作结：

“良善的人民！天保佑这些良善、慈爱的灵魂！希望明天他们不要像现在这样把我紧紧围住。里奥弗立克啊，如果我的名字能被忘却，只有你的被记住就好了！也许我的纯洁会使我免受指责，但多少像我一样纯洁的人生活在恐惧和灾荒之中！朝我看的每只眼睛将会流泪不停！作为这样一个大家庭的母亲，我是太年轻了。年轻是否有害？不，靠上帝支持，年轻给了我勇气。啊，早晨什么时候来到！啊，中午什么时候过去！”

兰陀的写法已接近诗的散文，等到德·昆西登场，散文的诗化又进了一层。

汤玛斯·德·昆西（1785—1859）写过大量杂志文章，包括有创见的文论如《谈〈麦克白斯〉一剧内的半夜敲门》，其主要作品则是《一个英国鸦片服用者的自白》（1821—1822）。这是一本自传性质的书，其中有作者17岁时流落在伦敦街头的描写，那时候同他作伴的只有一个比他还小一岁的妓女：

一天晚上，我们在牛津街上慢慢走着，我感到比平常更不舒服，头也是昏的，就请她同我折进索荷广场，到了那里之后，我们在一家屋子的台阶上坐下。……突然间我觉得自己更不行了。原来我的头靠在她的胸上，现在忽然脱开了她的手臂朝后倒在石级上了。当时我最清楚的感觉是：得赶快有一种特别有劲的刺激品才能救我，不然我立刻要死了，在那种无依无靠的情况下不死也不可能恢复了。在这个命运的紧急关头，我的这位孤苦伶仃的友伴虽然自己从人世所得唯有损害，却向我伸出了救援之手。她惊恐地叫了一声，立刻跑往牛津街，不一会就拿了一杯撒了胡椒的葡萄酒回来。我当时肚子是空的，任何固体食物只会使我呕吐，这杯酒却立刻生效，使我苏醒过来，而这杯酒是这位慷慨的姑娘毫不犹豫地从她的小小钱包里拿钱买的，当时——请记住！——她连自己吃的都买不起，而且完全清楚我是永远也还不了钱的。

以上选自书的第一部分《初步自白》，是作者对于少年时期的回忆，当时他还未染上鸦片瘾，文章写得很具体，也很动人。等到我们读到书的主体部分——《鸦片的乐趣》和《鸦片的痛苦》——就发现另一种笔墨：

　　在热带高温和直射阳光联合产生的感觉之下，我把所有的生物——鸟、兽、爬行动物，所有的

> 树木，所有热带地区的风俗和现象都集中起来，放在中国或印度斯坦。在类似的感觉之下，我又把埃及和它所有的神明都放在同一法则之下。猴子、长尾鹦鹉、白鹦们紧盯我，轰斥我，向我怪笑，对我乱叫。我跑进宝塔，走上顶层，跌入秘室，在那里我被钉住了，几百年不能动弹。我是偶像；我是僧侣；我被崇拜；我被献为牺牲。为了躲避婆拉玛的怒气，我逃过了亚洲的所有森林……

这是写服了鸦片酊之后的梦境所见，出现了许多奇花异木，怪兽妖鸟，借来了东方异域的古老神祇，文字充满色彩，节奏类似念咒，散文已入诗境，其目的在写鸦片影响下的奇特的、混乱的却又异常强烈的感觉。这已经超越兰姆等人的怀旧、伤感和个人意兴，而把文学带入了潜意识的领域。

至此我们已将英国浪漫主义时期的几个重要散文作家简略介绍完毕。归纳起来，可以说有两条线索，一条是平易、有力的政论文传统，其代表人物是潘恩、考拜特；另一条是随笔性质的艺术散文传统，其代表人物是兰姆、海什力特、德·昆西。两者都有所发展：平易文体在走向细密的说理和逻辑性，艺术散文的触须则伸向了诗境。

然而我们的叙述又是不完全的。散文的领域十分辽阔，用处也极多。在这时期，英国的定期刊物除了原有的包括各类文章的杂志，又多了一种以政论和书评为主的“评论”，如《爱丁堡评论》。不仅刊物的数量和种类增加，它们之间的争论也更趋激烈。政治争论的焦点在对法战争、《谷物法》、国会改革等有关和平与民主的大问题，文学争论的表现之一是保守派对“伦敦佬派”的民主斗士和几位青年浪漫诗人的攻击——《勃腊克武特》《季刊》《英国批评家》等刊物对济慈的围剿就是例证。那些文学杀手写的也是散文，虽然是恶毒的、下流的散文；而李·亨特和海什力特等人对保守派的犀利有力的反击则给了散文以一种新的锋刃。

诗人的散文

这一时期还有两类散文需要一谈。其一是诗人的散文。华兹华斯的《抒情歌谣·序》，柯尔律治的《文学传记》、文学演讲以至《古舟子谣》页边的情节解释，雪莱的《为诗辩护》都是双重意义的浪漫派散文，即它们既阐释浪漫派的文学理论，又展现浪漫派的某些文体特点：宣言式、探索性、理想化。然而更能吸引一般读者的也许是几个诗人的随意笔墨：布莱克的批注和笔记，拜伦的书信，济慈的书信。它们都是真性情、真思想的流露，充满了对人、对世界、对艺术的独特见解，而写法则是直截了当，毫不掩饰：

野兽和娼妓在无拘无束地统治。

（布莱克）

对魔鬼王国献的妙策。

（布莱克，对培根《随笔》批语）

一个在心里找不到任何灵感的人不该斗胆自称艺术家。……一个在心灵和思想上从不走向上天的人不是艺术家。

（布莱克）

确确实实，革命不能用玫瑰香水来干，特别在外国人作主子的地方。

（拜伦）

不幸的是，我必须对一个人生气才能画出他的真面目。我不能只作“一般”描写。

（拜伦）

关于《唐璜》，那么承认吧，承认吧……它是这一类作品里最高无上的成就——它也许有点淫荡，但能说它不是好英文么？它也许有点轻浮，但能说它不是生活，不是恰到好处的真货色么？

（拜伦）

除非在我们的脉搏上得到证实，哲学上的定理也还不能算是定理。

（济慈）

如果诗来得不像树长叶子那么自然，那还不如干脆不来。

（济慈）

查特顿的语言纯粹是北方的。我喜好查特顿诗里的本土音乐胜过弥尔顿。我最近对弥尔顿有所警惕。他之生即是我之死。

（济慈）

这些是最真切的吐露，说的内容和方式虽然各异——布莱克的严峻，拜伦的无所忌惮，济慈的敏锐和透彻——却都洋溢着浪漫主义的新精神。很难想象18世纪的新古典主义者能说出这样的话来，或用这样的方式来说。

小说家的散文

以上是一类。另一类是小说家的散文。

这一时期的两大小说家——司各特与简·奥斯丁——都在小说艺术上有重大建树，然而文章风格迥然不同。这部分地是由于他们写的题材、人物和人物所处的时代不同。司各特写历史小说，涉及过去世代里民族和宗教冲突等大事，需要一种苍劲雄迈的笔调，而这正是他所擅长的。奥斯丁写闺中少女的爱情和婚姻等情节，笔调也就相应地细腻委婉。但是在同类的写作当中，两人又各有特色。现在从他们的小说中各引一二片断，未必尽见所长，但大体上能体现他们的典型风格。首先是司各特小说《护符》(1825年出版的《十字军故事》之一)中的一个片断：

一句东方格言说："沙漠之中无朋友。"现在这个全身披挂的异教徒已经像驾着鹰翅一般，飞快接近。十字军骑士对于来者是友是敌，毫不介意；作为宣誓保卫十字架的骑士，他毋宁希望来者是敌。他从马鞍下抽出长矛，握在右手，平放在马上，矛尖向上；左手收紧缰绳，又用靴刺踢了马一下，振起它的精神，自己更是带着百战百胜的沉着和自信，准备迎敌。

撒拉逊人用阿拉伯骑士惯常的高速冲来，他靠移动身子操纵坐骑，很少动用松松地挂在腕上的缰绳，空出来的左手拿着一面包着犀牛皮的圆盾，盾上的银环套在他的臂上，现在他晃着这面小盾，像是要靠它来抵挡西方人长矛的猛刺。他自己的矛不是像他对手的那样平放着，而是从中握在右手，高举头上。他全速冲来，以为卧豹骑士也会拍马而上，同他接仗。可是这位基督教骑士完全熟悉东方战士的习惯，并不想用任何不必要的动作使他的好马过早疲惫，相反地他立刻把马停住，自信如果敌人突击过来，他自己的体重和他的强壮的战马的重量都会使他占到优势，而无须快速移动的冲力。撒拉逊骑士也看出了这一点，为了避免这样的结果，一冲到离基督教徒约两支矛的距离时，立刻非常熟练地拉过马头向左，围着对手转了两圈，而对手也原地跟着转动，始终正面对着敌人，使他得不到乘隙而攻的机会。于是撒拉逊人转过马头，退到一百码以外。但他立刻又一次进攻，来势如鹰扑鹭，又一次未得交手，退了回去。第二次他又猛扑，这时基督教骑士不愿老让敌人用这种方式消耗自己力量，决定结束这种虚晃一着的战斗，突然拿起放在马鞍前穹上的钉头锤狠命地一扔，锤头准确地直指这个酋长的头部（看起来这个敌人的身份不会低于酋长）。撒拉逊人刚好感觉到有厉害的东西向自己飞来，举起小圆盾一挡，但锤的来势太猛，把那面盾重重地压在他的头巾上了，虽说减轻了锤的力量，却把他打下马来。基督徒还来不及利用这个机会，他的矫健的对手已经一跃而起，向马一喊，马应声回到他的身边，他不踏蹬就飞上了马背，把原来卧豹骑士以为他会失去的优势又夺了回来。卧豹骑士也趁机捡起了自己的锤，现在他使锤的本领和力量已使他的东方对手牢记不忘，从此小心停在这件武器的攻击距离以外，同时他也决心从远处用他自己的投射武器继续战斗。他把长矛插在远处的沙堆里，敏捷地从背上取下一张弓来，策马急驰，围着对手转了两三个更大的圈子。边转边向基督徒射了六箭，箭箭中的，基督徒只因铠甲坚固才未受伤。第七支箭像是找到了一个铠甲的弱点，只见基督徒沉重地跌下马来。撒拉逊人立刻下马来查看倒地的敌人情况，不料突然被这欧洲人紧紧抓住，原来这是后者使敌人接近的一计。就在这决死时刻，撒拉逊人仍然保持清醒头脑，动作敏捷，立刻把被卧豹骑士紧紧抓住的佩剑腰带解下，脱出他的掌握，跳上那匹像人一样懂事、一直在注视着他的行动的战马，又一度跑走了。但是在这次搏斗里撒拉逊人不得不放弃他的腰带和挂在带上的剑和箭袋，还丢掉了他的头巾。这些损失似乎使这个穆斯林倾向于停战了。他向基督徒骑来，右手前伸，不再带威胁的姿势。

“我们两国之间已经停战，”他用惯常对十字军讲的语言说，“你我之间又何必打仗？——让我们和平相处吧。”

“我也满意了，”卧豹骑士回答，“不过你拿什么保证你会遵守停战？”

“先知的信徒从来信守诺言，”酋长说，“倒是该由我向你，基督教徒，要求保证，不过我知道勇敢容不得背信。”

十字军骑士见这位穆斯林教徒这样信他，感到自己刚才对他怀疑，有点不好意思了。

“凭这剑的十字架起誓，”他把手放在剑上说，

"我将做你的忠实旅伴，撒拉逊人，既然命运要求我们相处在一起。"

"我对先知穆罕默德起誓，对真主起誓，"他刚才的敌人回答，"我的心里没有对你有任何欺诈。让我们一同走向那边的清泉吧。休息的时间已到，我从同你交手以来一点水也未进。"

卧豹骑士立即客气地表示同意。于是这两位刚才的对手，不再怒目相视，也不表现疑心，并马向一小丛棕榈树骑去。

这段引文写一次沙漠中的战斗，把两个对手的装束、坐骑、武器、打法都写得细节分明，十分具体、生动。也写了两人的心理活动，虽然是浅层的，只针对当时的行动，但在背景里却有深刻的东西：不同的宗教信仰，几世纪的对立，仇恨，然而又有武士们共同遵守的荣誉守则，总起来说，就是有历史背景。司各特选择了历史上一个戏剧性的时刻，即一次"十字军"东征，于是东方和西方在此交锋，伊斯兰统治受到基督教中古骑士制度的挑战，地点是在远离欧洲文明的沙漠之中，这就使得这部小说不仅是名副其实的历史小说，而且表现了对中古和异域的神往，这后者正是浪漫主义的特征之一，同诗歌里拜伦的东方叙事长篇在精神上是一致的。司各特所用的文字也相应的是略早于他的时代的书面体，句子整齐、繁复，词汇是正式的，连对话都不是随常口语。

奥斯丁的作品可以《傲慢与偏见》（1813）作例。这书的文字也整齐，特别在叙述部分，保留了18世纪散文的文雅，例如本书的开始：

> 公认有这样一个真理：一个拥有大笔家产的单身汉必然需要一个妻子。
>
> 不论这样一个人在进入本区之初，其感情和见解如何难知，附近的人家已经深信上述真理，总把他当作他们之中某个女儿的合法的财产看待。

这里作者似乎板着脸在向众人宣告；但是背后却另有一种声音，传达出一种嘲讽，点出了人们真正关注的是“财产”。

对话部分的文字大体是高雅口语，但又可分为两种情况：一种是应对式的随常谈话，例如：

“他结过婚还是单身？”

“啊！单身，亲爱的，没错儿！一个很有钱的单身汉，每年收入四五千。这对于我们的女儿们，是多么好的事呀！”

这是班纳特夫妇的一问一答，问得简单，答得兴奋，句子是不完整的，只听见一片惊叹声。

但另有一种，主要是书面体，句子不仅完整，还为了传达曲折的意思而多附从句。语气是客气的，然而藏有锋芒。这种对话往往出现在一种激辩甚至对峙的场面。

一个这样的场面是牧师柯林斯向伊丽莎白求婚。牧师以为他求婚是给了伊丽莎白本人和她的全家以极大的面子和实惠，因为如她嫁他，不仅她有了一个收入可观而且背后有大靠山——即他经常挂在口上、不断夸耀的恩主卡塞林·德·勃夫人——的丈夫，而且由于他是她父亲班纳特先生的法定继承人，她家的房屋和其他财产也不会落入外人之手。然而伊丽莎白拒绝了他。他却以为这是姑娘们欲擒先纵的惯计，说什么也咬定她会嫁他，于是伊丽莎白说：

“……请相信我，我不是你所说的那种姑娘——如果真有那种姑娘的话——敢于拿幸福冒险，等待回头第二次的求婚。我的拒绝是完全认真的。你不可能使我快乐，我也决不能使你快乐。再说，如果你的朋友德·勃夫人认识我的话，我敢说她会发现我在任何方面都是不适合的。”

伊丽莎白提出了一个观念：婚姻应该是使双方快乐的。她的话不能说得更明白了，然而对于柯林斯全然无效。他仍然相信伊丽莎白是在故作姿态，坚持说：

“你得允许我，亲爱的表妹，相信你对我的拒绝只是表面文章。我所以这样相信，理由可以简述如下：我的求婚似乎不是不值得你接受的，我所能提供的家业也绝不是毫无吸引力的。我在社会上的地位，我同德·勃家族的关系，我同你自己家的关系，都对我十分有利，而且你还得考虑一点，那就是：尽管你有许多动人之处，却难保是否还会有别人向你求婚。不幸的是，你能分到的遗产太少了，这就抵消了你的容貌和其他优点。因此我的结论是：你不是真的拒绝我，我倒是认为你是想用叫我悬着的办法来增加我对你的爱，正像文雅的女人们惯做的那样。”

对于这样一个只打财产算盘、满口官样文章的俗物，伊丽莎白的回答是：

“相信我，我一点也没有你所说的那种故意折磨一个好人的文雅。我倒是希望人们相信我的真诚，那就是对我的尊重了。你的求婚使我感到光荣，我是感激不尽的，但是接受却绝对办不到。我每一方面的感情都不许我这样做。我还能说得更明白吗？不要把我看作一个想折磨你的文雅女人，把我当作一个从心灵深处说真话的有理性的人吧。”

透过客气的措词，伊丽莎白的独立性格在发言了，而她提出“每一方面的感情”则是再度强调了她的婚姻观，在那个时代和环境里是新的亦即现代的婚姻观。

然而柯林斯不过是小丑，不久伊丽莎白碰上了他的恩主德·勃夫人。这才是一场意义重大的对峙。

高贵的德·勃夫人为了阻止她的侄子达西和伊丽莎白之间的婚事，屈驾来到班纳特家宅。一到之后，她先是盛气凌人地挑剔他们的园子和房间朝向，然后撇开班纳特夫人和她的小女儿，单独要伊丽莎白同她在室外边走边谈。她说她来此的目的是要弄清伊丽莎白是否同达西真有婚约。她指出达西早已“在摇篮中”就同她自己的女儿订了婚，那才是门当户对的婚姻，而伊丽莎白则从家世、财产、交往等任何方面都配不上达西，想同他结婚是僭越，因此她要伊丽莎白保证：她决不同达西订婚。

德·勃夫人是颐指气使惯了的，这次亲自出马，以为一定会使伊丽莎白这个小妮子慑服。然而她不知道社会已经在变，小妮子们开始不受家庭和尊者们的支配，有了自己的性格和看法。伊丽莎白的话仍然是客气的，然而却说得直截了当：

> “嫁给您的侄子我不认为是越出了我的社会圈子。他是一个绅士，我是一个绅士的女儿。这样，我们是平等的。”

伊丽莎白也用这种精神对待这位贵妇人自己。她们也是平等的。德·勃夫人的口气越来越凶，各种恐吓都用上了，于是伊丽莎白这样干脆地结束了这场会面：

"德·勃夫人，我没有更多的话要说了。您已经知道了我的心情。"

"那么你是打定主意要他了？"

"我没这样说。我只是打定主意要按我认为会给我快乐的方式行事，不问您或任何与我无关的人的意见。"

"好啦，你就这样拒绝我了。你这是拒绝责任和荣誉的要求，也是忘恩负义。你是决心要让他在他所有朋友的面前丢脸，变成全社会的笑柄！"

"责任，荣誉，感恩图报之类，"伊丽莎白回答，"在这件事上都对我不起任何作用。我同达西先生结婚不违反任何原则。至于他家里人的不满，如果真是由于他娶我而引起，我一点儿也不会在乎。说到社会的公论，社会是有头脑的，不会参加那种无谓的嘲笑！"

这番话出现在19世纪初年一本写闺中少女的“言情小说”中，分外值得注意。这本小说的语言继承了18世纪的文雅，但在书的最后却起了变化，变得斩钉截铁似的直来直往了。人们也有批评奥斯丁生活在那个紧接法国革命之后的动荡时代而小说里一点也没有反映战争和革命的，其实她是在她自己熟悉的题材上传达了新的一代妇女的心声：她们不再被权势压倒，而要以平等人的身份去追求自己的快乐了。

散文在小说中的运用扩大了它的活动范围。小说的要求是多种多样的。它要求写得非常细致、具体，它又允许作最大程度的写作试验。现实主义小说已经站稳脚跟，在19世纪中叶还要有一个大发展，成为整个欧洲的潮流。谈到试验性写作，那么18世纪的斯特恩在前，20世纪的乔伊斯在后，其规模、其彻底都远远超过德·昆西等偶一为之的散文诗。同时，还有小说家如狄更斯有本领使得最实际、最具体的描写里出现最虚幻、最有诗意的气氛，这时候散文的恣意渲染也达到了极致。英国散文还有许多事情要做；已经做了的虽然做得也很出色，但从总体上讲不是功成名遂的终极，而是生气盎然的开始。

尾声　高潮以后的诗歌局面

浪漫主义的兴起和发展，经历了40年的光景（1790—1830），其间有两大高潮：华兹华斯、柯尔律治掀起了第一个高潮，继之拜伦、雪莱、济慈又掀起了第二个高潮，两者都推出了大量优秀作品，合起来成为英国诗史上的一大革命，影响及于全世界。

浪漫主义本身包含了矛盾，有不少对立成分。两代诗人之间，社会观、政治观、诗歌观都不一致，有时出现尖锐的对立。第二代诗人内部，也有不一致之处，济慈就对拜伦的诗艺不以为然，正同拜伦对济慈的坚强性格缺乏了解。

但是总的说来，这两代人又有更多的相同之处，特别是同18世纪的诗人比起来。他们对诗歌的社会作用、诗人的独立地位、想象力的重要、诗歌语言的必须刷新与发挥创造性等等方面的看法都明显地不同于前人，而且他们都是身体力行的，都是寻求者，不论是寻求更大的纯真和敏感或者寻求更公平的社会。这种种，已在前面谈到了。

现在的问题是：济慈以后，英国诗歌又出现了什么局面？

济慈死于1821年，雪莱死于1822年，拜伦死于1824年。柯尔律治死于1834年，他晚年已无重要诗作。华兹华斯虽然迟到1840年还在写诗，但他的灵感之火也在1830年左右熄灭了。

五位大诗人相继过去之后，诗坛出现了一种萧条落寞的光景。这是势所必然的，能维持40年的繁荣局面已是近乎奇迹。这样长期的诗歌盛景，在英国以前只有伊丽莎白朝可以相比。

但是，承浪漫主义的余势，诗歌创作仍在进行，不久还出现了重要诗人。

首先有丁尼生和布朗宁，他们双雄并峙，使得19世纪中叶的诗坛放出光彩。丁尼生写出了许多优秀的抒情诗，对于韵律和音调之美下了很大功夫，显出了济慈的影响，但与济慈不同，深感社会变迁与宗教信仰的危机，其结晶就是充满了感喟的长诗《悼念死者》。布朗宁则是一个蹦蹦跳跳的乐观派，他发展了拜伦式的口语体传统，对各种奇怪人物——特别是所谓文艺复兴时期型的人物——作了深刻的心理分析，这是以前英国诗里少见的，他的一系列《戏剧性独白》是开拓性的佳作。

接着又出现了以罗塞蒂兄妹为代表的先拉斐尔诗派。他们对于19世纪下半叶的日趋繁琐浮华的诗风不满，要求归真返璞，回到拉斐尔以前的中古意境和风格，而实际上他们的中古主义却不是朴素或刚强的，而是把宗教祷词和浓艳的情歌合而为一了，所写的“神女”有一种懒洋洋的性的诱惑。

与他们结交，又从他们当中脱离出来的威廉·莫里斯倒是真正刚强的。他也醉心于中古主义，但这却只使他重新发现了1381年起义的英国农民，同时也发现了中古的手工匠人；他将这些匠人的卓越艺术同19世纪末期低劣的商业制成品对比而悟到了一个道理，即为了恢复艺术的生气也得进行社会革命。他同宪章派群众诗人一样，继承了雪莱的理想主义和社会观。由于参加工人运动，他的诗风、文风也随着改变了，但为了追求质朴而写的古式英文却又不免“赝鼎”之讥。

还有一个阿诺德，是诗人，又是社会评论家。他的社会与文艺评论至今引起议论与响应，而他的诗虽有几篇佳作，却并未造成同样深远的影响。

此外还有斯温伯恩，霍普金斯、哈代、霍斯曼、吉卜林、更晚的特·拉·梅亚、梅斯菲尔德，直到一大群“乔治时期诗人”。

但是以上这些人，也许只有哈代是例外，都缺乏浪漫主义盛期几位大诗人的思想上的锐气和艺术上的创新精神。纵有引进新题材的，也似乎对它们缺乏深刻的认识，而技巧上的试验则或过于纤巧，或走上离奇一途，多数人则安于浪漫派已成之局，在用略微不同的声音吟唱早已唱熟了的老调子。

只有一个惠特曼实现了从题材到技巧到语言的全面革新，在北美大陆上建立了一个崭新的英文诗传统。同惠特曼相比，甚至丁尼生、布朗宁，且不说后来的众多诗人，都显得有点胆怯或缺乏气度了。真正突破英国浪漫主义的是这位不羁的美国诗人。

而在英国本土，到了世纪之交，社会、经济、思想文化都在猛烈动荡，世界大战的阴云正在聚拢，接着战争爆发，杀死了一整代有才华的英国青年，这样的新的现实已不是老的诗歌所能表现，于是现代主义代之而起。

但是现代主义也不是纯粹的单一体。以英国的现代主义诗歌而论，它包括下列成分：

1. 西欧成分，主要是波德莱尔及其后继者所代表的法国象征主义、后象征主义，其特点是城市节奏，穷巷气氛，街头形象，嘲讽口吻，以及这后面的精神痛苦。

2. 美国成分，即惠特曼的无拘束的闯劲，他的口语韵律和日常用语。没有惠特曼，也就没有庞德和艾略特，尽管他们未必肯认自家的祖父。

3. 英国成分，主要是两个传统，一远一近：远的是17世纪诗剧和以多恩为代表的玄学派诗的传统，近的就是浪漫主义传统。

现代派诗人们对浪漫主义是有迎有拒的。他们之中一些人攻击雪莱，贬低拜伦，反对进步的政治观，反对田园情调，反对字面上的优美，等等。这些是摆在面上的。骨子里，他们多方面受惠于浪漫主义：由于华兹华斯确立了诗歌对社会、对文化的头等重要作用，艾略特等人才能以拯救欧洲文明为己任；由于布莱克、柯尔律治、济慈解放了想象力，现代派诗人才能进行各种题材和技巧的试验；由于华兹华斯对于诗歌语言实现了革新，现代派诗才得在语言上更散文化又更精练，就连被艾略特轻视的拜伦也因发扬了口语体传统而成为奥顿等人之师，而济慈这位最典型的浪漫诗人更是先现代派一步，做到了他们竭力想做的许多事情，如他对于诗歌和其他艺术关系的探索，他对于总体敏感的追求，他把语言的创造力发挥到极致的努力，等等——这就是为什么在20世纪20年代至40年代，现代主义最为兴盛之期，人们对于济慈的诗艺仍然研究不断、赞美不绝。

而现代派不取的东西，也自有别的诗派继承了过去。雪莱的共产主义理想和对妇女解放的关注在广大的左派作家中找到了传人，拜伦的英雄主义也不尽是贵族姿态，就在20世纪的条件下也仍然激励着民族解放运动中的斗士。整个浪漫主义赖以起家的自由平等思想和与之相应的诗歌观——且不说体现这些的作品本身——早已越出英语国家，而成为全世界的影响，至今还在起着作用。

于是我们看见一个奇怪的局面：如今现代主义已经衰落了，英国诗史上的一个分章已经过去，而浪漫主义这一大卷却并未真正结束；实际上，它是说不尽、写不完的。

索引

包括人名、作品和论述要点，按照第一字的汉语拼音次序排列。外国人名附有原文或英文习惯用名及生卒年。后面的数字指本书页数。

A

B

C

D

E

F

G

H

J

K

L

M

P

Q

R

S

T

W

X

Y

Z